愛嬌いっぱいな宏の姉
東《あずま》 恵《え》美《み》
大学生活は研究漬け～
東《あずま》 宏《ひろし》
全方位で超がんばり中！
藤《とう》堂《どう》 春《はる》菜《な》
お盆で帰省中
香《か》月《づき》 達《たつ》也《や》
香《か》月《づき》 詩《し》織《おり》
水《みず》橋《はし》 澪《みお》

トラブル引き寄せ
エルフ娘
アルチェム・
アルテ・オルテム
日本大好き
姫巫女様
エアリス
公私ともに
毎日が充実♪
溝《みぞ》口《ぐち》 真《ま》琴《こと》
好々爺の
地主さん
安《やす》永《なが》
春菜ちゃん、がんばる？
フェアリーテイル・クロニクル
6
Haniwaseijin
埴輪星人

「さあ、互いの罪を清算しましょう」
謎のシスター
シスター・レベッカ
その場を濃密な神気が包み込むと
同時に、そんな決め台詞を言いな
がらピーカブースタイルで構えを取
り、シスターの戦闘準備が整った。

# 春菜ちゃん、がんばる？ フェアリーテイル・クロニクル

6 埴輪星人
Haniwaseijin

## CONTENTS

## 始まりの独り言

出だしから微妙な出来事で始まった大学生活
告白自体は自由だからしょうがないけど
宏君や真琴さんを悪く言うのは許せないよ

それから澪ちゃんの体力測定の話から
なぜか異世界体力テスト開催に発展しちゃったり
ホームセンターデート（と言えるか微妙だけど）から
思いつきで神の城にホームセンター作っちゃったり
畑で育ててたメロンが最高級品と遜色ない
くらいに美味しく育っちゃったり
エルちゃんからの頼まれごとで女神演じてみたり

……なんだか大学生活と関係ないところでの
活動のほうが印象深かったかも（汗）

そんなこんなで、気がつけばもう夏休み
温泉旅行もあるし、ちょっとワクワクするかな

# 第44話 できるだけ使い勝手が悪そうなものを押し付けようかの

ほとんどの学校が夏休みに入った七月下旬のある日のこと。

レポートがらみで大学に登校していた宏《ひろし》と春菜《はるな》は、朝から天音《あまね》に呼び出されていた。

「夏休みなのに、朝早くから呼び出してごめんね」

「今日はレポートのための調べものと実験があったから、それはいいんだけど……」

「わざわざ呼び出すっちゅうことは、なんぞ厄介なことが分かったか起こったかっちゅうことですよね？」

「うん、まあ、ね」

呼び出されたことより、天音がわざわざ呼び出さねばならなくなる理由のほうに、全力で警戒を示す春菜と宏。天音の態度から怒られるようなことではないらしいとまでは察していても、だからといって呼び出された理由が軽いとは限らない。

「二人が作ってる作物に関して、いい報告と厄介な報告があるんだ」

「なんかそれ、どっちも本質っちゅうか根っこの部分は同じ話のような気ぃするんですけど、ちゃいますか？」

「うん、まあ、そうなるかな」

警戒心もあらわに確認を取った宏に対して、あっさりそのことを認める天音。

それを聞いた春菜が、思わず天を仰ぐ。

「大体予想がついたよ。いい話っていうのは、メロンの栽培のことだよね？」

「うん。あれがちゃんと新品種として登録できそうだ、っていうことがほぼ確定した感じなんだ」

「種から育てたにしては、ちょっと早くない？」

「ついでの実験で、作物の成長促進剤を使った株もあったからね。まあ、そんなの使わなくても、ハウス栽培だと肥料と気温、日照の条件さえきっちり整えておけば、普通のメロンより最大で五割ほど生育が速くなるみたいだけど」

　成長促進剤という単語と、条件だけで五割も速くなる成長。その両方に思わず顔を引きつらせる春菜。宏も、大丈夫なのか、という表情を浮かべている。

　すでに新品種として登録できることを確認しているということは、もう現時点で、何世代目かの収穫まで持ち込んでいるということだ。

　そこまでの速さで強引に成長させた作物というのは、はたして大丈夫なのか。また、そんな無茶をした畑は大丈夫なのか。そのあたりが、いち兼業農家として非常に気になって仕方がない。

　成長促進剤を使わない素の生育速度にしても、間違いなくスキルの影響が出ている自分達の畑ならともかく、研究所ゆえに条件は最良だろうけど、それでも普通のビニールハウスなので、元の品種とそこまでの差が出るのはかなり怖い。

　実のところ、一般的な品種改良の項目にも普通に生育速度の向上が含まれており、原種と比較すると半分以下まで短縮されている品種もそれなりに存在している。

　もっとも、品種改良項目全てに言えることだが、基準となる原種をどこにするかでこのあたりの評価は大きく変わってしまうのだが。

「その顔を見るに、たぶん成長促進剤に不安があるんだとは思うけど、そっちはそんなに警戒しなくても大丈夫だよ。品種改良の結果を早く確認するために開発したものだから、下手な農薬や怪しい肥料よりはるかに安全だし、コスト的にも普通の出荷用作物に使うには高すぎるしね」

「高すぎるって、どれぐらい？」

「大体プランター一つ分で十万円ぐらいかかるかな？　正攻法でやってると何年もかかる分コストもすごいことになるから、新品種として成立してるかの観察のためだけとはいえ、せいぜい百万ぐらいで一カ月半もあれば確認できるのは十分なメリットらしいんだよね」

「一カ月半？　一回でどれぐらいかかるの？」

「米とか麦みたいな比較的栽培期間が長いものでも、種まきから一週間で収穫に持ち込めるよ。ただ、一気に短縮するぶん手をかけられないから、どうしても味はちゃんと栽培したものより劣るんだよね。あくまでも、狙った性質や形質が数代後まで引き継がれてるかを確認するのが目的の薬剤だからね」

天音の説明を聞き、成長促進剤について一応納得する春菜。

実際、天音がこれを作った理由も、綾《あや》羽《は》乃《の》宮《みや》農業研究所や知り合いの農家、種子店などから、少々高くてもいいから一カ月程度で何回か収穫して確認できるような薬剤の開発はできないか、と要望があったからである。

もっとも、この成長促進剤が完成したのが三年前、実用試験で問題ないとお墨付きをもらい、経済産業省、厚生労働省、農林水産省の三省庁から使用可の認可が下りたのが今年に入ってからという歴史の浅い代物であり、作るのにかなりの手間がかかるため生産量もまだ少ない。

なので、実のところ天音は、身内の案件である宏達のメロンに関しては、この薬を使って栽培試験をするかどうかは当初迷っていたりする。

その迷いも、各種組織が試食したメロンの味に一瞬で陥落した時点で、意味のないものになったのだが。

「っちゅうか、そんな高い薬剤使ってええんですか？　僕らは単なる学生やから、さすがにそんな金出せませんけど……」

「そっちは大丈夫。綾羽乃宮農業研究所からの申し出だから」

「そういえば、酒にするっちゅうとったメロン、二週目入ってから収穫したやつ以降のは、全部綾羽乃宮が買い占めてましたっけ」

「うん。今は栽培研究に回したぶんとお菓子とかに加工するのに研究してるぶん以外は全部、いくつかのパターンで熟成させて冷凍保存してるね。さすがに商品化して売り出せるのは来年以降になるけど、ほぼこれで商品化確定みたいな状態のものは明日ぐらいに試食用としてもらえるみたいだよ」

「「えぇ……」」

突然変異で発生したメロンに対する綾羽乃宮の前のめりにもほどがある姿勢。それになんとなく引くものを感じる宏と春菜。

確かに完熟させたものは超絶的に美味《うま》かったが、世界的な企業がしゃしゃり出てくるほどのものとは到底思えないのだ。

「なんか、たまたまできた出所不明のメロンに、なんで綾羽乃宮がそこまで本気なのかが分からない……」

「なんでも、潮見《しおみ》メロンって名前で新しい特産品にしたいんだって。天然の希少糖とか摂取しづらいビタミン類とかの含有量も理想的な感じだったし、味の面でも東京の高級フルーツショップとかあっちこっちの高級レストランや料亭なんかがすごい食いついてきたしで、商売にしないなんてありえない状況らしいよ」

「うわあ……」

「因《ちな》みに、認可が下りて大々的に栽培されるようになったら、二十年くらいは東《あずま》君と春菜ちゃんに種子の使用料みたいなのが入ってくるって。さすがに種だから、そんなすごい金額じゃないらしいけど」

そろそろメロンの話は終わりかというところで、最後に天音が残りの爆弾を投下してくる。

「……ここまできたら、メロンに関してはそういうものだって割り切ったほうがよさそうだよね……」

「……せ、せやなあ……」

もう考えるのも疲れたとばかりに、ため息交じりにそう結論を出す宏と春菜。

「ただ、そうなってくると、悪い知らせっちゅうのが怖い感じやなあ……」

「そっちも、必ずしも悪いとは言い切れないんだけど、ちょっと厄介なことが判明した、っていうのが正しいんだよね」

宏の正直な言葉に、少し困ったような表情でそう言いながら、大きめのモニターに何やら映像を投映する天音。

再生された映像に映っていたのは、誰もいない時間帯の春菜の畑であった。

「……なあ、春菜さん」

「……うん、言いたいことは分かるよ、宏君……」

「っちゅうか、食虫植物って食用になったか？」

「ものによるんじゃないかな？」

映像を見て乾いた声でそんな会話をする宏と春菜。

最初に再生された映像には、宏達の畑のスイカが蔓《つる》を這《は》いまわっている虫を消化吸収している様が撮影されていた。

言うまでもないことであろうが、少なくとも普通ホームセンターで売られているスイカの種や苗から育った作物は、自分にたかってくる病害虫を食べたりはしない。

「トマトの映像も、なかなかすごいことになってるよ」

スイカについてドン引きしている宏達に苦笑しつつ、トマトの映像に切り替える天音。

トマトはトマトで、植物のやることとは思えないテクニカルで恐ろしいことをしていた。

「……もしかしてこれ、罠《わな》用の実を作って、そっちに鳥とか虫を誘導してる？」

「みたいやなあ……」

「……うわあ、離れたところまで枝伸ばして、そのまま枝先ごと地面に落としちゃったよ……」

「……っちゅうか、食うた虫があっちゅうまに死んでへんか？」

「……」

「……」

これ以上コメントするのが怖い。そんな恐ろしい植物の生態を捉えた映像に、完全に言葉を失う宏と春菜。

スイカやトマトが捕食をする時点で大概だというのに、ナスやきゅうりに至っては、動いているとしか思えない真似をして鳥などを追っ払っていたりする。

この分では、いつ歩き出してもおかしくない。

何より怖いのが、いずれ蝶《ちょう》になって自分達の受粉を助けてくれる芋虫に対しては、あの手この手で誘導して食べる葉っぱの場所と量をコントロールしつつ、枝をわさわさ動かして外敵から保護するなどという真似をしてのけていることだ。

虫のコントロールなど、度合いの差はあれ、どんな植物もやっていることではあるが、ここまでアクティブにいろいろやっている植物が、日本のこんな町中に近いところにある畑ではびこっているとは思わなかった。

「……なんっちゅうかこう、このままいったら大根か蕪《かぶら》かのどっちかがポメ的な何かに化けそうな気ぃするんやけど……」

「……さすがに歩き回って自爆するような目立つ作物になることまでは、畑の傾向的に大丈夫だとは思うんだけど……」

フェアクロ世界における妙な野菜の代表格ともいえるポメを引き合いに出し、不安を口にする宏と春菜。

その間も映像の中の野菜達は、いろいろやりたい放題やっている。

あまりのやりたい放題ぶりにひそひそ話すらやめて、絶句したまま動かなくなる宏と春菜。

そろそろ放置できないぐらいエスカレートしたところで、録画時間が終わったらしく映像が止まる。

「……これ、大丈夫なん？」

「……普通に考えて、絶対大丈夫じゃないと思うけど……」

一通り見終わって、率直に疑問を口にして、うかがうように天音を見る宏と春菜。

その二人の視線を受け、苦笑する天音。

「普通なら問題なんだけど、どうにもできないよね、実際。それに、少なくとも普通の撮影機材だと機械音でばれてこの映像は撮れないし、人間がいる状況では普通の植物を装うみたいだから、現状の個人農園ぐらいの規模でやっていれば大丈夫だとは思う。機材のほうも、市販されてるものどころか軍用のものですらあっさり察知されちゃうから、テレビ局に撮られる心配もないと思うよ」

「というか、食べてもよかったのかって、ちょっと不安になってきてるよ……」

「せやなあ……」

「そっちも大丈夫。栄養価とか栄養バランスはすごく理想的だけど、おかしな成分とかは入ってないから。せいぜい、一部の不足しがちな栄養素が普通より吸収しやすくなってる程度」

それはそれでどうなのか、という情報を告げる天音に、どうにも表情が渋くなる宏と春菜。天音が大丈夫と言うのであれば、神様方面から文句が来ることはないのだろうが、情報化社会というやつを甘く見るのも怖い。

「どっちにしても、畑のことは東君と春菜ちゃんが向こうで身につけた技能が影響しちゃってる要素で、普通の人でも一世紀に何人かは出るようなものだから、私達でも口をはさめないんだよね。

私から言えるのは、毎日でなくていいから、畑仕事するときにはそっち方面でも作物の様子に注意して作業してね、っていうことくらい」

「注意して、って言われても……」

「結局、気ぃつかんと思うんですよね……」

「だろうね。ものすごく上手《うま》く擬態してるから、メロンで疑問持ってなかったら、私も現場押さえたりとかできなかったと思うし」

無茶言うな、とばかりの春菜と宏の反応に、そうだろうなと頷《うなず》く天音。言っておいてなんだが、さすがにちょっと無理があるのは分かっている。

「今のところ表立って何かが起こるわけじゃないけど、知っておかないとあとで問題になりそうだから、今のうちに状況だけ教えておきたかったんだ」

「そうですね。確かに、これは知らんかったで済ますんは無理がありますわ」

「天音おばさんの言ってること疑ってるわけじゃないんだけど……この野菜とか果物って、本当に食べて大丈夫なのかな？」

蔓がうねうね動いていたナスや、たかっていた虫を実にたどり着く前に消化吸収していたスイカを思い出し、そんな不安を口にする春菜。

その不安を払拭《ふっしょく》するように、天音がそのあたりの調査結果を告げる。

「さっきも言ったように、実とか一般的に食べられてる部分は大丈夫。特に毒性とかもないし、食べ合わせの問題で有害物質が発生するような成分もないし。ただ、蔓とか茎とかはできるだけ避けたほうがいいかもね」

「やっぱり、そのあたりには問題があったんだ」

「検査した限りでは大丈夫だったけど、普通の人からしたら、あんまり気持ちのいいものじゃないしね。特にスイカの蔓」

「……確かに」

「っちゅうか、ここまでやっといて、実《み》に毒がないっちゅうんも不思議な感じやなあ……」

天音の言葉に頷きつつ、毒性がないことを改めて本気で不思議そうにする宏。その宏に対し、さらに天音が解説をする。

「それは、不思議でもなんでもないんだよね、じつは」

「っちゅうと？」

「結局のところ、どういう形で毒物を持ってるか、ってだけの話なんだよ。そもそも根本的な話、毒性のあるものを一切体内に持っていない生物って、ほとんどいないんだよね。人間だって、必須栄養素や必須ミネラル、最終的に汗とかトイレとかで排出する老廃物なんかの中に、それ自体は毒っていう成分が結構含まれてるし」

「ああ、確かに」

「二人の畑の作物は、内部に持ってる毒性を、人間に影響がなくてかつ病害虫には強い効果のある化合物や消化液に合成して、農薬的なやり方で使ってるだけなんだよ」

「それ、ホンマに人間に影響ないんですか？」

「どれもこれも唾液や胃液に含まれる酵素に反応してショ糖と食物繊維に化ける成分だから、人間が影響を受けることはないよ。逆にきっちり成分を抽出すれば、害が少なくてかなり便利な自然農薬として使えるんじゃないかって本気で検討する程度には、見事な化学反応だったし」

聞けば聞くほど、どんどん魔境化が進んでいく春菜の畑の作物。

いくらエクストラスキルとはいえ、いくらまだまだ本気など出してはいないとはいえ、神の農園スキルは無駄にがんばりすぎである。

「あと問題になりそうなのは、花粉とか種とかが変なところに飛んでいかないかってことなんだけど、それこそ気にするだけ無駄だしね」

「そもそもの話、使ってる苗も種も全部普通に売ってるＦ１種だから、次世代に同じ形質が受け継がれるかどうか自体怪しいよ、天音おばさん」

「そうだよね。むしろ、あのメロンはよく、ちゃんとした新種として定着したよね」

花粉やら何やらの問題に対し、春菜が思うところを告げ、天音が同意する。

前にも軽く触れたが、Ｆ１種というのは作物の分類の一つで、一代交配種とも呼ばれている。育てやすく収穫量を見込みやすい種が安定して手に入るという利点があるため、現在の農業では広く使われているものだ。

が、このＦ１種、次の世代にどんなものができるか分からない、という致命的な欠点を抱えており、その点があちらこちらで問題視されている。

なぜそんなことになるのか、それ自体は簡単な話である。

たとえばＦ１種のキャベツを作る際、掛け合わせているのがキャベツ同士とは限らず、片側が白菜だったりレタスだったり、場合によっては一般的には根菜扱いされているものだったりと、交配できる植物なら、どころかバイオテクノロジーがかなり発達している宏達の日本の場合、生育の仕方が近ければ何でもあり、というレベルで掛け合わせているのが原因だ。

　そうやっていろいろ掛け合わせたもののうち、狙った結果が出た組み合わせを商品化したのがＦ１種であるため、次の世代ではキャベツを栽培したのになぜか出来たのがレタスだったり白菜だったり、キャベツだったとしても食味がおかしかったり親世代の致命的な欠陥が表に出たりと、メンデルの法則に忠実に従ってかなりカオスな結果が出るのである。

　今でこそほとんどの鍋物に投入される白菜だが、実は自然に起こる交雑によりなかなか原種が確保できず、実際に広く栽培され始めたのが大正時代だったりと、新たな作物の導入は常に交雑問題との戦いの歴史である側面を持つのだが、長くなるうえに本筋から外れるので割愛する。

　宏達の新種のメロンを、わざわざ手間とコストをかけてまで大急ぎで原種になっているかどうか確認したのも、Ｆ１種のメロンが突然変異を起こしたという出自の問題が非常に大きい。

「まあ、そういうわけだから、また何かが突然変異で新品種になる可能性は結構高いし、畑に関してはちょっと注意してね」

「はーい」

「こら夏休み中にいっぺん、土とかもちゃんと調べといたほうがええな」

「何がいるか不安だけど、調べないでおくのも不安だよね……」

「必要だったら、電子顕微鏡とかも好きに使っていいからね。で、メロンに関しては、普通の栽培試験のほうでも今年中にあと三回ぐらい種まきから収穫までいけそうだから、来年に品種登録と普通の農家さんでの出荷用試験栽培、再来年から本格的に栽培開始ってスケジュールになりそう。交雑するとまたややこしいことになりそうだから、来年はメロンは一株に絞ったうえで潮見メロンだけにしてくれると助かるよ」

「了解。そうやってブランド価値を高めるようにって、美優《みゆ》おばさんから言われてるってことでい い？」

「そういうこと。野菜と違って果物は、ものによっては桁外《けたはず》れにお金になるから、本当に慎重にやってね」

その言葉で、天音の用事が終わる。

こうして、翌年以降、メロンは物々交換に使いづらくなってしまうのであった。

☆

「……あれ？　お父さんとお母さんからメッセージ？」

天音の研究室を後にし、図書館でレポートを一本やっつけたあと、昼食のためにカフェテリアに移動したところで、春菜の端末にメッセージが入った。

「スバルさんと雪菜《ゆきな》さんから？　また珍しいな」

「うん。……うわあ……」

「どないしたんよ？」

「えっとね、畑とか市場とか工場から出る捨てちゃう食材使って、材料費タダで料理作るって番組あるよね？」

「……もしかして、収録がこの辺になるっちゅうことか？」

「……みたいなんだよね。しかも、お父さんがゲストとして参加するみたい」

春菜の説明に思わず青ざめる宏。

春菜も心底困った顔だ。

「日程はどないなん？」

「幸か不幸かって感じなんだけど、ちょうど温泉に行く日だよ。番組の収録が何時から始まってどういうスケジュールで動くかは分かんないけど、早めに潮見から脱出しておいたほうがよさそうだよね」

「せやな。あと、安永《やすなが》さんとか兄貴らとも相談がいるやろ」

「うん。天音おばさんや綾羽乃宮関係の人達とも相談したいかも」

そう言いながら、次々とメッセージを送っていく春菜。

天音や美優も情報を把握していたらしく、即座に返事が来る。

ここしばらくトラブル続きだった宏達が計画した、憂さ晴らしも兼ねた温泉旅行。その当日に厄介ごとの予定が直撃するあたり、いつものことながら妙な運勢である。

「……達也《たつや》さんがご飯食べてからこっちに来るんだって。詩織《しおり》さんも一緒みたい。綾羽乃宮に関しては、達也さんが代理だって」

「真琴《まこと》さんと澪《みお》は？」

「真琴さんは、ちょうど今澪ちゃんと深雪《みゆき》と安永さんを回収したところで、ご飯食べてからこっちに来るって返事があった。どうも、お母さんから直接メッセージが来てたみたい」

「僕の端末に来てへんっちゅうことは、雪菜さんもスバルさんも手ぇ抜いたわけか……」

「だろうね。今日は私達は一緒に行動するって最初から言ってあったし、別にいいんじゃないかな？」

　完全に春菜とワンセットで扱われているという事実に、遠い目をする宏。もはや肩が触れるような距離で一緒にいても恐怖症的な意味でのプレッシャーを感じなくなって久しいとはいえ、ここまで露骨に周囲から外堀を埋められると反応に困るところはある。

　もちろん、春菜のことが嫌いなわけではなく、ちゃんとした告白こそされていないとはいえ、これだけずっとまっすぐに好意をぶつけられて、気のせいだなんだと言い逃れする時期はとうに過ぎている。

　春菜相手に限った話ではなく、それこそエアリスや澪、アルチェムに対しても言えることだが、宏がその気になればその時点で即座に恋愛関係に発展する、否《いな》、実質的にはすでに恋愛関係に発展していると言ってしまっても、周囲の者は誰も否定しないところまで女性陣の気持ちは高まっているのだ。

　だが、女性陣や周囲の態度や言葉から、もはやその領域に達していると分かっていても、男としての自己評価が底辺を這っている宏は、どうしても自信を持てずにそこから踏み込めない。

　中学時代に受けた恐怖症を患うほどの仕打ちは、トラウマを乗り越えた今でも深く根を張っているのだ。

　春菜が恋愛面で宏以上にポンコツなおかげで、普段はこのあたりを深く考えずに済んでいるとはいえ、こういうことがあるとちょくちょくヘタレが顔を出してしまうのである。

「まあ、先に昼食べてまおうや」

「そうだね」

なんだかんだ言っても、全員揃《そろ》うまで三十分程度はかかる。食事の時間ぐらいはあるだろうということで、いつものように食堂備え付けのティーサーバーでほうじ茶をもらう宏と春菜。

そのタイミングで、同じようにお茶を汲《く》みに来た男子学生に声をかけられる。

同じ総合工学部の一年生、小林正樹《こばやしまさき》である。

「よう、東、藤堂《とうどう》。お前らも今から昼飯か？」

「せやで。小林もか？」

「ああ。つっても、夏休みはメニューが少なくて、ちっとがっかりしてたところなんだが」

そう言ってトレイを見せる小林。

トレイの上には、ご飯に味噌汁《みそしる》、漬物、千切りキャベツと豚の生姜焼《しょうがや》きという、どこにでもある生姜焼き定食が並べられていた。

因みに、ボリュームのほうはそれなりで、普通の女子大生なら十分に満足できる分量である。

「メニュー少ないって、どんな感じ？」

「日替わり定食二種類とうどん、そば、カレーだけだな。うどんとそばは具が固定で、カレーもカツカレーはなし。カレーうどんもない。デザート類もプリンぐらいしか売ってない」

思った以上に絞られているメニューに、確かにそれは少ないと頷く宏と春菜。

単品メニューを足せないのも痛いが、どんぶりメニューがないのも痛い。

なお、ご飯、味噌汁、漬物の三品は通年で単品販売している。

「小林君、煮豆とか食べる？」

「食うけど、なんで？」

「間食用に余分に作ってきたのがあるから、どうかなって。男の子だったら、それだけだとちょっと物足りないよね？」

「まあ、ちっと足りない。いつもだったら一品か二品足すんだけど、さすがにうどんまではなあ」

「じゃあ、分けてあげるから一緒に食べようよ。ここで会ったのも何かの縁だし」

「二人がいいんだったら、そうさせてもらえるとありがたい。別に一人で昼飯食うのには慣れてるけど、話し相手がいるならそのほうがいいし」

　間食用に煮豆を作って持ってくる女子大生ってどうなのか、などとちらりと思いながらも、春菜の申し出をありがたく受ける小林。

　総合工学部の一年生全般に言えることだが、小林もどちらかというとぼっちな感じである。

「はい、これ。好きなだけ取って食べてね」

　クーラーバッグから取り出したタッパーを開けて、全員の席の真ん中に置く春菜。大豆だけでなく人参《にんじん》やレンコン、昆布、こんにゃくなども三割ほど入った、割と気合いの入った煮豆である。

「他にも、金山寺《きんざんじ》味《み》噌《そ》なんかもあるで」

「野菜につけて食べると、美味《おい》しいんだよね」

「……いつもこんなものを持ち歩いてるのか？」

「私と宏君だけで行動してるときは、最初から長丁場になりそうだって分かってる場合だけかな？　真琴さんや山口《やまぐち》君なんかとご飯食べる予定があるときは、他にもいろいろ、こういうタイプのちょっとした常備菜や果物、デザートなんかを用意してるよ」

「デザートっちゅうても、大抵は朝に畑で収穫した果物適当に、っちゅう感じやけどな」

未成年の現役大学生は、普通、学校でそんな食生活はしない。思わずそんな感想が頭によぎりつつも、あえて何も言わない小林。

この二人が毎朝学校に来る前に畑仕事をしていることも、その際に過剰な収穫があって余らせていることも、その野菜を物々交換に回していろんなものを入手していることも、海南《かいなん》大学では有名な話である。

細かいことを気にしていては、恐らくこの二人とは付き合えない。そう悟り、ありがたくおかずを分けてもらうことにする。

一番気になっているのは、宏達の弁当箱に入っているアスパラと人参の豚肉巻きと筑前《ちくぜん》煮《に》だが、交換できるようなおかずもない現状、それを口にしない程度の慎みはある。

なお余談ながら、宏と春菜が仕込んだ金山寺味噌は、物々交換で入手した地元の米を使って作った味噌に、畑の野菜を細かく刻んで入れたものだ。

「この味噌、美味いなあ」

「自家製やからな」

「てか、俺、そのまま食べる類《たぐい》の味噌って、初めてだ」

「食べない家は全然食べないみたいだよね、こういうの」

「豆もすげえ美味い。これ、全部二人が育ててる野菜？」

「レンコンと昆布はもらいもの。さすがに貸し農園に沼地はないし、漁業権持ってないから勝手に昆布回収するわけにもいかないし」

春菜の説明に、そうなのかと納得する小林。親が研究職とはいえ、普通のサラリーマン家庭に育った彼は、農業には詳しくない。

バイオテクノロジー関連に絡むこともあり、総合工学部ではある程度農業についても学ぶが、残念ながら一年生の前期、それもまだ夏休み前までとなると、本来専門外になる農業関連の内容まではやらない。

前期は総合工学基礎以外に選択で三つほど専門分野をやる以外は、とにかく一般教養を詰め込まれる。農業をはじめとした他の分野にちょっかいを出すのは、早くて二年の前期からだ。

「にしても、藤堂って意外とよく食べるのな」

「私、かなり燃費悪いんだよね。それに、農作業やってるから、こっそり筋肉ついてて基礎代謝高めだし」

「なるほどなあ。まあ、それ以上に、大体いつ見ても一緒に行動しててこういう飯時におんなじ中身の弁当をこれ見よがしに広げてて、それで付き合ってないってのが一番驚きなんだけどなあ」

「よく言われるよ」

付き合っていないというのが詐欺くさく思える宏と春菜の関係に、どうにも腑《ふ》に落ちない感じで首をかしげつつ、金山寺味噌をドレッシング代わりにして千切りキャベツを食べる小林。

その小林のストレートな意見に苦笑しつつ、自家製チーズと朝採れ卵で作ったチーズオムレツを堪能する春菜。今日のオムレツもいい出来だ、などと内心で自画自賛するのはいつものことである。

その横で宏が人参とアスパラの豚肉巻きを実に美味そうに食べているが、それを見てしまうと羨《うらや》ましくてしょうがなくなるという理由で、必死になって目を逸《そ》らしている小林が微妙に哀れを誘う。

親しくもない相手に言う言葉としては、小林の言葉はデリカシーだの礼儀だのというのを完全にブン投げた割とアウトなものではある。

だが、言われ慣れていることに加え、小林の態度は純粋に驚いているだけで、この手のことを言ってくる人間によくある妙な含みとかネットリとした下心的な感じがないため、春菜も宏も特に不快感を覚えることがなかったのだ。

「しかし、夏休み中ずっと昼がこうとなると、自炊できるようにしたほうがいいかもなあ……」

どうやら、二人が付き合っていないことに関してそれ以上の興味はないらしく、サクッと飯の話に移る小林。

今までの経緯だとか、なぜ付き合うに至っていないのかとか、お互いにそれで問題ないのかとか、そういった恋バナ的な意味で好奇心をそそるような要素を気にするそぶりすら見せない。

宏と春菜が付き合ってないと知ったとたん、いきなり春菜を口説こうとする男も多い中では珍しいくらい淡泊な反応である。

「小林は、確か寮生やったか？」

「ああ。水沢寮《みずさわりょう》に入ってる。ありがたいことにちゃんと休み中でも飯は出してくれるから、朝晩はいいんだけどなあ」

「学食にこだわらんかったらええんちゃうか、と思うんやけど」

「外は結構高いからなあ。そば信《しん》のサービス定食でも、週に何回もとなると結構きつい」

三百円と破格の安さを誇るA定食を平らげながら、懐事情を理由に外に食べに出るのはきついと告げる小林。

とはいえ、一人暮らしで、しかも昼食だけだと、自炊のほうが安くつくとは限らないのが難儀な点である。しかも、学食は納豆は三十円、それ以外の小鉢は五十円均一で結構なボリュームがあり、四百円も出せば一般的な男子学生の胃袋を大方満たせる値段設定だ。自炊するにしても、この値段で栄養バランスも考慮してとなると、よほど料理と買い物が得意な人間でなければ厳しいだろう。学生寮だと、朝晩は間違いなく寮で出される食事のほうが安くて栄養バランスが取れているのも、自炊を阻む壁になっている。

因みに、小林の言っている『そば信』とは、初めてエアリスが日本に来たときに行ったそば屋のことである。

「まあ、自炊がんばるんやったら、あまりもんの野菜でええんやったらいくらでも提供したるで？」

「そんなに料理得意じゃないのがネックだな。ぶっちゃけ、卵焼きと目玉焼き以外は、カレーと焼きめしと野菜炒めしか作れない」

男子学生に最も多いであろうレベルの料理の腕前を、情けない顔で自己申告する小林。当然、野菜炒めの味付けは焼き肉のタレ一択だ。

「そこはもう、がんばって練習するしかあらへんなあ」

「教えてあげてもいいんだけど、場所と時間がちょっとね」

「こっちも、教わる時間が厳しいしなあ……」

いつの間にか用意されていたきゅうりスティックに金山寺味噌をつけてかじりながら、宏と春菜の言葉に申しわけなさそうに告げる小林。

正直に言うならば、日中に宏と春菜から料理を教わる時間を捻出できるなら、その時間で日雇いの短期バイトでもしたほうが確実に問題は解決するだろう。

　残念ながら、総合工学部に所属している限り、予習復習とレポートが多すぎて日中にそんな時間は作れない。

　実家の工場の手伝いができるような余裕がある宏や、それに付き合える春菜が異常なのだ。

　その二人ですら、今日と明日は実験とレポートに割かねばならないのだから、総合工学部がどれだけきつい学部かよく分かる。

「……ちょうどいいレシピサイト見つけたから、これ見て練習すればいいと思うよ。他のお野菜は明日持ってきてあげるから、今日のところはこのきゅうりとトマトを持っていって、このあたりのレシピを試しに作ってみればいいんじゃないかな？」

「……なるほど。動画もついてるし、少々とかひとつまみとか判断に困る表現もないから、俺でも作れそうだ」

　春菜が探し出してくれたレシピサイトと、そこに掲載されていた料理を見てありがたそうに頷く小林。

「でも、このトマトときゅうり、多すぎないか？」

「寮生の人達って、小林君と似たような感じの人も多いんでしょ？　みんなで練習してみんなで自炊できるようになれば、ちょっとお金出しあうだけで美味しいものを食べられるようになるよ」

「野菜やったら売るほどあるから、いくらでも言うてや」

　どこに持っていたのか、二十本ほどのきゅうりと十個ほどのトマトを渡され、そんなことを言われる小林。

ここまでされてしまうと、あとには引けなくなる。

結局、小林は他の一年生を巻き込み、水沢寮昼食自炊クラブを立ち上げて料理の練習に邁進《まいしん》することになるのであった。

☆

「なんか、いろいろごめんね」

「畑に関しては、この場にいる人間全員が恩恵受けてるから、気にする必要ないんじゃない？」

集合した人間全員に対する春菜の謝罪と、それに対する真琴の返事で、テレビ収録に対する話し合いが始まった。

「雪菜ちゃんとスバルさんのおかげで、不意打ちだけは避けられたから、まだよかったよね」

「うむうむ。事前に知っておけば、年寄りがどうとでも対処できるからの」

天音の言葉に、安永氏が好々爺《こうこうや》の風情を崩さずに頷く。

「それで、天音ちゃんが観察しちょるっつうことは、畑にテレビカメラが入るのはまずいわけじゃな？」

「多分大丈夫だとは思うんですけど、あんまり撮影されたくはないかな、って感じではあるんですよね」

「なるほどなるほど。じゃったら、食える範囲の虫食いや規格外品を多めに確保しておけば、ごまかしはきくかの」

「そうですね」

　協力的な安永氏の言葉に頷く天音。できるだけ、畑に近寄らせないに越したことはない。

「どうしても畑を撮りたいって言われたら、どうします？」

「その場合は、横山《よこやま》さんか山口《やまぐち》さん、長瀬《ながせ》さん、松岡《まつおか》さんあたりに身代わりになってもらえばよかろう」

　テレビ局の強引さを知る春菜が口にした気がかりに対し、同じように道の駅に野菜を出荷し、そこそこ人気を博している専業農家リタイア組の名前を挙げる安永氏。

　畑仕事をしている時間帯が違うため、あまり顔を合わせる機会はない相手だが、揃いも揃って若者とお祭り騒ぎが好きな、気のいい六十代後半の人達である。

「あ、出荷場のほうに誘導するんだったら、綾羽乃宮から提案があるんですが、いいですか？」

「綾乃《あやの》ちゃんからかね？　どんな話じゃ？」

「例の潮見メロン、登録のほうに問題がなさそうなら、売りに出せなくて持て余してるって名目で宣伝代わりにタダでくれてやったらどうか、って」

　達也が口にした綾羽乃宮からの提案に考え込む天音。その天音に、その場にいる人間全員の視線が集中する。

「……まあ、目途は立ってるし、圧力かける意味でもありはありかな。問題は、ルールに抵触するかどうかだけど」

「実際、まだ売りに出せなくて持て余しとるからのう。あの番組のルールには抵触せんはずじゃ」

　宏と春菜には今朝報告したばかりだというのに、新品種として潮見の農家や農協からすでに熱い視線を注がれている潮見メロン。それだけに試験栽培で採れた量も多く、いまだに収穫があることも手伝って、生産者の取り分に関しては冗談抜きで持て余しているのが現状だ。

試食して感想を集める時期もすでに終わり、現在は今まで渡していなかった人間に渡すには事前申告して許可を得ることが必要になっているため、消費量が増えないのである。

何より、いくら美味しかろうが、どれほど食べても飽きない味だろうが、毎日毎日大玉のメロンを一個食べられる家庭はそうはない。というより、毎日続けば飽きる飽きないに関係なく、たまには別のデザートを食べたくなるものだ。

酒にするにもそろそろ仕込める量の限界に達しており、現在は消費量が漸減している状況である。

「ねえ、綾瀬《あやせ》教授、安永さん。それだったら、宏達の畑は現在調査中ってことで、マスコミシャットアウトできるんじゃない？」

「溝口《みぞぐち》さん、そのアイデアいいね。何があって突然変異が起こったか調査してる最中で、関係者以外は外乱要因になるから現在立入禁止、ってことにして、メロンの栽培してるところを知りたいなら海南大学に来てほしいって言えばどうにかなるかも」

「ついでに、そっちでも調査も試験栽培も終わって食い切れん新品種を押し付けたらどうじゃ？」

「ああ、それいいかも。安永さん、誘導お願いできます？」

「おうおう、任せておけ。なんだったら、ついでに肉の情報でも渡せば、畑から追い出すのに十分だろうさ」

どうやら、いいように宣伝と官僚に対する圧力として今回の収録を利用する方針に決まったらしく、やたらいい笑顔で天音と安永氏が頷きあう。

そこに、澪が口を挟む。

「ねえ、教授。こっちに情報が来たってことは、多分スタッフにも雪菜さん一家の情報流れてる」

「あ～、ついでに家族を撮影したい、って考えそうだよね。春菜ちゃんと深雪ちゃんをどうにか引っ張り出そうと、あっちこっちの制作会社ががんばってるって二人ともよくぼやいてたし」

「だったら、どうせ旅行に行かないから、わたしが収録に顔出そうか？」

澪の指摘から派生した懸念。それに対して深雪が人身御供に立候補する。

「最悪の場合はそうなるけど、いいの？　というか、大丈夫？」

「受験生であることを盾にとるから、あんまりしつこくはできないはず。それに、わたしはお姉ちゃんほど芸能界にアレルギーないし」

「まあ、深雪ちゃんがそれでいいんだったらお願いするけど、特にメリットとかはないと思うよ」

「あとでお母さんからバイト代でももらうよ。お姉ちゃんと違って、わたしはそんなに収入あるわけじゃないし、わたしも一応ホワイトフェアリーの所属タレントだし。あと、上手くやれば収録終わったあとに何か奢《おご》ってもらえるかもしれないから、そこをちょっと期待してたりなんかして」

割とちゃっかりしたことを、しれっと言ってのける深雪。このあたりの図太さは、春菜にはないものである。

なお、ちゃっかりしている割には、深雪も芸能人として本格的に活動する気はゼロだ。春菜と違って、テレビなどに顔を出す類の仕事を、ちょっとおいしい臨時収入のあるアルバイトと割り切って引き受ける程度である。

春菜はほとんど把握していないが、潮見で小学生や中学生にインタビューする類の番組には、何

度かバイト代をもらって顔を出していたりする。

「あ、でも、一応渡せるもの、何か用意しといてくれると助かるかな？」

「庭のシイタケ、食べられるやつで普段捨ててる分を横によけとくよ。間引いたやつとかね」

「うん、お願い。でも、芸能人の娘なのに庭でシイタケ育てて家の中で味噌と醤油《しょうゆ》仕込んでる女子大生って、言葉にしてみるとすごい残念臭漂ってるよね」

深雪の厳しい突っ込みに、反論できずに沈黙する春菜。

フェアクロ世界にいたときは全く気にしていなかったが、地方とはいえ生まれも育ちも大都市の女子大生として見ると、かなり残念なのは否定できない。

「旅行行く日やったら、冷蔵庫の中にある金山寺味噌とか、消費期限的に怪しなってくるかもなあ」

「ああ、確かに。あれ、野菜の部分が意外と日持ちしないんだよね」

「そういうのもラベル貼っといてくれたら、上手いこと押し付けとくから」

「うん、お願い。前日に冷蔵庫とか食料庫見て、食べられる範囲で傷みかけてるのとか仕分けしとくよ」

だんだん、体よく不用品を押し付けるほうに計画が移りつつある対策内容。

それを聞こえなかったふりをする達也と真琴。

「詩織さんは、何かアイデアとかある？」

「ん～、特にこれといってはないかなあ。ただ……」

「ただ？」

「おかず味噌とかメロンとかシイタケとか、食材がすごくカオスだなあ、って……」

「「「あ～確かに……」」」

詩織の漏らした感想に、言われてみればという感じで声を上げる宏、春菜、澪、深雪の四人。

料理への使い道などいくらでも思いつくとはいえ、シイタケ以外は割と使い勝手が悪い。

特に金山寺味噌はそれ自体が単品で食べるものとして完成しているので、素人が料理に使えと渡されても困るだろう。

「だったら、爺《じい》もできるだけ使い勝手が悪そうなものを押し付けようかの」

「一応、お父さんも料理するのでほどほどにお願いします」

「スー坊なら、少々妙な食材が揃ったところでどうとでもするさね」

「まあそうだけど、やっぱり限度が……」

自分のことを棚に上げて、安永氏を窘《たしな》める春菜。

そんな春菜の気遣いもむなしく、スバルが当日ゲットした食材は潮見の魔窟《まくつ》ぶりを示すかのように無駄にバラエティに富んでおり、関係者全員を大いに困惑させるのであった。

# 第45話　予想以上に秘境だね～

「今日は本気でいい天気ねえ」

「ん。おかげで、超暑い……」

「畑仕事の時間帯は、もうちょい涼しかったんだがなあ……」

八月一日、八月最初の木曜日。ついに待ちに待った温泉旅行の日。

八月の太陽にさらされて、朝から潮見《しおみ》はとても暑かった。

正直、温泉がありがたい気温ではない。

「前にも思ったのですが、日本の夏はとても暑いですね……」

「気温そのものはダールなんかより低いんだが、湿度がなあ……」

「今日の最高気温は三十四度とかいうとったなあ」

「うへえ……」

畑仕事を終えて汗を流し、ゆっくりと朝食を食べて再び外へ出た瞬間、ものすごい熱気に襲われる。その容赦のない暑さには、さすがにみんな揃《そろ》って愚痴が増えてしまうようだ。

特にこちらはフェアクロ世界と違い、温度調整のエンチャントなどという便利なものはない。それだけに、暑さはなかなか深刻なことになっている。

あの手この手で代休をもぎ取った達也《たつや》などは、精神的な疲れもあって、早くも気分が下降線のようだ。

「てか、お姉ちゃん。温泉行く日の朝まで畑で収穫なんかしなくてもよかったんじゃない？」

「あ～、なんとなく、完全にほったらかしにするのが落ち着かなくて……」

「分からなくはないけど、畑がらみはそろそろ自重して手を抜こうよ。スーパーの野菜や果物が気に食わなくて、義兄《にい》さんに少しでも美味《おい》しい農作物を食べさせたい、って理由で始めたんだから、もう目的は十分達成してるよね？」

「まあ、そうなんだけどさ……」

深雪《みゆき》にそう突っ込まれ、視線を宙に彷徨《さまよ》わせながら言葉を濁す春菜《はるな》。だが、深雪がそんなことでごまかされるはずもなく、厳しい追及は続く。

「前々から言おう言おうと思ってたんだけど、お姉ちゃん、完全に当初の目的忘れちゃってるよね？」

「……ナンノコトカナ？」

「片言風味でごまかさない」

「あ〜、うん。美味しい野菜が採れるのが楽しくなっちゃって、つい……」

「まあ、これから出発ってときにあまりしつこくは追及しないけどさ。本当にそろそろ自重したうえで、少し方針とか方向性とか考え直さないとだめだよ？」

「はい、肝に銘じます……」

自分でも薄々分かっていた問題点を妹につつかれ、がくりとしながらそう返事する春菜。

その様子に、他人事《ひとごと》じゃないという風情で目配せを交わす澪《みお》とエアリス。

宏《ひろし》は実に気まずそうに視線を逸《そ》らしている。

「まあ、深雪はよくぞ言ったって感じなんだが、ヒロの前でする話ではないわな」

「そうだね。というわけでお姉ちゃん、帰ってきたらしっかり話し合いするからね！」

「はあい……」

達也に窘《たしな》められ、ようやく矛を収める深雪。

とはいえ、当事者以外にとってはある意味暑苦しい話だったこともあり、先ほどより体感気温が上がったような気がしなくもない。

「にしても、本気で暑いわねえ……」

「ん。インドア派のボクには、ものすごくつらい……」

「移動のほとんどが車だってのが、せめてもの救いかもなあ……」

「でも、車でも角度によっては直射日光と輻射熱《しゃふくねつ》が……」

「まあ、今日の目的地は高原で夏でも結構涼しいから、潮見にいるよりはマシだと思うよ」

　早くも夏の暑さに嫌気がさしているメンバーに、少しばかり救いとなりそうな情報を告げる春菜。

　本日の目的地は、北関東の高原にある隠れ家的な温泉地。昔ながらの伝統的なジビエ料理が名物の、知る人ぞ知るといった感じの避暑地である。

　来る客はほぼ常連のみ、地域に三軒ほどある宿は、平日だろうが休みだろうがいつ予約をとっても二部屋から三部屋の空きがあるという、稼働率に波が少ない温泉地なのだ。

「春菜ちゃん。温泉までどれぐらいかかるの？」

「えっと、ルートマップどおりだと、高速で一時間ちょっと、そこから一般道を三十分ぐらい走れば到着、の予定」

「なるほど、意外と近いんだね～」

「どこから高速に入るかと道の混み具合にもよるけど、東京都内からだったら一時間かからないみたい」

「へえ～」

意外な近さに、感心と驚きの声を上げる詩織《しおり》。首都圏に近い場所に、そんな秘湯じみた温泉地があるとは思ってもいなかったのだ。

「まあ、途中ちょっとぐらい寄り道するとして、昼過ぎに向こうって思っておけばいいかな？」

「そんな早くで、チェックインできるのか？」

「荷物は預かってくれるみたいだし、地元の施設とか見て回る分には少々早くても大丈夫だと思うよ。それに、なんだったら途中での寄り道を増やしてもいいし」

「なるほど、それもそうだな」

春菜の意見に頷《うなず》く達也。

人が少なめの寄り道先など、その気になればいくらでもある。

もっと言うなら、女性の比率が少ない場所なら、少々人が多くても問題ない。最悪すぐ出ればいいので、その際に詩織やエアリスが楽しめるかどうかは度外視でいいだろう。

そもそもの話、今いるメンバーは基本的に観光地や遊戯施設などに疎いので、入ってみるまで楽しめるものかどうかは分からない。

「じゃあ、ちょっと早いけど出発する？」

「せやな。最初は真琴《まこと》さんが運転手か？」

「それでもいいけど、あたしも目的地をよく知らないから、まずは春菜でいいんじゃないかしら」

「うん、そのつもり。といっても、途中降りる場所いくつか目星つけてるぐらいで、私も基本的にはナビ頼りなんだけどね」

宏に問われ、最初の運転を春菜が申し出る。

忘れられがちだが、春菜はまだ免許を取ってから四カ月ほどだ。なので、今回使う七人乗りのワンボックスカーには、ちゃんと若葉マークが貼ってある。

なのに、誰もそのことを気にしないあたり、信用されているのが春菜の運転能力なのか体質なのかは難しい問題だろう。

「で、ヒロはどこに座る？　この面子《メンツ》だったらどこでも問題はないだろうが、やっぱり俺の横に来るか？　それか、通学の時みたいに助手席に行くか？」

「せやなあ……。景色見たいやろうから、助手席はエルに譲って、僕は真琴さんか澪の横におっとくか？」

「だったら、あたし達と一緒に、一番後ろに座っとく？　あたしが一緒なら、澪が余計なこと言ってもすぐに突っ込めるし」

「せやな。それでもええで」

真琴の提案に頷く宏。達也と詩織を引き離すのも忍びないので、事実上選択肢はそれくらいしかない。

「じゃあ、さっさと乗って出発だな」

「エルちゃん、シートベルトよろしくね」

「はい。分かっていますわ、ハルナ様」

「……」

「真《ま》琴《こと》姉《ねえ》、どうしたの？」

「分かってた事実だけど、薄着でシートベルトして谷間にベルト通らないの、あたしだけなのよね……」

「言わんといてや、真琴さん。ようやく春菜さんのに慣れて意識せんで済むようになったっちゅうんに……」

「あ〜、ごめん……」

自身のコンプレックスを刺激しまくる光景に思わずぼやいて、宏から思いっきり苦情をぶつけられる真琴。かつてと違い、今や胸に谷間が存在しないのは真琴だけなので、意識してしまうと真琴だけでなく宏にとってもダメージは大きい。

もっとも、シートベルト自体もそこそこの幅があるのだから、谷間に通って強調されるといってもそこまで露骨なことにはならないのだが。

「詩織姉《しおりねえ》、シートベルト締めて、お腹大丈夫？」

「うん、大丈夫だよ〜」

「この車は先月発売の最新型だし、最近のシートベルトはよくできてて、いざ事故が起こっても妊婦さんのお腹にダメージ与えないようになってるのよね」

「真琴姉、詳しい」

「あたし、こっちに引っ越してすぐに新車買ってるもの。その時にカタログいっぱい見たし」

微妙な空気になったところで、珍しく澪が機転を利かせて話題を変える。その話題に乗っかり、最近のシートベルト事情について説明する真琴。

「因《ちな》みに、今年の新車からは、炎天下に放置しとっても車内がえらいことになったりはせんみたいやで」

「ほほう、そうなのか？」

「せやねん。核融合炉に使われとる熱電変換素子が安く量産できるようになったから、室内に溜《た》まった熱気を電力に変換してバッテリー充電するらしいわ」

「それ、中にいる人間の体温も持ってかれてえらいことにならないか？」

「素子の性質上、室温が三十度を超えんと機能せえへんからな。温度下がりすぎるっちゅうことはあらへんやろう。それに、乗った人間が間違って触らんように配置されとるらしいし、そもそも吸熱するんは窓からの輻射熱がメインっちゅう話や」

宏の説明に、納得がいくようないかないような、という顔をする達也。

実際のところ、達也が懸念した要素や絶縁の仕方などを解決するのに手こずったのが、商品化が遅れた最大の理由である。

もっとも、あまり知られていないことではあるが、この熱電変換素子そのものは国内向けの車両に限り、もう十年ぐらい前から様々なところに仕込まれている。

熱が発生するところに仕込んでおけば冷却の手間が省け、さらに電力も得られるのだから、コストさえ合うなら使わない理由がない。

その利便性から、熱そのものが必要な場所を除き、使用される範囲が年々拡大していっているのも当然だろう。

たとえそれが、室温程度では車内の電装品すら賄いきれない出力でしかなくても、ただ熱を捨てるよりは何倍もいい。

因みに核融合炉に関しては、用途に対して素子の吸熱量と変換効率が良すぎるため、必要以上の発電をさせないように余剰電力を使って炉心を冷やすという、何をやっているのか分からない制御が行われているのはここだけの話である。

また、素子そのものの処分方法は実用化と同時に確立されているので、不法投棄でもされない限りは環境問題も発生しないようになっている。

「お姉ちゃん。そろそろ行かないと、収録始まりそうだって」

「うん、分かった。ちゃんとお土産買ってくるから、あとよろしくね」

「任せて」

深雪に声をかけられ、全員がシートベルトを締めて落ち着いたのを確認し、ナビを手早く設定して出発する。

八月一日午前九時、一行は日本に戻ってきて初めての温泉旅行に出発するのであった。

☆

「よかった、まだそんなに混んでない」

一時間半後。順調すぎる旅程を踏まえて、寄り道をすることにした春菜が、到着した目的地近くの混雑状況を見て安堵《あんど》のため息をつく。

春菜が選んだ寄り道先は、最寄りのインターから温泉までの遠回りルートの途中にあるダム湖と、そこに併設された道の駅である。

美しいダム湖が見られるそこそこ人気のスポットだが、夏休み期間中とはいえお盆休み前でかつ平日の十一時前とあって、まだそれほどの混雑は見られない。

「春姉《はるねえ》、ソフトクリーム食べたい」

「あっ、いいね。みんなはどうする？」

「そりゃ、もちろん食べるわよ」

「そうだな、全員分買えばいいんじゃないか？　潮見よりは涼しいが、ソフト食えないほど涼しいわけじゃねえし」

　達也の鶴の一声で、全員ソフトクリームを食することが決まる。

「……なるほど。ここのご当地ソフトは桃とブドウなんだ」

「ゴーヤとか佃煮《つくだに》とか醤油《しょうゆ》とか、何を思って作ったか分からんようなんはないみたいやな」

「テローナうどん味とかベヒのかば焼き味とかでアイス作ったお前が言うなよ……」

　並んで待ちながらラインナップを確認し、そんな話をする宏達。

　他には定番のバニラとチョコがあるようだが、バニラはともかくチョコは現状、他の客も含め誰一人見向きもしていないようだ。

「それで、私は桃にしておこうかと思うんだけど、みんなはどれにする？」

「僕も桃にしとくか」

「では、私も同じものでお願いします」

「……ん。ちょっと悩んだけど、桃とバニラのミックス」

「じゃあ、あたしはひねくれてブドウにしとくわ」

「私もブドウにするよ。タッちゃんが桃にしてくれたら、食べ比べできるね」

「じゃあ、そうするか」

注文を確認した結果、桃派の勢力が強いことが判明する。

「四対三ぐらいに分かれるかと思ったけど、桃のほうが人数多くなったわねえ」

「まあ、明日もここに寄り道すれば、両方食べられるからいいんじゃないかな？　それに、そもそもこのあたりの道の駅とかフードコート系の施設だと、大体どこでもこのソフトクリーム買えるみたいだし」

「なるほど。このメーカー、かなり地元密着ってわけね」

「そうみたい。所在地もここから近いし、牧場なんかもやってるみたい」

待ち時間にメーカーのサイトを覗《のぞ》いていた春菜が、そんな情報を口にする。

すると、牧場と聞いた澪の目が、キュピーンという感じで輝く。

「ねえ、春姉。そこって観光牧場だったりレストランあったりとかしない？」

「基本的にはごく普通の酪農やってるみたいだけど、一部を観光牧場として開放してはいるみたい。あと、市内に何軒か、直営のレストランとかお肉屋さんもあるって」

澪の問いかけに、ざっとページをチェックした春菜がそう告げる。

それを聞いた澪の目が、さらに輝きを増す。

「春姉、お昼はそこで食べたい」

「ああ、うん。確かに、そういうところのお肉料理って美味しそうだよね。性能のいい保冷バッグも持ってきてるから、ソーセージとかなら買っていけそうだし」

「肉料理はともかく、その牧場のソーセージはここの売店でも買えますよ」

澪のリクエストに春菜が頷いていると、いつの間にか順番が回ってきていたらしく、ソフトクリーム売り場の売り子のお姉さんがそんな情報をくれる。

「へえ、そうなんですね。あっ、ソフトクリームは桃が四つ、桃とバニラのミックス一つ、ブドウ二つ。全部コーンでお願いします」

「はい、ありがとうございます。二千八百円です」

あまり雑談すると悪いとばかりに、先にソフトクリームの注文と支払いを済ませる春菜。

「買うとしたら、おすすめはどれですか？」

「そうですね。ベーコンとスペアリブが美味しいですよ。それとロースハムのハムステーキもなかなかです」

「あ〜、すごく美味しそう」

「一番美味しいのは和牛ランプのステーキ肉なんですが、生肉だけに、これから遊びに行かれる方にはちょっとおすすめしかねるのが残念です」

「それは、明日の帰りに買っていきます」

出てきたソフトクリームを受け取りながら、そのあたりの情報をしっかり確認する春菜。スペアリブと聞いて、飲兵衛《のんべえ》どもの目が澪以上にぎらぎらと輝いていることには気がつかないふりである。

「今日は天気もいいので、あちらの展望台でダム湖を見ながら食べるのがおすすめです」

「はい。いろいろありがとうございました」

最後まで愛想よくいろいろ教えてくれた売り子のお姉さんに笑顔で頭を下げ、情報どおりに展望台へ向かう春菜。

春菜について歩きながら、早速ソフトクリームを味見する他のメンバー達。

「……すごい、桃やな」

「……ん。予想以上に果汁多い感じ。バニラもものすごいミルク感」

「ブドウも、これでもかってぐらいブドウね」

「これ、すごいよね。言い訳程度の果汁と香料でそれっぽい味にしてるソフトクリームと違って、ちゃんと結構な割合で果汁を混ぜたうえで、ソフトクリームとして美味しくなるようにものすごく丁寧に調整してあるよ」

「……少なくとも、ファーレーンでは、まだまだこれほどの氷菓を作り出すことはできません」

「なあ、エル。何か勘違いしてるようだが、このレベルのソフトクリームは、日本でもそんなにはないからな」

「そうなのですか？」

「エル様はラッキーですよ〜。というか、こういうので大当たりを引くと、その旅行はずっと幸せな感じするよね〜」

博打《ばくち》感がありがちなご当地ソフトとは思えぬ予想以上にハイレベルなソフトクリームに、思わず一同大絶賛してしまう。

そんなことを言い合ううちに展望台に到着し、目の前に雄大で美しいダム湖が飛び込んでくる。

「……すごいね……」

「……ん……」

「……これを、人の力だけで造り上げたのですか……」

「ここのはそれほど難工事じゃなかったらしいが、それでも何年かはかかってんだから、そう簡単なもんじゃないだろうな」

ダム湖の美しさと、人の力でそれを造り上げたという事実。その二つに春菜と澪、エアリスが息を飲む。

「でもダムって、大体は無駄な公共工事として槍玉《やりだま》に挙げられるわよね。ここなんかも、あたし達だと想像もできないようなお金かかってるでしょうし」

「……ここの場合は、本気で必要な工事やったみたいやけどな」

「そうなの？」

「らしいわ。っちゅうんも、大型台風と重なって被害が紛れたから目立たへんかったけど、このあたり一帯、戦後に一回大水害があったらしくて、集落が一個壊滅しとるんやって。で、そこまでやないけど水害と渇水がセットの年が何年か続いて、逃げた集落の生き残りの人達を中心に、ダム建設を訴えて国を動かして造ったらしいわ」

「へえ。そういう公共事業もあるのね」

「そら、全部が全部、無駄っちゅうことはないわな。あと、ダムでよう問題になる立ち退きの話やけど、ここの湖底に沈んだ集落はその壊滅した集落やから、そんなに揉《も》めんどころか、生き残った人が進んで土地差し出したっちゅう話やで。地形的にも水害にあいやすくてダムも造りやすかったから、ちょうどよかったらしいしな」

真琴のいろいろ台無しな感想に対し、なぜか宏がダム建設までの経緯を説明する。そのやたら詳しい説明に達也と澪、詩織の三人が目を丸くして驚いている。

「ヒロ君、詳しいね〜……」

「詩織姉も、そこ気になった？」

「うん。なんでそんなに詳しいの？」

「土地の記憶を直接見たんよ。なかなかのスペクタクルで、すごい切実やったんがよう伝わってきたで」

「「なるほど……」」

さすがは創造神としか言いようのないことをしれっと言ってのける宏に、納得するしかない詩織と澪。

「自然破壊やっちゅう意見もあるやろうし、どんなに役に立っとってもダムは無駄やっちゅう意見もあるやろうけどな。その理屈言い出したら、人間が安全に住める場所なんざほとんどあらへん。抗《あらが》える範囲で災害に抗おうとするんまでその手の理屈で非難するんは、さすがに傲慢《ごうまん》やと思うでな」

「特に日本は災害が多いから、それ言い出すとなあ……」

「まあ、バブルの頃みたいに無駄な公共工事が多い時期があったっちゅうんも事実やし、それで禿《はげ》山《やま》にしかかった場所とかようさんあったんも事実やから、ある程度はそういう意見が出んのんもしゃあないけどな」

人が己の力で造り上げた雄大な景色を前に、そんな政治的な話をする宏達。

途中でエアリスも加わったその話は、全員がソフトクリームを食べ終わるまで続くのであった。

☆

「お肉美味しかった」

「美味しかったよね」

「人間の努力だけであんなに美味しいお肉を作れるなんて、日本は本当にすごい国です」

昼過ぎ。澪の要望に応えて牧場のレストランで肉料理を堪能した春菜達は、いよいよ目的地の温泉街へと向かっていた。

なお、現在の運転手は詩織、助手席には達也が陣取っている。宏は先ほどと同様、最後尾の席に陣取り、春菜とエアリスを両隣に侍《はべ》らせている。

達也と真琴は昼食の時に地ビールを飲みまくっており、明日の帰りもそうなるだろうと踏んだ詩織が、宏と春菜ばかりに運転させることを申しわけなく思って買って出たのだ。

「やっぱり、最初はあたしが運転するべきだったかもしれないわねえ」

「自分で言うのもなんだが、俺らがこういう旅行で地酒とか地ビール見て、我慢できるわけがないからなあ……」

「運転手がほかにいないんだったら自重もしたんだけど、宏も春菜も問題なく運転できると思うと、ついねえ……」

目的地まで三十分強なので大した距離ではないとはいえ、妊婦に運転させる状況になり、実に申しわけなさそうにそう口にする真琴と達也。

二人とも、飲んで問題ない状況で酒が絡むと、一瞬でダメな大人になる。

「ああいう状況で飲んでこそ、達兄《たつにい》と真琴姉だと思う」

「せやなあ」

澪の割と厳しい一言に、宏が苦笑しながら同意する。

一方、否定の余地がないコメントを受け、グサッときてうなだれる達也と真琴。

そんな二人の様子に、くすくすと思わず小さく笑い声を漏らす詩織。

素直に反省しつつ、それでも同じ状況になると我慢できずに飲んでしまうであろう夫とその親友の、非常に人間らしいダメさ加減が妙に愛《いと》おしかったりする。

これがアルコール依存症レベルになれば、詩織とてこんな風に笑って済ませたりはしないが、二人とも必要なときには自制が効き、身を持ち崩すほど酒におぼれているわけでもない。

飲みすぎたところで少々テンションが上がる程度で、他人に迷惑をかけるような酒癖があるでもないので、詩織にとってはフォローしながら笑って済ませられる範囲である。

「……あら？」

「どないしたん、エル？」

「いえ。今、ハルナ様の歌声が聞こえてきたような気がしまして」

エアリスの言葉に、車内での会話が途切れる。エンジン音と走行中の振動音だけになった車内を、カーラジオから流れてきた歌が覆い尽くす。

「……ああ、これね」

「この歌、春菜さんがバックコーラスやっとんの？」

「うん。お母さんに頼まれて、よその事務所のアイドルグループの新曲にコーラス入れたんだ」

「そういえば、雪菜《ゆきな》さんの事務所に所属しとったんやっけ？」

「うん。一応は仕事しなきゃってことで、こういう簡単なのをね」

春菜の説明に納得する一同。せっかくなので、気になったことを聞くことにする。

「春姉、春姉。このグループ、割と音痴で有名だったと思うんだけど、今までとは別人のように上手に聞こえるのは春姉の仕業？」

「どうなんだろう？　あんまり表に出たくなかったから、できるだけ私が目立たないようにメインコーラスを引き立てる歌い方を心掛けてみたんだけど」

「ねえ春菜。それって、ある種のドーピングみたいなもんじゃないかしら？」

「あ～、そうかも」

春菜の答えに、他人の力を借りてのズルはするもんじゃない、などと心の底から思ってしまう澪と真琴。ライブなどでアレンジ版を歌うと、ものすごい勢いでぼろが出るのが目に見えている。

「なあ、春菜さん」

「何？」

「これって、聞く人が聞いたらバックコーラスの手柄やっちゅうん、一発で分かるやんな？」

「あ～、分かるかも」

「騒ぎにならんの？」

「お母さんの伝手《つて》だから、で終わるっぽい。お母さんね、今までも顔出しはしたくないけど才能と芸能界への興味はあるっていう人を発掘しては、こういう仕事振ってたりするし」

「なるほどなあ」

さすがは、今の芸能界の歌唱部門を裏で牛耳っているとまで言われている雪菜。歌が絡む話には、いくらでも手札を持っている感じである。

「春姉、こういう形でボク達に目の前で歌聞かれるの、恥ずかしがるかと思った」

「自分の歌だったらちょっと恥ずかしいかもだけど、人の歌だしね。こう、劇なんかでその他大勢をやってるときの感覚？」

「……ああ」

澪の疑問に対する春菜の率直な感想に、なんとなく全員が納得する。

もっとも、

「あの、ハルナ様。ハルナ様がその他大勢なんて、そんな経験があるのですか？」

エアリスの言うような疑問も、当然のごとく発生するわけだが。

「一応、小学校の時にクラスの出し物で演劇やったとき、人間関係で揉めそうだったから、その他大勢の役やらせてもらったことはあったよ。それっきりだったけど、すごく気が楽だった」

「それ、絶対その他大勢のうちの一人が一番目立ってたわね」

真琴の突っ込みに、全員が同意するように頷く。

実際、その劇の時に一番目立ったのは、台詞《せりふ》が脇役全員で言う『そうだそうだ』しかなく、出番もわずか三分で演技らしい演技もしていなかった金髪の村人Dだった。

目立つ髪色というのもあるが、そもそも日頃から人目を引く存在感を発しているのだから、演劇の場合は裏方以外どこに置いても一緒であろう。

母親のように存在感を消して一般大衆に紛れ込むテクニックを持っていればともかく、今のところそこまでの技は持っていない春菜の場合、どうせ目立つのだから目立ってなんぼの主役に置いておくのが一番当たり障りがないのは間違いない。

　なお、似たようなパターンで目立ちそうな合唱に関しては、春菜は常に人数が足りない場所に配置されたうえで、ソロパートがある曲はソロパートも任されるという変に難易度の高いことをやらされてきた。

　春菜が在籍していた小中学校が得たそのあたりのノウハウは、現在深雪の処遇において十分すぎるほど活かされているのはここだけの話である。

「でもまあ、論文があるから人前で発表する機会はなくならないだろうけど、大学だと部活やる予定も時間もないし、演劇とかそういうのをやることはもうないかな」

「そうだろうなあ」

「本気であんた達、ものすごく忙しいものねえ。部活に時間割くぐらいだったら、普通にウルスに顔出したいわよねえ」

　春菜の言葉に同意する達也と真琴。そのタイミングで、春菜の携帯電話が鳴る。

「……深雪からだ。収録関係だろうね」

　誰からかかってきたかを告げ、全員に聞こえるモードにして電話に出る春菜。その会話を、固唾《かたず》をのんで見守る一同。

『もしもし』

『あ、お姉ちゃん。今、大丈夫？』

『今は運転してないから大丈夫だよ。どうしたの？』

『今ね、捨てちゃう食材で料理する企画の収録が来てるんだけど、何かない？』

行く前にちゃんと打ち合わせをした内容を、わざわざ確認してくる深雪。

その態度にピンとくるものがあった春菜が、即座にアドリブで応じる。

『……生産者に直撃するはずの番組が、なんでうちに食材集めに来てるのかちょっと腑《ふ》に落ちないけど、一応いろいろあるよ』

『何があるの？』

『原木の横に、今朝出発前に間引いたシイタケが入った袋があるから、それ持っていっていいよ。毒キノコとか食べちゃ駄目なやつとかは混ざってないから。あと、野菜室に今朝収穫した野菜がいろいろ入ってるけど、旅行前でバタバタしてて仕分けしてないから、駄目なやつが混ざってると思うんだ。適当に見て、持っていってもらって』

『うん、分かったよ。他に何かある？　先方はチーズとかあると嬉《うれ》しいって言ってるけど」

『チーズは余分なのはないなあ。というか、乳製品は消費しきれる量しか仕込んでないよ。その代わり、作りすぎて食べきれなくなっちゃった金山寺味噌《きんざんじみそ》は、冷蔵庫に入ってるよ』

恐らく聞かれている、というよりテレビでこの会話が流されるだろう、という前提で、いきなり聞かれたという態度を崩さずに深雪の問いかけに答えていく春菜。冷蔵庫の中の野菜は事前の打ち合わせにはなかったものだが、実際にいろいろ駄目なやつも混ざっていたので問題ないだろう。

すでにバックコーラスや間奏のラップなどを何曲かやっている以上、声に関しては今更なので諦めもつく。むしろ、それを餌に顔出しをどうにか潰《つぶ》さなければいけない。

『それで、わざわざうちに来たってことは、お父さんがゲストか何かで参加してるんだよね、多分？』

『うん、そう言ってた』

『だったら、作り置きのクッキーとか冷凍庫の常備菜とか適当に差し入れしておいて。ああいう収録って、お昼とかちゃんとしたもの食べてるかどうか結構怪しいし』

『分かった。適当に見繕っておくよ。あと、電話替わってほしいんだって。いいかな？』

『うん』

　そら来た、と、内心で身構えつつも、表面上は問題なさそうに取り繕ってＯＫを出す。

『もしもし、春菜ちゃん？　山岡《やまおか》です』

『ご無沙汰してます』

『本当に、久しぶりだね～』

　それなりに知った相手で、今回の番組全体のメインでもある某アイドルグループの一人に、当たり障りのない感じで挨拶を返す春菜。その後、五分ほど雑談交じりに交渉を行い、どうにか顔出しＮＧを勝ち取る。

　表面上はにこやかなまま背中にびっしり汗をかきつつ、最後まで和やかに話を終えて電話を切り、春菜は大きくため息をついた。

「疲れた……」

「お疲れさん。相手が割とあっさり引いてくれてよかったやんなあ」

「向こうもストーカー騒動とかのこと、知ってるからね。最初から無理だって分かってて形だけ食い下がる、みたいな感じでやってくれたからすごく助かったよ、本気で……」

そう言いながら、ポシェットからハンカチを取り出して汗を拭く春菜。汗で背中に服が張り付いて気持ち悪いが、今はどうしようもないので諦める。

もしもの時を考えて透けるような色合いと素材の服を避けたのは、実に大正解だったと言えよう。そうでなければ今頃、少なくとも下着の線はくっきり浮き出ていたはずだ。

「空調効いてる車の中で、こんなに汗かくとは思わなかったよ」

「肉体構造的に大丈夫やとは思うけど、風邪ひかんように気ぃつけや」

「うん」

宏の言葉に嬉しそうに頷く春菜。宏も春菜も普通の風邪などひかないが、心配してもらって嬉しくないわけがない。

そもそも、ああいう状況で冷や汗をかく程度には、人間時代を引きずっているのだ。高位生命体しかかからない病気も結構ある以上、注意は必要であろう。

「もうすぐ目的地みたいだから、春菜ちゃんはそこまでちょっと我慢してね」

「うん」

「ハルナ様、寒かったら遠慮なく言ってください。薄いタオルケットなら、すぐ出せるように持ち込んでいますので」

「ありがとう、エルちゃん。寒くなったら遠慮なく借りるよ」

そんな話をしながら、窓の外に視線を向けて状況を確認する春菜。いつの間にやら、もはやどこなのか分からないほど山深いところを走っている。

妙に立派に整備された道のおかげで快適なドライブを実現しているが、すでに結構な時間、前にも後ろにも車が走っていない。

牧場を出てこの道に入ってから、対向車線ですれ違った車も三台ほど。びっくりするほど交通量が少ない。

「……あれ？」

「……なんだありゃ？」

さらに五分ほど走り、目的の温泉地らしき集落の入口に着いたところで、詩織と達也は現代日本とは思えない存在を見つけてしまった。

道路わきの獣道《けものみち》から出てきた彼らは、おおよそ日本人とは思えないほど日に焼けて黒く、日本人離れしたどことなくアフリカンな感じの精悍《せいかん》な顔だちをしていた。

アジの開きなどの絵がプリントされたパチモノくさいTシャツに、安物っぽいGパンとスニーカーを身につけた彼らは、右手に石槍《いしやり》を持ち、左腕で獲物を括《くく》りつけた丸太を担いでいる。

そんな彼らの腕には、見事なまでに時計の跡が。

二人掛かりで担いでいる獲物は、これまたおおよそ今の日本に生息していたとは信じられないほど巨大なイノシシや熊、雉《きじ》など。全てに石槍でぶち抜かれた跡があり、きっちりトドメを刺したことを示すように首があらぬ方向を向いている。

服装が妙にファッショナブルなことだけが現代文明との接点と言わんばかりのところも含めて、古いコントなどでよく出てきた『原始人』というキャラクターを進んでパロっている感じがすごい。

もはや○○探検隊と銘打たれた、往年の見事なまでにやらせ感丸出しの突っ込みどころしかない娯楽番組のノリである。

「……ここ、日本だよな？」

「……ナビの表示だと、ちゃんと北関東だよ～、多分」

信号待ちで停車した達也達の前を、悠々と渡っていく謎の一団。全員が渡り終えたところで、別のところからこれまたやたらと立派で巨大な鹿が。

それを見た先頭に立っていた若者が、おもむろに石槍を投げつけて喉をぶち抜く。獲物を担いでいるのに一撃で仕留めるあたり、見事な投擲《とうてき》の腕前だ。

「まだいるのかよ……」

「予想以上に秘境だね～、ここ……」

仕留めた鹿の首をねじってきっちりトドメを刺し、比較的荷物が軽い仲間に担がせる先頭の若者。北関東の訛《なま》りが混ざっているとはいえ、話し言葉はちゃんと日本語で意味も分かるのに、どうにも知らない言葉のように錯覚してしまう。

「……まあ、宿に行こうか」

「……うん」

運転席と助手席にいたために、日本の風景としては非常識にもほどがあるその光景をばっちり目撃してしまった達也と詩織が、現実逃避的にそう結論を出す。

そのまま走ること、さらに五分。

到着した宿は、どこにでもあるようなごく普通の温泉旅館であった。

「なあ、春菜さん……」

「言いたいことは、よく分かるよ……」

「というか、さすが春姉の探してきた温泉地。予想どおり濃い体験ができそう」

「てかね、一応ジビエっていろいろ規制うるさかったはずなんだけど、あんな仕留め方した獲物とか大丈夫なの？」

「ちゃんとした施設でちゃんとした設備使って解体と食肉化処理してるんだったら、多分大丈夫なはず。というか、認可下りてるから、大丈夫じゃないと困るよ……」

いろいろ突っ込みどころが多い状況に困った表情でため息を漏らしつつ、諦めて覚悟を決めて宿に入っていく春菜。

その春菜の意思表示に従って、どこか不安そうにしながら宿に踏み込んでいく宏達であった。

☆

「特別室だから部屋が豪勢だってのを除けば、宿がどこまでも普通なのがすっごい違和感ね……」

「ん。売店で普通に鹿肉のジャーキー買ってる浴衣姿のおじさんとかいた。達兄や真琴姉ほどじゃないけど、すでにお酒がそこそこ入ってる感じ」

「ほどほどに賑《にぎ》わってる感じだけど、他の宿泊客の人達って、あれを知ってたのかな？」

「常連なら、多分知ったうえで気にしてないと思う。もしくは、ボク達みたいなちょっとずれた人達じゃないと、あれを疑問に思わないのかも」

「ああ、そうかもしれないね。なんとなくこのあたり、磁場とか霊脈とかが微妙にずれてる感じがするし」

宿の部屋。内装や売店、案内してくれた仲居さんに、さっきまで入っていた温泉などを総合的に踏まえて、そんな感想を口にする真琴達。

今回は宏の誕生日祝いを今日にずらして兼ねるという名目に加え、エアリスがいるうえに部屋割りがややこしいことになりそうだったのもあり、複数の部屋が存在する特別室に全員で泊まっている。その分お値段もなかなかのものではあるが、それを痛いと思う人間はいない。

エアリスの分は全員で割り勘のつもりだったのだが、達也と詩織を除くメンバーの親がお金を出してくれたため、宿泊費に関しては綺麗《きれい》に問題が消えている。ついでに言えば、宏の誕生日に合わせて特注したケーキや特別料理への変更費用も、親達が普通にお金を出している。

なお、達也と詩織の二人は現在、春菜達にそそのかされて売店でいろいろ物色中である。食べ物系の土産物はまだしも、根付《ねつけ》などの小物類に関しては、ラブラブな夫婦がいちゃつきながら物色しているのを見せられるのはつらいものがある。

特に、恋愛方面ではなかなか進展がない春菜と澪、エアリスにとっては、いかに微笑《ほほえ》ましいやり取りであっても、どうしても僻《ひが》みの念が入り混じりそうなので、今回ばかりは一緒に行動するのは遠慮したい気分だったのだ。

宏はというと、少し前に自販機まで飲み物を買いに出ている。最近はこの手の旅館でも、冷蔵庫の中に飲み物が入っていないことは珍しくないのだ。

「あの、よく分からないのですが、日本ではああいう狩りは普通はしないのでしょうか？」

「普通じゃないというか、そもそも狩猟そのものが許可制で、しかも普通は白兵戦用の武器で挑んだりはしないんだよ。向こうみたいに、鍛えれば獣に身体能力で勝てるようになる、なんてことはないし」

「そうなのですか？」

「うん。一応全く使わないわけじゃないけど、基本的に使うのは確実にトドメを刺すときだけかな。仕留めるのは猟銃でやるから」

「猟銃、ですか？」

春菜の言葉に、いまいち腑に落ちないという様子を見せるエアリス。

というのも実は、フェアクロ世界にも火薬は存在しており、過去に銃器の類《たぐい》もライフルぐらいのレベルまで発明されて、結局使い物にならないことが証明されているからだ。

温泉につけておくだけでいくらでも増える便利な爆薬があったため、宏達は作る機会も使う機会もなかったが、火薬を用いた爆弾も普通に作られており、そちらは主に土木工事などで使われている。

そういった背景により、エアリス的には銃器で獣を狩るということ自体がピンとこないのである。肉が欲しければ、レベルを上げて物理か魔力で殴るのが一番手っ取り早い世界なので、こればかりは仕方がないだろう。

「春姉、春姉。多分、実物見せてもエルは納得できないと思う」

「そうよね。言っちゃあなんだけど、猟銃ぐらいの威力だったら、エルが普段着にしてる服でも止められちゃうものね」

澪と真琴の言葉に、そうだろうなあ、という表情を浮かべる春菜。

そもそもの話、物理防御だけで言うなら、旅行に来ているメンバーの中に猟銃ごときを生身で止められない人間はいない。一番防御力が低い達也ですら、拳銃や猟銃ぐらいなら軽い打撲程度で済んでしまう。

運動能力は一般人の最低ラインよりましな程度であるエアリスも、神の城でのがんばりの結果、頑丈さだけは澪や真琴に近い水準、つまり亜神のレベルに片足を突っ込んだ領域に入っている。

銃器の強さをいくら力説したところで、ピンとくるわけがないのだ。

もっとも、それだけの肉体強度を持っていながら、大潮神社に行ったときに慣れない靴で石段を上ったからという理由であっさり足を痛めたのは、エアリスの七不思議のひとつかもしれない。

そんな話をしているうちに、ようやく宏と達也、詩織が帰ってくる。

「あ、お帰り」

「ただいま。そろそろご飯やって」

「真琴、いい酒買ってきてやったぞ」

「気が利くわね」

「俺も飲むからな」

などと言いながら、テーブルに飲み物とコップを並べていく宏達。

達也と真琴の前には一升瓶が鎮座し、未成年、もしくは現在アルコールが飲めない人間にはコーラや乳酸菌飲料などが配られる。

「思ったんだけど、もう晩ご飯だったら、このジュース類は冷蔵庫に入れて、料理の時に別注で注文したほうがいいんじゃないかな？」

「特産品の果物搾ったとかみたいな地元限定のやつ以外は割高だし、これそのまま飲めばいいと思う」

「それでいいんだったら、このまま開けちゃうけど」

そう言って、目の前に置かれた国民的なブドウソーダの缶に手を伸ばす春菜。夏場だからか五百ミリ入りが百円だったとのことで、コーラやサイダーなども基本的にはそのサイズのものである。

旅館の自販機なのにワンコイン百円という値段設定で、しかも普通はあまりこういうところの自販機のラインナップに入らない五百ミリ缶のジュースという点は突っ込みどころではあるが、ここに来るまでにもっと大きな突っ込みどころに遭遇しているうえ、別に誰も困らないのでスルーしている。

ちょうど春菜が缶を開けたところで、仲居さんが食器やら何やらに調理台のようなもの、鍋などを持ち込んで配膳を始めた。

その中の一人、若干年を召した仲居さんが調理台に包丁をはじめとしたあれこれを並べてスタンバイし、食前酒と箸が行き渡ったのを確認したところで、一つ頭をさげる。

「本日はようこそお越しくださいました。これよりお食事のほうを始めさせていただきます。前菜をはじめいくつかのお料理は、この場で調理させていただきます。調理を担当させていただくのは私、中村《なかむら》と申します」

「はい、お願いします」

「それではまずは、特産品の蕪《かぶら》とトマト、チーズを使った前菜をご用意させていただきます」

中村さんの言葉に合わせ、部屋の外でスタンバイしていた仲居さんが大きな蕪を持ち込む。

その蕪には、まるでゴ○ゴのような模様とよく見れば手足に見えなくもないこぶがついていた。

「その蕪ちょっと待ったあ！」

あまりにもどこぞの爆発する温泉野菜に酷似したそのフォルムに、突っ込み待ちだと判断して真琴が声を上げる。

その真琴の様子に首をかしげながら、中村さんが割と無造作にまな板の上に蕪をのせる。

「どうかなさいましたか？」

「その蕪、どう見ても顔がついてるわよね!?」

蕪の大きさを考えれば乱暴というほどではなく、だが例の野菜ならば余裕で爆発する程度の衝撃を与えるその置き方に反射的に首をすくめつつ突っ込みを続ける真琴。

その突っ込みに、ああその件か、という感じで中村さんが小さく微笑む。

なお、いくら何かに似ているとはいえ、ここは日本でこれは普通に畑で栽培されている蕪だ。当然のことながら、どんなに乱暴に扱っても爆発などしない。

「我が村の特産品であるこの誉《ほめ》二号という品種は、この顔のような模様と手足に見えなくもないこぶが特徴の蕪でして、この顔が濃ければ濃いほど美味しいんですよ」

「何よ、その漫画にでも出てきそうな妙な特徴は……」

「まあでも、デコポンなんかも、出っ張っとるへそが大きくてしわが多い、見た目に不細工なやつのほうが美味しいから、ありえへん特徴っちゅうわけでもないわなあ……」

説明を聞いた真琴と宏の会話に、ニコニコ笑いながら調理に戻る中村さん。

どうやら一見《いちげん》さんからはよくある質問だったようで、真琴の突っ込みも含めて問題ないという態度である。

「でも、名前まであれに似てるとか、できすぎでしょう……」

「そのうち爆発するようになったりしないよな……」

「さすがにそれは大丈夫だとは思うけど、このあたり温泉地なのがちょっと……」

彼《か》の温泉野菜であれば容赦なく爆発するであろう切り落とし方で葉っぱを落とし、蕪を割ってスライスしていく中村さん。その動きにいちいち身構えてしまうのは、向こうで散々あれを料理してきた宏達としては仕方がないところであろう。

切り方やら置き方にそこまで過敏に反応していないのは、あれの調理風景や爆発シーンをそれほど見ていない詩織だけである。

「ヒロ君と春菜ちゃんの場合、畑のこと考えたらこの蕪に突っ込みいれるのは厳しいと思うな～」

「あかん、否定できんわ……」

「ごめんなさい……」

そんな、ただ一人冷静な詩織からの突っ込みに、ガックリした感じで頭を下げる宏と春菜。

結局この宿の料理で突っ込みどころ満載だったのは蕪だけで、他に出てきたのは牡丹鍋《ぼたんなべ》や鹿肉の味噌漬けの朴葉《ほおば》焼《や》きなどごく普通のものだったため、美味しくはあってもどうにも肩透かしを食らった気分になる一同。

宏の誕生日ということで追加した特別料理やケーキも、豪勢で非常に美味ではあったが特筆するほど変わったところもなく、蕪以外は特に突っ込みどころもないまま無事に夕食が終わる。

結局、翌朝にこの村の本当の名物がイノシシの丸焼きであり、シーズンと狩猟の成果によっては温泉街の広場で振る舞われることもあると聞かされるまで、心穏やかに温泉宿を楽しむことができる春菜達であった。

## 第46話　車のボンネット燃やしてハンバーグを焼くあれか……

「東《あずま》君、藤堂《とうどう》さん。明日一日、予定を空けてもらえないかな？」

旅行から帰った翌日。朝の畑仕事を終え、耐候フィールド発生装置の実証データを取りに総合工学部へ来た宏《ひろし》と春菜《はるな》は、実験室に到着した直後に天音《あまね》からそう告げられる。

「明日ですか？」

「うん。急で悪いとは思うけど、明日以外だとちょっとどうしても都合がつかなくてね。何か明日でないと絶対ダメな予定とかある？」

あまりに急な予定に、思わずオウム返しする春菜。

そんな春菜に、申しわけなさそうにしながら明日しかないことを強調する天音。

珍しく強引にスケジュールを押さえにくる天音に、これはどうしようもないと諦める春菜と宏。

「明日は特に何もなかったよね？」

「せやな。朝に畑仕事するぐらいで、あとはここで実験機関係の作業するか家の工場でバイトするかの二択やな」

「急にエルちゃんが来たりしたら変わるけど、昨日まで一緒に旅行だったから多分大丈夫かな？」

「やと思うで」

念のために明日のことを確認し、問題になりそうな予定は入っていないと結論を出す春菜と宏。

身内が急に亡くなったりすれば話は別だが、少なくとも今の時点では動かせないような予定どころか何をするかすら決まっていない。

「というわけで、私達のほうは大丈夫ですけど、明日何があるんですか？」

「東君が実験している耐候フィールド関係で、ちょっと大掛かりな実験のために出かける必要があってね。先方との予定のすり合わせの結果、明日を逃すと二カ月ぐらい先になりそうだったんだ」

「なんかこう、嫌な予感がしおるんですけど、僕らはどこに連れていかれるんですか？」

「自衛隊の富士演習場。一度実弾を撃ち込んで、フィールドがどういう反応をするか見ておきたかったんだ。因《ちな》みにこれ、防衛省からも話が来てる案件だから、早いか遅いかと出向く先が自衛隊になるか米軍になるかの違いしかないから」

予想以上の大事《おおごと》に、思わず絶句する春菜と宏。

元から軍事利用される可能性について釘《くぎ》を刺されていたため話自体は理解できる。

が、さすがに省庁から直接話が来るどころか、米軍まで出てくるとは思わなかった。

「……っちゅうことは、今日僕らがやるんは、明日実験するための設定とテスト、っちゅうことですか？」

「そうだね。特に弾《はじ》く物質のパラメーター設定は、今日のうちに絶対必要になるものだけでもやっておかないと、明日現場で、となると大変だし」

「まだバージョンゼロ番台前半のプロトタイプですからねえ。ＡＩもこなれてへんから、オートアジャストもまだ使いもんにならんし」

「水を弾く仕様にしたら、生き物も野菜も中に入れなくなったりしてるもんねえ」

まだまだ改良の余地がある、というより改良の余地しかない現在の実験機に、ため息しか出ない宏と天音。

そもそも理論自体が非常に胡散臭《うさんくさ》く、作った当人と一部の天才を除き現実に起こっている現象がなぜ成立しているのか理解も納得もできない類《たぐい》のものだ。

実験機第一号の完成から現時点で二カ月程度、まだ挙動や性質の解析を行っている段階とはいえ、急いで改良したいところが多すぎるのが関係者全員にとって頭が痛いところである。

「そういえば、今日はどんな予定だったの？」

「いろいろデータとって、場合によってはそれをもとに実験機を改造しようかって話はしてたよね？」

「せやな。ほとんどいじる必要なさそうなパラメーターが見つかったから、いじらんでもええっちゅうんが確定したら調整項目から外すか自動調整するかのどっちかにしよか、っちゅう予定やってんけど、今日は下手に実験機いじらんほうがええか……」

「なるほどね。それだったら二度手間になる可能性が高いから、むしろ明日の実験結果を待ってからちゃんと図面を引いて改造したほうがいいね」

春菜と宏のやり取りを聞いて、そう方針を示す天音。

現在使われているのは実験機だけあって、設定や調整を行う項目が驚くほど多岐にわたる。

というより、数値や条件が固定されているもののほうが少ない。

これに関しては他の学部の教授などから指摘されて増やしたものも多く、まだ何をどうすればどう変わるか、その傾向すらつかめていないもののほうが圧倒的に多い。

当面の目標はこれらの設定項目のうち、一つを決めれば必然的に他が決まるものやほぼ変動なしのものをあぶりだして省略することである。

「因みに、外す予定だったパラメーターって何？」

「気温関係です。冷凍庫に放り込んだり溶鉱炉のそばに置いたりでいろいろ試した結果、マイナス二十五度からプラス五十度まではほとんど影響なくて、それ超えたらそもそも機能せんかったんで、別にパラメーターとして無視してもええんちゃうか、って」

「ふむふむ。気温関係は現状、どういう扱いになってるの？」

「現状はこっちからの設定項目っちゅうより、この種の実験とかデータ取りの必須項目として記録してるっちゅうんが実態です。ものすごい影響出るようやったら制御項目にするつもりやったんですけど、結果がこうやからこいつのセンサーからは抜いてもええかな、って」

「ほとんどってことは、若干は影響があるんだよね？」

「ほぼ誤差の範囲やから、気温の影響が絡む別の要因ちゃうかと考えてます」

「なるほど。まあ、その辺の挙動も場所によって変わってくるかもしれないから、今回は触らない方針で」

宏から聞き出した現状を踏まえ、方針を告げる天音。

「じゃあ、パラメーター設定を進めていこう。場合によっては自衛隊や米軍に貸し出して実験継続ってことになるから、予定の三倍ぐらいは準備しておかないと」

「自衛隊はともかく、米軍に貸し出すのって大丈夫なんですか？　一応、特許関係の出願は済ませてるっていっても、もろ軍事利用になるような……」

「まあ、どうせ再現できない類のものだし、なんとなくだけど軍が期待してるような使い方はできない気はしてる」

「まあ、私もこれを普通のバリアみたいな使い方するのは無理だろうな、とは思ってますけど……」

妙にお気楽な天音の態度に、本当に大丈夫なのかと不安になる春菜。

一方の宏はというと、軍に研究が取り上げられても、それはそれでしょうがないとある種の達観を持っていたりする。

もっとも、実際のところ天音が言うように、図面とデータがあれば同じものが作れるかというとかなり怪しい。

そもそも、使っている素材が日本でしか製造できず、また現段階では素材の精製も加工もすさまじい高精度さが求められる。

さらに、組み立てにも図面では書き示すことができない様々なコツが必要で、これを自力で修得するのは並大抵の苦労ではない。

しかも現在公開されている論文がまた意味不明で、やっていることは分かるのだがなぜその結果が起こるのか当人か天音クラスの天才でなければ理解できず、当然ながらどこを注意する必要があるのか何度読んでも把握できない。

海外でこそまだだが、すでに国内の他の大学では、図面やデータを渡しているのに論文が再現できずに泣きつかれるという事態が数件発生しているのだから、恐らく天音の言うとおり米軍でも再現できずに終わるだろう。

「で、実験するのは実弾とかミサイルですよね？　その辺の素材データってあるんですか？」

「うん、ちゃんともらってきたよ。といっても、弾く基準にするだけだから鉄と鉛の含有量ぐらいだけどね。ミサイルの構造はともかく外殻の素材は機密ってほどのものじゃないらしいし、銃弾に至っては今回は市販の通常弾で試すし」

天音の言葉に、そういうものかと首をかしげる春菜。

厳密に言えば全て機密は機密なのだが、鉄と鉛がどれぐらい使われているかぐらいは知られても困らないという話である。

なお、市販というのはもちろんアメリカでの話で、宏達の暮らす日本では一般人が銃弾を購入することはできない。

工業技術的に密造しようと思えばできるが、薬莢《やっきょう》と弾頭はともかく火薬の材料を調達した時点で警察や公安に目をつけられ、全ての材料が揃《そろ》った時点で御用となるので実質的に不可能と言っていいだろう。

「データ設定が終わったらいろいろと書類を書いてもらわなきゃいけないから、早いとこ終わらせちゃおう」

「「はい」」

天音に急《せ》かされ、大急ぎで作業に入る宏と春菜。

結局この日は、明日の実験に合わせた設定がちゃんと機能するかのテストと自衛隊の演習場に入るための書類作成で、きっちり丸一日潰《つぶ》れてしまうのであった。

☆

「初めまして。本日の責任者となります、大島《おおしま》紘一《こういち》です。階級は三等陸佐です」

「アメリカ軍横須賀基地所属のリチャード・ロックだ。階級は少佐。今日はよろしく」

「初めまして、綾瀬《あやせ》天音です。こちらは開発者の東宏君と、その共同研究者の藤堂春菜さんです。本日はよろしくお願いします」

「東宏です。よろしくお願いします」

「藤堂春菜です。よろしくお願いします」

翌日、午前十時。自衛隊の富士演習場。

どことなく緊張感が漂うなか、初対面の挨拶を済ませる一同。

宏達の白衣の下が普段は着ないようなかっちりした服なのも、妙な緊張感に拍車をかける。

一人全く緊張感のない笑顔を浮かべる天音が、非常に浮いている。

「念のために確認しますが、皆様は至近距離で銃撃などを見た経験はありますか？」

「身内に警官もヤクザもおらん海外未経験の人間が、この年で銃撃見たことあったら、そのほうが怖いですわ」

「えっと、私は銃を撃っているところを見た経験はありませんけど、海外で銃声を聞いたことはあります」

「東君と藤堂さんはともかく、私についてはお二人のほうが詳しいのでは？」

まず最初に問われた内容に対し、素直に答える宏と春菜。

天音のほうは銃撃どころかミサイルやロケットランチャーを撃ち込まれたことすらあるが、刺激的すぎるにもほどがあるので、ここではそう返すにとどめる。

「分かりました。まあ、銃撃戦なんて経験しないに越したことはありませんがね」

「そうそう。ニンジャやカラテカじゃあるまいし、普通の人間は基本的に撃たれたら終わりだからな。そんな危ないことに巻き込まれないのなら、それが一番だ」

宏と春菜の民間人らしい回答に、苦い笑みを浮かべながらそう告げる大島三佐とリチャード少佐。

「ロック少佐は日本語お上手なんですね」

「これでも日本は長くてね。初来日からの期間でいうと、そろそろ第二の故郷と言えるくらいの長さになっているよ」

春菜に聞かれ、どことなく照れ臭そうに自身の経歴を語るリチャード少佐。その後、少し不思議そうな表情で春菜を見つめ、破顔する。

「なんとなく見覚えがある顔立ちだと思ったら、もしかして君はフェアリーの娘さんか？」

「フェアリーというのが歌手のＹｕｋｉｎａなら、私の母です」

「やっぱり！　私は彼女の大ファンでね。まさか、彼女のお嬢さんと会える日が来るとはね」

春菜の答えに、嬉《うれ》しそうにそう告げるリチャード少佐。

余談ながら、雪菜《ゆきな》はいつまでも変わらぬ妖精のような容姿から、欧米諸国ではフェアリーという愛称で呼ばれることが多い。

「いろいろ聞きたいことや話したいこともありましょうが、時間は有限です。まずは実験を一通り済ませてからにしましょう」

「そうですね。ほな、すぐに実験機を設置してまいますんで、案内お願いします」

「分かりました、こちらへどうぞ」

予想外の大物の名前に、このままだとどこまでも脱線してしまいそうだと判断した大島三佐が、まずは実験を済ませてしまおうと一行を本日使用予定のない演習場へ案内する。

案内された演習場は、大規模演習を想定しているであろう広い場所であった。

「あそこに用意した標的を守るように設置してください」

「分かりました。広さはこっちで決めてもよろしいですか？」

「お任せします」

大島三佐の指示に従い、標的を中心とした十メートル四方の空間を守るようにフィールドシステムの実験機を配置する宏。

フィールド発生装置そのものは、現状ではどこにでもありそうなティッシュボックスぐらいのサイズの金属製の箱である。

そこに様々なセンサーや制御装置、パソコンで遠隔操作するための通信装置などが組み込まれたかなり大きな外付けパーツを取り付けたものと、フィールドで覆う範囲を定義するための握り拳大の子機を数個、というのが現在のフィールドシステム実験機の構成だ。

子機は別になくてもいいのだが、子機をなしにすると本体をフィールドで覆いたい範囲のど真ん中に設置する必要があるため、今回は実験内容を踏まえて四つほど使っている。

問題なく起動できたのを確認したところで、土地に合わせていくつかの項目を微調整し、フィールドを発生させる。

「準備できました。もう、フィールドが発生してます」

「何も見えないのですが、本当にフィールドが発生しているのですか？」

「はい。これで水、鉄、鉛、コンクリ、一部のプラスチックは弾きます。まずは通常の挙動を見てもろたほうがええかと思うんで、いっぺん水かけてみましょうか」

「そうですね、お願いします」

大島三佐の指示を受け、用意されていたホースで標的に向かって水をかける宏。

放物線を描いて標的に向かって放水された水は、何もない空中で不自然な動きをして地面に落ちる。

「……本当に、水を弾くんですね……」

「……Ｏｈ　Ｍｙ　Ｇｏｄ……」

明確に何かに阻まれている水を見て、思わず目を疑う大島三佐と天を仰ぐリチャード少佐。

何度資料を読んでも、何度映像を見ても信用できなかった事実を突きつけられ、軍人だというのに動揺を抑えきれずにいる。

「これって放水車やウォーターカッターだと、どうなるんだっけ？」

「試したことないから、なんとも言えん。ただ、ウォーターカッターはあんまり気にせんでもええとは思うけど」

「まあ、あれは絶対に私達が想定してる環境に入ってこないしね」

動揺する大島三佐とリチャード少佐を放置して、そんな疑問についてやりとりする春菜と宏。

市販の高圧洗浄機ぐらいでは実験しているが、大規模火災の消火や暴徒鎮圧に使うような大型放水車の放水については試したことがないのだ。

こういう点がデータ不足だと言われてしまう部分なのだが、異世界でいくつも修羅場をくぐり抜けてきたとはいえ、日本では平和な大学生をやっている宏達に、そこまでの発想を求めるのは酷というものだろう。

因みに天音の発明である空間投影式トレイは、ホースでじゃぶじゃぶ水をかけると普通に貫通する。なので、普通の地球人が今回のような光景をリアルで目撃するのは、何気に初めてだったりするのだ。

無論、普通でない人類にとっては見慣れた光景であり、何ら驚くようなことではないのだが。

「……質問です。このフィールドは、水を弾いている際に出入りしたりはできないんでしょうか？」

「あくまでも弾くんは設定した物質だけなので、設定されてへんものは普通に出入りできます」

大島三佐の質問に答えつつ、説明するより見せたほうが早いだろうと考えた宏。

そのまま春菜に声をかける。

「春菜さん。悪いんやけど水かけんの代わって。ちょっとフィールドくぐってくるから」

「うん」

春菜にホースを任せ、フィールドのほうへと歩く宏。

宏に水がかからないよう注意しつつ、フィールドに放水を続ける春菜。

水がかかるかかからないかというきわどい場所を宏が通り抜けたところで、大島三佐とリチャード少佐が息をのむ。

「正面はこの辺やな。ほな、春菜さん、合図したら放水やめて」

「はーい」

春菜にそう指示を出し、右腕の袖をまくってフィールドの内側から手首ぐらいまで外に突き出す宏。

当然のことながら、すぐに右手はびしょ濡《ぬ》れになる。

「止めて！」

宏の合図を受け、即座に放水をやめる春菜。

放水が終わり、フィールドを伝って落ちる水がなくなったところで、そのまままっすぐ大島三佐とリチャード少佐の元に戻っていく宏。

宏の濡れ方を見て、大島三佐とリチャード少佐が再び天を仰ぐ。

「まるで、深夜の怪しい通販番組のようです……」

「車のボンネット燃やしてハンバーグを焼くあれか……」

「ええ、あれです……」

「言われてみれば、あれもこういうノリだな……」

あまりにも胡散臭い結果に、そんな間の抜けた感想を述べる大島三佐とリチャード少佐。

それを聞いて、思わず苦笑する総合工学部一同。

「基本的な挙動は見ていただいたとおりとして、次は本命の兵器関係を試してみましょうか」

深夜の通販というある種的確な表現に、その発想はなかったと内心で膝を打ちながら、天音が次に移ることを提案する。

「……そうですね。では、あまり威力の大きなものから始めるのもどうかと思いますので、まずは日本の警察で一般的に使われているものからスタートしましょう」

「そんなところだろうな。ただ、その前に鉄や鉛の塊を本当に弾けるのか、一応確認させてもらいたい。水の時点でフィールドの機能そのものは疑っていないが、それでも重量も密度もある金属の塊はまた違うからな」

「分かりました。いろいろ用意してきましたので、それで試してみましょう」

リチャード少佐の要望に、そうくるだろうと思っていた天音が、昨日のうちに運び込んでもらっていたコンテナから投石機やボウガンを取り出し、組み立てながらそう言う。

「投石器？」

「用意したのが鉛と鉄の砲丸なので、生身で安全圏から投げて届かせるのはちょっとつらいかなと思いまして」

リチャード少佐の疑問にそう答えながら、発射操作をリモコンでできること以外、特に凝った機能のないシンプルな投石器に鉛の砲丸をセットする天音。

全員を十分な距離まで退避させ、投石器と人間の間に気休め程度に透明な分厚いアクリル板を設置し、安全確認をしっかり行ってからリモコンのスイッチを押して砲丸を発射する。

緩い放物線を描いて飛んでいき、フィールドに弾かれて鈍い音を立てて落ち、二メートルほど転がって戻ってくる砲丸。

フィールド自体は目に見えないので、何もない空間で砲丸が弾かれる様は異様としか言いようがなく、物理法則としてありえない挙動だ。

続いて投げられた鉄の砲丸も、同じ軌跡を描いて転がって戻ってきて、先発の鉛の砲丸に衝突して止まる。

「教授。今思ったんですけど、鉛とか弾くん確認するだけやったら、台車かなんかにのっけて転がしてフィールドにぶつけるだけでよかったんちゃいますか？」

「それはそうなんだけど、どのぐらいの勢いなら当たっても大丈夫なのか、の確認も兼ねてるんだよね、一応」

宏に突っこまれ、しれっとそんなことを言い放つ天音。

その横で、念のためにパソコンのモニターでフィールドの負荷を確認していた春菜が眉をひそめる。

「ん〜？　なんで水の時とかかってる負荷が変わらないんだろう？」

「「えっ？」」

春菜の言葉に、間抜けな声をハモらせる宏と天音。

「……本当に、変わってないね」

「……元から胡散臭い代物《しろもん》やっちゅうても、さすがにこれはおかしないか？」

理屈に合わないにもほどがあるデータに、春菜同様眉をひそめながらそんな反応を示す天音と宏。

こんなところで想定外の結果が出てくるとは思っていなかったため、完全に素の反応である。

「……まあ、これに関しては帰ってから調べよう」

「そうですね。今からやるにしても、さすがに時間なさすぎやし」

「どうせこのあとも変なデータが出てくるでしょうし、後回しにしましょう」

今、追及する時間はないと判断し、結論を先送りにする総合工学部一同。

その様子に、大島三佐が不思議そうな顔をする。

「あの、こういう実験はやっていなかったのですか？」

「危ないからっちゅうんと優先して試したいことが多すぎたんとで、ちょっとここまで手ぇ回ってなかったんですよね」

「学校側からも、こういう実験は許可が出ませんでしたし」

大島三佐の質問に対し、事情を説明する宏と春菜。

そこに、天音が補足説明をする。

「こういう広い空間が必要な危ない実験は場所の確保も難しいですし、野次馬が集まってしまって安全性の確保が難しいので、学校側としてもなかなか許可が出せないんですよ」

「ああ、なるほど。物を投げる場合、ちゃんと狙った方向に飛んでいってくれるとは限りませんからね」

「しかも今回の投石器なんて、照準とかそんな高度な機能はついてなかったからな。大体の方向は絞れても、正確にどのあたりに落ちるかなんて分かるまいよ。むしろ、いくら結構範囲が広いといっても、よく一発でフィールドの効果範囲に落としたもんだ」

天音の補足説明に、確かにと納得する大島三佐とリチャード少佐。

実際、輪投げや的当てといったゲームがあるくらいなのだから、ものを投げて狙った場所に落とすというのは難しい。

しかも投げるものが、砲丸のような当たれば普通に死人が出る重さのもので、投石器のような大掛かりな機材を使って投げるとなれば、大学のグラウンドでは十分な安全対策を取ることなどまず不可能だろう。

そして、こんな面白そうな実験をやるとなると、たとえどれだけきつく禁止を言い渡しても野次馬が集まらないわけがない。

野次馬を追い払うために多数の警備員を雇って巡回させるのは、本末転倒もいいところだ。

結局、大学としては許可など出せなくなるのである。

「そういうわけですので、次は同じく許可を出せなかった、鏃《やじり》をそれぞれ鉛と鉄にしたボウガンで実験します。その次はハンドガンにしましょう」

全員が納得したところで、天音が次の段取りを進める。

ボウガンに関しては、誤射が怖いだけでなく、数年前から銃刀法で規制されるようになったというのもある。

こういった法規制が絡むものも大学内で試すのは難しいため、今回許可を取って一緒に終わらせてしまうことになったのだ。

「ボウガンの射撃は、大島三佐にお願いしてよろしいでしょうか？」

「分かりました。僭越《せんえつ》ながら、私が担当させていただきます」

「では、ハンドガンは私がやらせていただこう」

天音に振られてボウガンを手に取る大島三佐と、せっかくだからと立候補するリチャード少佐。

その後がスムーズに進むように、試射予定の各種火器を手配するのも忘れない。

なお、念のためにアクリル板はそのままにしている。

「では、撃ちます」

全員が安全圏にいるのを確認し、標的から十五メートルほど離れた位置から鉛の矢をセットしたボウガンを発射する大島三佐。

発射された矢は、大方の予想どおりフィールドに弾かれて地面に落ちる。

念のためにともう一度同じ矢を撃ち込み、同じ結果になるのを確認してから、次は鉄の矢を試す。

同じように二回射撃を繰り返し、鉛の鏃と同じ結果になるのを見てから、リチャード少佐に場所を譲る。

「先に宣言しておく。この銃ではそのアクリル板をぶち抜くことはできないから、暴発や跳弾があっても心配しなくていい」

銃器に関して素人が揃っていることを踏まえ、最初にそう宣言するリチャード少佐。

実際のところ、弾が弾かれた際にどう反射してどこに跳ぶか分からないので、一番危険なのはリチャード少佐だ。

逆に、距離と銃の口径的に、どんな跳び方をしても宏達がダメージを受けることはない。

さすがに地面を跳ねた弾が急角度で落ちてくる、という挙動をすれば命中する可能性はあるが、その場合、威力はほぼなくなっているため、宏のような防御力お化けでなくても怪我しない。

「では、始めよう」

そう宣言し、大島三佐と同じく標的から十五メートルほどの距離の位置に立ち、シングルショットで銃を撃つリチャード少佐。

イメージより軽い銃声とともに鉛玉が飛び、何の妨害も受けずに標的の真ん中を撃ち抜く。

「「「「えっ？」」」」

ビジュアル的にもデータ的にも、一切フィールドが機能しなかったことに、全員揃って間抜けな声を出す。

「……何かの間違いかもしれん。まずは弾切れまで撃つから、しっかり記録を頼む」

「はい、お願いします」

なんとか立ち直ったリチャードが、そう言って再び銃を構える。

リチャードに言われて気を取り直し、複数の手段で記録を開始する宏。

何かの間違いであってくれと祈りながら銃を連射するリチャードだが、願いも空《むな》しく標的を蜂の巣にして終わる。

「……どういうことだ？」

「分かりません。ただ、データ見てる限りでは、現象としては弾かへん設定になってる物体が通り過ぎたんと同じです」

「……本当に、どういうことだ？」

そうぼやきながら、予備のマガジンから取り出した弾を標的目掛け投げつけるリチャード少佐。

放物線を描いて投げられた銃弾は、フィールドに弾かれてリチャード少佐の足元まで転がってくる。

「間違いなく、弾く物質として認識されている。なのに、銃に詰めてぶっ放すと……」

弾かれた銃弾をマガジンに詰めなおし、同じように正確な動作で標的を撃ち抜くリチャード少佐。

当たり前のように標的に着弾する銃弾。

意味が分からないにもほどがある。

「もしかして、兵器と認定されたら、フィールドは機能しなくなる？」

「そんな馬鹿な……」

天音がポツリと呟《つぶや》いた言葉に、思わず突っ込んでしまう大島三佐。

科学というのはそんなファジーなものではないはずだし、そもそもボウガンだって殺傷力の面では小口径の銃を鼻で笑える立派な兵器だ。

「弾速っちゅう可能性もありますけど、それを確認しようと思うと、ハンドガンに近い速度で撃ち出す道具がないと」

「たしか、銃弾って音速を超えてたよね？　さすがに銃器の構造を使わずにそれを実現しようとするのは難しいんじゃないかな？」

宏の思いつきに対し、春菜が問題点を指摘する。

いろいろやりようはあるが、それでも音速の壁というのはなかなかに分厚いものである。

「そうなんだよね。エアガンも改造すればハンドガンと同じぐらいの弾速と威力にできるんだけど、兵器と認定されたらっていう仮説が正しければ銃器と同じ扱いになる可能性は十分あるしね。それ以外でぱっと思いつくのは鞭《むち》ぐらいだけど、あれはかなり練習しないと先端の速度を音速超えさせるのは難しいいし、素人が下手に振り回すと自爆するし……」

春菜の指摘に同意しつつ、できそうな手段を一応提示してすぐに否定する天音。

エアガンに関しては使うかもしれないからと、無改造の正規品を持ち込んではいる。

工具類もあるので、宏ならハンドガン並みの弾速と威力で鉛玉を撃ち出せるように改造することぐらいはたやすいだろう。

が、それで弾が素通りしても、兵器認定されたのか弾速で引っかかったのか分からない。

さらに言うと、むしろ問題になるのはフィールドが鉛玉を弾いてしまった場合で、この場合、弾速という理由は明確に否定されるが、何を基準に弾く弾かないを決めているか分からなくなる。

もっとも、それを言うなら鞭を弾いた場合でも似たようなものではあるが。

「……嫌な予感しかせえへんけど、ビビっとってもしゃあないか……」

小さくため息をついて、宏が腹をくくる。

「教授、確かエアガンは持ち込んでましたよね？」

「うん。……まあ、避けては通れない道だろうし、やっちゃおうか。持ち込んでる機材や材料でいける？　改造にかかる時間は？」

「改造自体は、あり合わせでも問題ありません。弾が手作業になるからそない数作られへんけど、実験するだけやったら十分やと思います。作業時間は十五分ぐらい見とってください」

「そっか。じゃあ、お願いするよ」

宏の出した見積もりに頷《うなず》き、作業の依頼を出す天音。

天音の指示を受け、コンテナからエアガンと機材を取り出して改造を始める宏。

この場でできる範囲なので、改造のメインは空気圧を上げても壊れないようにするための補強だが、それ以外にも一見して何を思ってそれをやるのかと言いたくなるような作業もたくさん入っている。

宣言どおり、十五分で改造を済ませた宏が、作った弾をチェックしたあと一発試射して動作チェック、暴発などがなさそうなのを確認してから、リチャード少佐に渡す。

「多分大丈夫やと思いますけど、所詮《しょせん》素人が突貫工事で改造したものなんで、注意して使ってください」

「ああ、分かっている」

宏から銃を受け取り、先ほどと同じポジションに移動するリチャード少佐。

周囲と手に持った銃の安全を確認し、構えを取る。

「準備はいいか!?」

「各種カメラ、正常に動いています」

「稼働データの記録、再開しました。いつでもどうぞ」

天音と春菜に準備万端であることを告げられ、一つ頷いてエアガンの引き金を引くリチャード少佐。

圧縮空気を一気に開放したとき特有の破裂音を伴って超音速で撃ち出され、フィールドであっさり弾かれる鉛弾。

続いて撃ち出された弾も、それが当然だと言わんばかりの自然さで弾かれる。

それならばと先ほどまで使っていた銃を抜き、先ほどと同じように標的に向けて引き金を引くが、普通に物理法則に従ってフィールドを通過し、標的に着弾する銃弾。

事前に予想されていたこととはいえ、意味不明な結果にリチャード少佐の表情が険しくなる。

「弾速はどうなっている？」

「……エアガンのほうが速いです」

「そうか。ということは、速度という仮説は否定されたわけか」

「そうなりますね」

天音の回答に、渋い顔で頷くリチャード少佐。

目の前で実際に起こったことを否定する気はないが、かといって理屈に合わないことを無条件で受け入れるには、彼は理論派でありすぎた。

「同じことをすれば同じ結果になってるから、多分ちゃんとした理屈はあるんだよね、これ」

「せやなあ。問題なんは、エアガンと拳銃の場合、見ようによっては同じことしてるのに同じ結果にはなってへん、っちゅうことやねんけど……」

「そのあたりの理屈はこれからたくさんデータ取って事例を集めて考察と検証を繰り返すしかないよ」

「それやるんが僕や、っちゅうんがなあ……」

考えるだけでもうんざりするほど厄介な状況に思わずげんなりしながら、他人事《ひとごと》のように語る春菜をジト目で見る宏。

宏の発明で名声も権利も宏のものになるのだから、宏が主体となって厄介事に向き合わなければならないのは確かなのだが、あまりに気楽な立場で気楽なことを言われるとムッとしたくなるものだ。

もっとも、今は気楽な立場の春菜とて、今後メロンをはじめとした畑がらみでいろいろとひどい目にあう可能性は高いのだが。

「今のままやとわけの分からん現象が起こることは確定できても考察するためのデータは足らんか

ら、もっといろいろ試さんとあかんけど、何をどう試したもんやら……」

「それですが、我々としてもあまりに気持ち悪いので、使用期限も保管期限もギリギリの弾薬を使っていろいろ試させていただけないでしょうか？」

「我々も協力したい。もし何らかの形で銃弾やミサイルなどを防げるのであれば、絶対に東側に流出させてはいけない。逆にそれらをどうやっても防げないのであれば、防げないということをきっちり証明しておかねばならん」

　悩み始めた宏に対し、そんな申し出をする大島三佐とリチャード少佐。

　少なくともボウガンやエアガンは弾くと分かっているだけに、リチャード少佐は必死である。

「教授、どないしましょう？」

「空間投影式トレイとかもこういう感じで自衛隊に検証してもらったから、今回も軍事要素の部分は任せるしかないよ」

「そうですか。ほな、今日帰る前に、設置しっぱなしで問題ない場所に設置して帰りますわ」

　天音の助言を受け、あっさり自衛隊と米軍に丸投げすることを決める宏。

「ありがとうございます。だったら、せっかくなのでロケットランチャーを試してみましょうか」

「……またいかついもん使うんですね。大丈夫なんですか？」

「ちゃんと許可はとっていますし、前回の大規模演習で使う予定だった使用期限切れ間近の弾薬の使い残しですので、ここで使わなくてもどうせ廃棄処分されるだけですし」

　宏の驚きに対し、それでいいのかと突っ込みたくなるようなことを言う大島三佐。

　日本という国の性質を踏まえると、今回は兵器の使用についての基準が驚くほど軽い。

「とはいえ、さすがにここは危険ですので、あちらの建物の中で確認しましょう」

大島三佐に促され、こまごまとした引き継ぎを三佐の部下に行ったあと、演習場に面した建物の中にある演習場が一望できる部屋に移動する宏達。

聞けばこの部屋、部外者に演習を見学させるとき以外にも、今回のような危険なテストを行う際に安全圏から確認する用途でも使われているらしい。

宏達が定位置につき、データ収集と記録の準備が整ったところで、大島三佐が部下に発射命令を下す。

派手な音を立てて標的に命中し、爆炎を上げて周囲を焼き払うロケット弾。

それを見ていた天音が、何か気になることができたらしく大島三佐に注文を出す。

「すみません。標的を交換したら、次はフィールドの手前に着弾させていただけますか？」

「それは問題ありませんが、なぜでしょうか？」

「気のせいだとは思うんですけど、爆炎がなんとなく不自然な動きをしていたような気がして」

「……これまでの挙動を踏まえると、気のせいだとは言い切れませんね。試してみましょう」

天音が要望を出した理由を聞き、試すことを決断する大島三佐。

とはいえ、見た目ではフィールドの範囲が分からないので、もう一度水をかけて目印を作る。

ついでに標的をフィールドから一メートル未満の距離に配置し、確実に爆炎が届くように調整を行う。

準備ができたところで、先ほどの部下が注文どおり、器用にフィールドの手前十五センチほどの場所にロケット弾を着弾させる。

「「……えっ？」」

「あ～、やっぱりかあ……」

フィールドに沿うように左右に流れる爆炎を見て、思わず目を疑う軍人組と当たってほしくない予想が当たってため息をつく天音。

どうやら、宏のフィールドは兵器そのものを防ぐことはできなくても、二次的に発生した現象は防げてしまうようだ。

「これで、手榴弾《しゅりゅうだん》や爆薬、火炎放射器なんかも試さなきゃいけなくなっちゃったね……」

「教授が言い出した時点で予想はしとったけど、勘弁してほしいで……」

とことんまで意味不明な挙動を示す耐候フィールドに、思わず遠い目をする春菜と宏。

こうして、耐候フィールドの実用化はさらに遠のくことになったのであった。

☆

「爆炎弾いた理屈は分かったけど、結局、銃弾関係は最後まで何も分からんかったなあ……」

午後六時半。暗くなってきたからと実験を切り上げ、フィールドの設置場所の変更や後片付けを済ませたあと。

せっかくだからと基地の食堂で夕食をご馳走《ちそう》になりながら、心の底からぼやく宏。

いろいろなことが判明し実りの多かった本日の実験だが、結局、一番意味不明な挙動の原因をつかむまでには至らなかった。

「でも、爆炎関係だけでも判明してよかったと思うよ」

「そうですね。それにしても、一定以上の風速を受けると、その風に乗って飛んできたありとあらゆる物質を弾くというのは予想外でした」

「兵器関係でおかしな挙動をしている、という先入観があったからなあ」

あまりにも初歩的な盲点に、思わずしみじみと語りあってしまう大島三佐とリチャード少佐。

宏達も気がついていなかった、耐候フィールドの挙動。はからずも、それが榴弾《りゅうだん》の爆風や爆炎を防ぐ機能となっていたのだ。

なお、風の可能性に目をつけたのは春菜で、実験の途中に強風が吹いたときにいろんながれきがフィールドに弾かれていることに気がついたからだ。

今までそれに気がつかなかった理由は単純で、強風が吹いているときに限って砂利や砂を弾く実験をしていたからである。

「個人的には、実験機なのにあれだけ熱やら水やらにさらされても誤動作を起こさなかったのが意外だった。あの手の初期バージョンの実験機は、普通に使っていてもちょくちょく誤動作を起こすのが相場だと思っていたんだがなあ」

「一応、一般的な環境で起こる誤動作は、潰せるだけ潰した状態ですからね」

思いのほか挙動が安定してた実験機に対するリチャード少佐の感想に、それはもう苦労したという態度で春菜が答える。

単純な設計ミスや勘違いによる誤動作になかなか原因が特定できなかった不具合、果てはなぜそうなるのか分からない変な挙動まで、実験開始から三日間に起こった問題はものすごい数だった。

それらをせっせと特定しては応急処置で潰し、ある程度まとまった数になったら再設計して新しい実験機を作り……と、データ取りに専念できるようになるまで五日ほどかかっている。

五日で終わっていて実験機のバージョンが0・031で済んでいるのは、むしろ早いほうであろう。

「そういえば、マイナス二十五度からプラス五十度までの範囲でしか機能しないって言ってたけど、今回は火炎放射器とかロケットランチャーの爆炎とかの熱に晒《さら》されても、ちゃんとフィールドは動いてたよね？」

「その手の熱と気温はまた別なんやと思いますよ。過去の実験で、実験機本体自体が触ったら即座にやけどするほど熱くなったこともありましたけど、そんときでもフィールドはちゃんと働いてましたし」

「ああ、そういうのはありえるかも」

天音の疑問に対し、今までの実験結果から得られている情報を告げる宏。

現時点において、どういう理屈でそれを判定しているのかは分からないのだが、それでもまだなんとなく納得できそうな理由が思いつくだけ、銃弾やロケット弾などに対する挙動ほどは理不尽ではない。

もっとも、そもそも宏や春菜、天音のような存在が科学的根拠を気にすること自体、非常にナンセンスなことである気がしなくもないのだが。

「何にしても、今日の実験はやって正解でしたね。私達学生が学内だけでやっていたら永久に分からなかっただろうってことも結構いろいろ分かりましたし」

「まあ、普通は軍事関係の力借りなあかんような発明とか研究を、単なる大学生がホイホイやってること自体がおかしいっちゅうたらそうなんですけど」

「いや、そんなことはありませんよ。ここまで直接的に協力することは確かにまれですけど、自衛隊や防衛省が大学と協力して進めている案件も結構あります。災害救助関係ばかりですけどね」

「アメリカに至っては、もっと露骨に兵器開発をしているからな。日本は憲法や世論、防衛予算なんかの関係で真っ向から兵器に利用できるようなものにはなかなか手を出せないが、普通の国は大学の研究に結構な割合で軍事がらみがあるぞ」

　宏の感想に対し、実際のところはどうなのかを説明する大島三佐とリチャード少佐。

　そもそも論として、やろうと思えば大抵のことは軍事利用できるし、軍事技術として開発されたものが民間で活用されるなど珍しくもない。

　なので、軍事技術のつもりで開発しているものではなくても自衛隊に協力してもらうケースは、多いとはいえないだけで実のところそれなりにあったりはする。

「私としては、限定的にとはいえ、防衛に直接利用できることが分かってしまったのが不安要素ですね。外からの爆風を無力化できるのは、それだけで死傷者を大幅に減らせる可能性があります」

「心配しなくても、少なくともアメリカ軍のトップクラスと日本に駐在している部隊は、綾瀬教授と敵対してまでこのレベルの防衛システムを得ようとは考えないさ。日本の領空でもないのに行方不明機が出るような事態になったら笑えない」

　不安そうな天音に対し、そう太鼓判を押すリチャード少佐。

　リチャード少佐が口にした行方不明機というのは、十数年前から日本の領空領海やＥＥＺにおいて、日本に対して敵意や害意を持って侵入すると現在位置を見失い、まっすぐ進んでいるはずなのに明後日《あさって》の方向に進んでしまい行方不明になる現象が多発していることを指している。

　今のところ民間の船や飛行機は影響を受けておらず、米軍でも被害者が一人だけ出るにとどまっているが、それでもかなりの数の所属不明機や不審船が有人無人関係なく迷子になった挙句に、行方不明になったり敵対国の領域に入って問答無用で撃墜されたりしている。

　最大の問題は、無事に帰還した航空機や船をどれだけ調べても、せいぜい積んであった武器が故障して使用不能になっているぐらいしか異常が見つからないことである。

　日本の周辺のみで起こる現象なので日本が何かしていると疑うのは当然の流れなのだが、機器の異常もなく、外部から干渉された痕跡も見つからないうえに、所属不明を装って侵入しているので表立って文句を言うこともできず、所属不明機を飛ばしている国が苛立《いらだ》っているのだ。

　当然のことながら探りを入れても日本は何も言わないが、リチャード少佐はアメリカがその件についてある程度情報を得ているということをにおわせているのである。

「それを私に言われても、コメントのしようがないのですが」

「いや、なに、単なる与太話だよ。何にしても、今日の実験を見ている限り、あれが完成して戦地に持ち込んでも、そもそも一切機能しないんじゃないかという気しかしない。いろんなところに反感を買って敵に回すぐらいなら、民生品として完成させる協力をしたほうがよっぽど身になる」

　あくまでもしらばっくれようとする天音に対し、これ以上深く突っこむ気はないと肩をすくめるリチャード少佐。

　リチャード少佐の言葉を聞きながら、天音の顔を見る宏と春菜。

宏達の視線に気がつき、意味深に微笑《ほほえ》んでみせる天音。

それだけで自分達がまだまだ天音に守られる立場だと理解し、無言で頷いてありがたく守ってもらうことにする宏と春菜。

そんな彼らの様子を、自分は巻き込まれまいと、何も気がつかないふりで料理を口にしてごまかす大島三佐であった。

## 第47話　こんなおっぱい大きい娘ばっかり引っかけて大丈夫なんか

「なあ、宏《ひろし》。海南《かいなん》大からえらいようさん注文来とんねんけど、これええんか？」

世間がお盆休みに入ろうかというある日。長期休暇に入るまでに、可能な限り売り上げを稼ごうとフル稼働中の東《あずま》工作所に、海南大学から大量の発注があった。

「ええんかもなんも、普通に綾瀬《あやせ》研の仕事やからな。それの使い道に僕も絡んでるし、守秘義務的な意味でも関係者のところに発注するんは普通やろ？」

「ああ、そういうことか。せやけどまた、けったいな形のもんばっかりやなあ。この鋳物、わざわざ型作って吹いたんか？」

「さすがに納期の問題で、そこまでは無理や。海南大の設備使うて、発泡で作ってん」

宏の説明に、いろいろ納得する父・孝輔《こうすけ》。

海南大学に限った話ではないが、工学部が強い大学は、その気になれば機械加工を主体とした製造業を始められる程度には設備が整っている。

もっとも、どれだけ最新鋭で高性能な設備が揃《そろ》っていても、使うのが大学生や研究者である以上、町工場が昔ながらの古い汎用《はんよう》加工機で簡単にやってのけるようなことさえもまともにできないのが普通だ。

天音《あまね》などはそれをよく分かっているので、ちょっとした部品ぐらいならともかく、一定以上の精度が要求される実験機を作る際は、全て地元の町工場に丸投げしている。

今回もその口であり、作るものが宏と春菜《はるな》の耐候フィールド発生装置の実験機で、実験機に使う部品の傾向が東工作所の得意分野や専門技術にばっちりと合致したため、これ幸いと業者を探す手間を省いたのである。

安全のためにある程度の重量や安定性が必要であることに加えコストの問題もあり、ベース部分に使う素材はほぼ鉄系素材に固定されていたとはいえ、わざわざ素材に鋳鉄を選んで鋳造で材料を作れるようにしたのは、言うまでもなく宏の実家に仕事を発注することを踏まえての選択だ。

一般的な鉄系素材の錆《さ》びやすいという欠点は、この時代の技術なら表面処理や成型時の添加剤でどうとでもできる問題なので、実験機レベルでは気にする必要がないことも、念のために補足しておく。

なお、さらにもう一つ補足しておくと、宏が言った発泡というのは発泡スチロールで原型を作って、鋳型を作る際に原型を取り出さずに鋳鉄を流し込んで作る鋳造法である。

使うのが発泡スチロールなので加工が楽で、原型を取り出す手間がないこともあって、作るのが一個二個という数なら普通に木で型を作るより大幅に安く製品が作れるという利点がある。

ただし、基本的に型が使い捨てのため、今回のような単発や試作の場合はともかく、量産する場合には逆にコストが増大するという欠点もある。

このあたりは使い分けであろう。

余談ながら、この時代の３Ｄプリンターは、結局、素材技術の進歩についていけず適用素材が追いつかなかったことに加え、何より重要な特性を持っている素材の中に、レーザー照射で焼結させるという３Ｄプリンターの原理と極端に相性が悪いものが出てきたため、金属加工に関しては、量産を前提としない試作用途以外であまり使われていない。

また、レーザー焼結といえども熱は発生する。しかも、従来の鋳造などに比べ成形過程で極端な熱分布の違いが出るケースも多々あり、熱応力によるひずみその他の問題を完全には克服できなかった。

そのため、結局、後加工を必要とせずに高精度製品を完成させるところまではついに至らぬまま、二〇三〇年を迎えている。

なお、熱応力によるひずみの問題を克服できなかった理由には材料の急激な発達による多様化の影響も大きく、それらに対する対応のためにリソースが分散された結果、どっちつかずとなってしまったのだ。

鋳造自体の技術革新もあり、現在ではもっぱら、試作のための発泡スチロールの型や量産用の木型を３Ｄプリンターで作り、それを利用した消失鋳造法で試作品を作るやり方が行われている。

「にしても、ようこんな無茶な設計できんなあ……」

「実験機やから、図面漏れても簡単に真似できんように、あえて変な形にしとるところも結構あるんよ。実際に量産するっちゅうことになったら、もっといろいろ手ぇ入れて簡単な構造にするで、そら」

「なるほどなあ。まあ、よその図面とちごて、こんなところに公差入れても意味ないで、っちゅう場所には公差入ってへんだけましやな」

「綾瀬教授が監督した図面には、そういうんはないで。よそのやと、全部の寸法にプラスマイナス百分の一ミリとか平気でつけた挙句に、百分台の交差ついた三十ミリ角の角穴の対角の寸法に整数で四十二とか指定してＨ７交差つける、みたいな計算したら分かるやろっちゅうレベルのアホなことやらかしとる図面もあるけどな」

「工学部の学生がそれで大丈夫かいな……」

「一般企業に勤めてる院出てるような設計者でも平気でやらかすんやから、学生レベルに言うても無駄やで」

孝輔の嘆きが入ったきつい突っ込みに、実例をもとにさらにきつい突っ込みを返す宏。

因《ちな》みにＨ７交差というのは、対となる軸と穴のはめあいに関する規格で最もよく使われるものの一つであり、Ｈが大文字だとプラス側の、小文字だとマイナス側の指定となる。穴や軸の寸法で値は変わるが、今回宏が口にした事例では、ゼロからプラス百分の二五ミリの公差範囲となる。

実のところ、正確には穴側が大文字、軸側が小文字なのだが、実際の図面だとはめあいでもないのにプラス側マイナス側として使っていたり、焼き嵌《は》めというやり方でやるからと逆に使ったりする設計者もかなりいるので、Ｈ７公差の場合、実態に即した説明だと先に記したようになる。

宏が言った正方形の穴の対角（それも角を丸くしているものではなく直角になっているもの）に

整数の寸法を入れてＨ７公差をつけることの何が問題かというと、一辺が整数の正方形の対角の長さは普通は整数にならない、という点にある。

　特に、正方形の一辺の長さに百分の何ミリかの交差がついているとなると、まず間違いなくそんな綺麗《きれい》な数字にはならない。

　このあたりは一度、三平方の定理や直角二等辺三角形の斜辺の出し方で計算してみればすぐに分かることなので、これ以上の説明はここでは省略する。

「まあ、今回のに関しては、仕上げは宏がやったほうがええやろ。俺でも一応どこがいっちゃん重要かっちゅうんは判断つくけど、設計にも関わっとる人間のほうがはるかに正確に分かるやろからな」

「せやな」

　孝輔の言葉に頷《うなず》き、形状的に一番面倒なものを手に取る宏。

　普通なら機械にどう固定するかで悩むようなえげつない形状だが、それに関してはすでに大体のあたりはつけている。

　東工作所の一番の特殊技術は、形状的に普通は専用の治具《じぐ》を作る必要があるような品物を、ありあわせの道具でしっかり固定して高精度の加工が行えることにあり、宏も当然のごとくそれを行う腕は持っている。

　無論、物理的にどうやっても不可能なものも当然あるが、そういうケースは大抵が機械のサイズの問題であり、形状の問題で不可能なケースはほとんどない。

　一見、五軸加工機でやれと言われそうな技術だが、実のところ取り付けさえなんとかなるのであれば、汎用の立型フライス盤やマシニングセンタなどで加工したほうがはるかに早く安くあがるものというのはいくらでもある。

そのため、専用の治具が不要ならその分だけ、どこの業者よりも低コスト・短納期で加工ができるので、十分によそを出し抜ける売りとなるのだ。

なお、二番目の特殊技術は、数百ミリ角程度の大きさの製品まで、加工途中でも品物を機械に取り付けた状態で百分の一ミリ単位の比較的精密な測定が可能なことだが、これに関しては道具の問題なので、可能な町工場は少ないにしても東工作所の専売特許とまでは言えないところだ。

どちらの技術も、木型さえ作ることができればどんなありえない形状のものでも作れてしまう鋳造品をメインに加工し続けてきたからこそ、日本でもトップレベルまで磨くことができた技術である。

「とりあえず、俺はこのあたりの形はともかく数と直角度が面倒なやつやっとくわ」

「頼むわ。あと、こっちの僕がやるつもりやったやつ、代わりにやっとってくれへん？」

「そっちのほうが納期きつそうやから、先片《かた》しとこか。これとか春菜ちゃんの練習にちょうどええから、今の終わったらやってもらっといて」

「分かった」

孝輔とそんな風に作業の打ち合わせを終え、段取りのついでに春菜の作業の進捗《しんちょく》を確認するために、材料を持って移動する宏。

自身が使う機械のそばに材料を置き、隣の機械で作業中の春菜を確認する。

「……うーん……」

春菜は真剣な表情で品物に手を添え、何度も油圧バイスを緩めては締めたり、柔らかい真鍮《しんちゅう》の板を噛《か》ませて調整して締めなおしてを繰り返しながら首をかしげていた。

「えらい手こずってるやん」

「うん……。どうしても上手《うま》く倒れが修正できなくてね……」

「見た感じコンマ一も倒れてへんし、そいつのその面はそんなうるさくないところやから、出せるレベルでええで」

「分かってるんだけど、ここで手を抜くと後で苦労するのが分かってるから、なかなか割り切れないんだよね……」

「なんぼなんでも、そんなシビアな仕事は、まだ春菜さんに振ったりせえへんで」

宏に言われ、思わず小さく苦笑する春菜。言われるまでもなくそんなことは分かっているが、ここで手を抜く癖がつくと後々困ったことになる気がして手を抜けないのだ。

現在春菜が行っている作業は、二カ所ほど穴が開いていて中に空洞がある凸型の品物の外形寸法を、材料の直角と平行を出しながら仕上げるというものである。

まだフライス加工を始めて数カ月、しかも学生ゆえに長期休暇以外は良くて週二程度、それも長くて四時間ぐらいしか仕事に来られない春菜が任されている品物だけあって、要求精度はそこまでシビアなものではない。せいぜいが穴の位置関係の調整が面倒なぐらいである。

むしろ、そのキャリアですでにこのレベルのものを図面と指示だけで任されていること自体、普通ならありえないくらいの技能だ。

もっとも、知り合いの実家に手伝いもかねて、という形でなければ、本来こんなシフトでアルバイトをさせてもらうこと自体ありえないのだが、こういう面では個人経営の零細企業は融通が利いて便利ではある。

「小父《おじ》様や宏君がやると一回でちゃんと出るのに、私だとこれだけいろいろやってもなかなかなんだよね〜……」

「そらしゃあないで。おとんはもうこの道二十年超えとるベテランやねんし、僕かて基本は長期休暇の時だけっちゅうても、中学ぐらいからずっと手伝ってんねんから。年季がちゃうわな」

「そうなんだけどね」

宏の突っ込みに、再び苦笑を浮かべる春菜。この種の仕事は、どうしたってある程度以上は経験時間がものをいう。

が、権能を封印してさえ人間など比較対象にもならない能力を持っているにもかかわらず、孝輔が雑談しながらでもやってのけるような基本中の基本というところでどうやっても上手くできないのは、さすがに情けないものがある。

自分も元人間なのだから人間を下に見るつもりは毛頭ないが、ここまで手間をかけてもちゃんとできないのは、いろいろ情けなく感じてしまうのだ。

なまじ精密かつ詳細に精度が判断できるがゆえの葛藤であろう。

かつて宏と天音が話していた、分かっているということと実行できるということは別問題だ、という壁に、春菜もものの見事にぶち当たっているのである。

「まあ、とりあえずそれ終わったら次こいつな。これもそこまでの要求精度は言われへんけど、長もんやから反《そ》りには注意してやってな」

「うん。分かったよ」

宏の指示に頷き、再びつかみ方の微調整に戻る春菜。

その表情は、どこまでも真剣だ。

もはや何のために東工作所でアルバイトをしているのか、その理由を完全に忘れ去っている春菜であった。

☆

「春菜ちゃんは、お盆休みに予定とかなんかある？」

「えっと、今年は特にはなかったはずです」

昼休み。美紗緒《みさお》に問われた春菜が、少し考えてからそう答える。

去年は春菜が、今年は深雪《みゆき》が受験生なので、父方の曾祖父の実家には顔を出す予定がなく、母方の実家はイギリスなのでそもそもお盆休み自体が関係ない。

さすがに百を過ぎている曾祖父の年齢的に、来年は顔を出すべきではあろうが、今年は来なくてもいいと向こうから言われている。

「小父様達は、何か予定があるんですか？」

「出ていくほうの予定は特にないけど、盆休みに娘が帰ってくるんよ」

「娘って、宏君のお姉さんのことですか？」

「うん。まあ、こっちに引っ越してから一日も住んでへんのに、帰ってくるっちゅうんが表現として正しいかどうかは分からへんけどなあ」

美紗緒の言葉に、確かにと頷く春菜。

現在の東家には、一応宏の姉・恵美《えみ》の部屋もあるにはある。衣類などは大学の寮に送ったとはいえ、大阪に住んでいた頃の家具などはそのまま運び込んでいるので、暮らそうと思えば普通に暮らせはする。

が、それと帰ってくるという感覚が恵美の側にあるかは別の話だ。

実際、メッセージには就職が決まったから顔を出す、と書かれていたので、恐らく本人に帰ってくるという意識はないだろう。

「それで、春菜ちゃん。特に予定ないんやったら、ちょっとうちに顔出してくれへん？　娘紹介したいんよ」

「あっ、お願いしていいですか？」

「うん。予定では十一日に帰ってくるらしいから、十二日でどう？」

「分かりました」

嬉《うれ》しそうに微笑《ほほえ》んで、提示された日付に頷く春菜。そこで、ふと思いつく。

「だったら、澪《みお》ちゃんとエルちゃんも呼んだほうがいいかな？」

「どうするかはともかく、声はかけといたほうがええやろな」

「真琴《まこと》さん達はどうしよっか？」

「兄貴と詩織《しおり》さんは盆休みにお互いの実家に顔出すっちゅうとったから、今回はスケジュール的に帰ってくるっちゅう話を教えるだけで、顔合わすんは無理やろうな。真琴さんはその辺どうするんか聞いてへんから、春菜さんのほうで確認しとって」

「了解。本当なら、アルチェムさんとか冬華《とうか》とかも紹介したいんだけど……」

「さすがに、姉ちゃん向こうに連れてく気はないで」

「だよね～……」

春菜の思いつきに合わせ、他のメンバーにどう声をかけるかなどを決めていく宏と春菜。

恐らく集まれたとしても澪とエアリスと真琴くらいだろうが、こういうのは声だけはかけておかないと気分が悪い。

「とりあえず、帰りの日には作物の一番いいところ持って帰ってもらわないとね」

「せやな。あと、姉ちゃんの生活費やと、肉類はどんな感じなんやろうな？」

「ん～、あんまり向こうの物価とか分かんないけど、アルバイトのまかないとか寮で出るご飯とか以外だと、セール品の鶏肉ぐらいが限界なんじゃないかなあ。多分、魚介類も同じだと思うよ」

「そうか。ほな、安永《やすなが》さんと三浦《みうら》さんに頼んで、肉と魚のええのん確保せんとな」

「あっ、そうだね」

誰に声をかけるかから持たせる土産の話になり、恵美の食生活から肉類の調達にまで一気に発想が飛ぶ宏と春菜。それで大丈夫かと両親に視線を向けると、嬉しそうに頷いている。

因みに、三浦さんとは春菜が確保した野菜の押し付け先である。潮見《しおみ》メロンの試供品も押し付けた結果、お願いすれば本来なら高級料亭などに流れるようなものすごい魚を回してくれるようになった、潮見の漁業関係者の中では重鎮ともいえるベテランの漁師である。

「春菜ちゃん、悪いけどええお肉と魚、調達しといてくれへん？　うちで金出すから」

「果物は、春菜ちゃんの畑で採れたやつがええか。多分、この辺であれ以上のんはまず手に入らんやろうし」

「あとはお菓子やけど、スーパーで買えるようなんは普通にストックあるから、ケーキとかか？」

「せやなあ。っちゅうて、こっち来てからあんまりスーパー以外で買いもんしてへんから、私も全国チェーンの店ぐらいしか知らんで」

娘を迎え入れるために、何を準備するかウキウキしながら話し合う孝輔と美紗緒。その様子をニコニコしながら見守っていた春菜が、何か思いついたように口を挟む。

「あっ、ケーキでいいなら、焼いてきますよ？」

「ほんまに？　お願いして大丈夫？」

「はい。任せてください」

久しぶりにケーキを作る口実を得て、妙に張り切る春菜。この手のものは、何か理由がないとなかなか作る機会がないのだ。

春菜が最後にケーキを作ったのは、真琴の誕生日の時だ。宏の誕生日は直後に温泉旅行が控えていたので、宿を予約した際に特別料理とバースデーケーキを追加してもらう形で対処している。なので、がっつりしたデコレーションケーキを作るのは、結構久しぶりのことだったりする。

「お肉と卵は十日の晩に届くように頼んでおけば大丈夫ですか？」

「せやな。それでお願いするわ」

「魚介類は十二日に水揚げしたものから、良さげなものをその日のうちに届けてもらう形で手配しておきますね」

「うん、ありがとう。ちゃんと費用は請求してや」

美紗緒の言葉に、思わず曖昧な笑みを浮かべる春菜。残念ながら、どちらからも今回程度の注文では請求書が届いたことはないので、お金を出してもらおうにもいくら出してもらえばいいか分からないのだ。

「せやけど、料理の腕は完全に宏とか春菜ちゃんに負けてもうてるからなあ。美味《おい》しいご飯食べさせたげたいから、調理は宏に全部任せたほうがええか？」

「こういうんは腕だけやないから、やっぱりおかんが作るべきやで」

「そうですよ」

「そうかなあ……」

最近、食事の七割近い部分を宏と春菜に依存している美紗緒が、少々情けなさそうに食事を作ることに対する不安を口にする。

美紗緒は宏の料理の師匠ではあるが、その腕は一般的な主婦のレベルだ。大体の人間に美味しいと言わせることはできても、金を取れるレベルではない。

「それに、言うたらあれやけど、ステーキは基本、肉とステーキソースの味やから、下味の付け方と焼き加減さえ間違えへんかったら、一般家庭で作る分にはあんまり腕の良し悪し関係ないしな」

「そらまあ、そうやけど」

「お姉さんは、もう四年も小母《おば》様のご飯食べてないんですよね？　お味噌汁《みそしる》とかちょっとした小鉢とかだけでもいいから、小母様さんの料理を食べさせてあげるのが一番だと思います」

「……せやなあ。ただ、宏もなんか作らなあかんで。入院するまでは、あんたが三割ぐらい作っとってんから」

「そら当然やん」

美紗緒の言葉に頷く宏。

こうして、長女の恵美を迎え入れるための打ち合わせはつつがなく終了するのであった。

☆

「というわけだから、明後日に宏君のお姉さんが帰ってくるんだ」

「なるほど。っつうことは、就職決まったのか」

「うん。どこに決まったかとかそのあたりの説明も、帰ってきたときに聞く予定なんだって。だから、実は私どころか小父様達も、就職決まったことしか知らないんだって」

「……何だろうなあ、なんとなく勘に訴えるものがあるんだが……」

その日の夜。いつものチャットルームで、春菜は宏の姉についての話をしていた。

最近では半々の確率で『フェアクロ』にログインして駄弁《だべ》っている彼らだが、今回は第三者の個人情報が絡むうえに何人かはロールプレイをしている都合上、素の状態で話せるチャットルームのほうが面倒が少ないということで、この日はこちらに集合している。

なお、宏は明日の買い出しの絡みで両親と打ち合わせ中のため、少し遅れてログインすることになっている。

「で、いつまでこっちにいる予定だって？」

「十四日に帰るんだって」

「っつうことは、俺達とは入れ違いか」

「ん、残念」

「ヒロ君のお姉さん、会ってみたかったな～」

お盆休みは親戚付き合いが確定している達也《たつや》、澪、詩織の三人が、心底残念そうにため息をつく。

去年はいろいろな口実で回避できたのだが、今年は無理だったのだ。

一応、澪に関しては十一日はまだ潮見にいるが、来た日に押しかけるのはさすがに気が引ける。

なので、顔を合わせられるのは次回以降となるのが確定である。

「真琴さんはどうかな？」

「あたし？　あたしは行けるわね。面倒だからお盆は避けて帰る、って言ってあるし」

「そっか。じゃあ、私と一緒に紹介してもらえるね」

「そうね」

引きニートだった過去を上手く口実に使って逃げている真琴を、羨《うらや》ましそうに見つめる達也達。

伝聞でしか知らないだけに、宏の姉にはどこまでも興味が尽きないのだ。

「あとは、明日ちょっと向こうに行って、エルちゃんに声をかけてみようかと思ってるんだ。もしかしたら、一日ぐらいはなんとかなるかもしれないし」

「そうね。宏の現状を知ってもらうんだったら、できればエルがこっちに来て会ってもらったほうがよさそうだし」

春菜の言葉に頷く真琴。エアリスの存在は、割と重要である。

「それで、お姉さんをどこかに案内するとか、あるの？」

「未定。お姉さんのリクエストに合わせて動こうかな、って」

「なるほどね。まあ、宏がまだ人混み厳しいし、お盆休みでもというかお盆休みだからこそ混むから綾《あや》羽《は》乃《の》宮《みや》庭園も難しいって考えると、意外と案内できるところってないわよねえ」

「そうなんだよね」

　紹介を済ませた後どうするのか、という話で打ち合わせを続ける真琴と春菜。とはいえ、相手がどうしたいかで変わってくることもあり、現時点ではどうにも決めようがない感じだ。

「とりあえず、候補だけでも決めときましょう」

「そうだね。といっても、そう何カ所も回れないから、三つか四つぐらいかなあ」

「達也達も、ここならいいんじゃないかってのがあったらよろしく」

「そうだなあ……」

「師匠と別行動もありだったら、ショッピングモールは結構いいけど……」

「さすがにちょっと厳しそうだと思うから、ここはヒロ君と春菜ちゃんが野菜納品してる道の駅あたりが無難じゃないかな？」

「あとは、漁港が穴場っぽい気がするな。お姉さんが喜ぶかどうかは分からねえが」

　誰が悪いわけでもないことで、いつまでも拗《す》ねていても仕方がない。そう気分を切り替え、真琴が振った話題に真剣に頭をひねる達也達。

　その相談は、宏がログインしてきてからもずっと続くのであった。

☆

「すいません。ちょっといいですか？」

「あっ、はい」

そして、宏の姉が来る当日。

ケーキ作りに使うあれこれのうち、安永氏のルートでは手に入らないバニラエッセンスなどの消耗品を買いに来ていた春菜は、駅直結の超大型ショッピングモールにつながる連絡通路に向かう途中、潮見駅の改札前を通り過ぎようとしたタイミングで唐突に声をかけられた。

声をかけてきたのは女性で、しかもイントネーションは関西弁。

もしかしてと思いつつ声をかけてきたであろう女性に視線を向けると、そこには実際に会ったことはないが顔はよく知っている人物の姿が。

「あの、藤堂《とうどう》春菜さんで、よろしいでしょうか？」

「はい。もしかして、宏君のお姉さんですか？」

「そうです。宏の姉の恵美です」

なんという偶然か、春菜が駅に到着したのは、ちょうど恵美が改札を抜けて家族に連絡を入れようとしたのと同じ時刻であった。

しかも、ショッピングモールの駐車場が満車でなければ駅の駐車場を使うこともなく、当然改札前を通らないので春菜の姿が恵美の目に留まることもない。

日頃はなんだかんだ言ってほとんど埋まりながらも満車になることは少なく、春菜も車を使えるようになってからここに買い物に来る場合、駅の駐車場など使ったことは一度もなかった。

世間一般が休みのお盆とはいえ、今日に限って満車だったあたりは恐らく必然といっていい。

ここまでくると、間違いなく春菜の時空神の権能が仕事をしていると断言していいだろう。

「いきなり声かけてすみません。写真で何べんも見た人が、堂々と目の前歩いとったもんやからつい驚いて……」

「あ、いえ。気にしないでください。むしろ、声をかけていただいて嬉しかったですし」

「そう言ってもらえると、助かります。とりあえず、敬語はなしでいいですよ」

「そうですか、ではお言葉に甘えて。こっちのほうが年下だし、恵美さんも普段どおりで」

「ほな、そうさせてもらうわ」

初対面の挨拶を終わらせて、お互いなんとなく嬉しそうに微笑みを交わす。

恵美から見た春菜は、よくもまあ自分の弟にこんないい娘《こ》が惚《ほ》れてくれたものだと、初対面だというのにいろんな何かに感謝してしまうほど好印象だった。

春菜は春菜で、苦労人だからか大学生とは思えないほどよくできた人柄がにじみ出ている恵美に対し、この人と家族になれたらいいなと心底思ってしまうぐらいには好きになっている。

恵美の見た目はそれなりに美人といった感じで、ちょうど真琴と大人になったファムの中間ぐらいの感じだが、直接会って話をすると写真で見る何倍も魅力的に見える。

人間見た目、とはよく言うが、中身が伴っていれば案外造形は問題にならないことがよく分かる。

「とりあえず、立ち話もなんだし、どこかでお茶、よりお昼かな？」

「ああ、せやね。ちょうどそれぐらいの時間やわ」

「でも、私あんまりこっちのほうでご飯とか食べないから、飲食店はほとんど知らないんだよね……」

「聞いてる感じやと、基本、自分らで作ったもんばっかり食べてるみたいやもんなあ」

正直に話した春菜に、思わず小さく笑いながらそう突っ込む恵美。

「てか、この時間帯だったらここの飲食店は全部いっぱいだと思うから、よそに食べに出たほうがいいかも」

「せやなあ。でも、春菜ちゃん、なんか用事あってここに来たんちゃうん？」

「うん。ケーキ作ろうと思って、ちょっと切らしてるものを買いに来たんだ。それだけ付き合ってもらってもいい？」

「ええよ、そんぐらい」

「だったら、私車で来てるから、恵美さんの荷物積んじゃおう」

「そうさせてもらってええ？」

「うん」

春菜の提案に、ありがたそうに頭を下げる恵美。正直、昼食にしても荷物にしても、どうするか迷っていたところなのだ。

「せっかくだから、恵美さんはどんなケーキが好きか聞いていていい？」

「好みだけで言うたらチーズケーキなんやけど、最近生クリームたっぷりフルーツどっさりのデコレーションケーキに飢えてる感じやわ」

「そういうケーキって、買うのも作るのも高くつくよね」

「せやねんなあ。私でも手ぇ出る値段のやっちゅうたらスーパーとかのんになるけど、人工甘味料とかでコストダウンしとるからクリームが不味《まず》いねんわ……」

「二百円足せばまともなの買えるけど、そうなるとちょっと迷う値段になるよね、実際」

「ほんまやで。私らみたいな苦学生には、ケーキ一個で税込みでワンコイン五百円は相当覚悟いる値段や」

　恵美の言葉に、しみじみ頷く春菜。

　基本、金に困らない身の上とはいえ、高校時代は一般的な小遣いしかもらっていなかったので、ちゃんとしたケーキ一個税込み約五百円がなかなかに厳しい値段である実感ぐらいは持っているのだ。

　そもそも、潮見高校も海南大学も、学食が五百円で結構がっつりしたメニューを食せる値段構成になっているので、なおのこと高く感じてしまう。

　学食が特別安いことぐらいはちゃんと理解しているので、ケーキが不当に高いなどという気はないのだが、それでも百円二百円足せば単品でならまともなものを食べられる店も珍しくないとくれば、とても安いとは言えない。

　使うべきときには躊躇《ためら》わずにお金を使うのでそうは見えないが、なんだかんだ言って春菜にもある程度は一般的な金銭感覚が備わっているのである。

「明日作って持っていくから楽しみにしててね」

「うん、楽しみにしとくわ。果物は自家製のん？」

「自分達で作ってるものはそのつもり。イチゴは畑のは品切れだけど、部屋で育ててる観葉植物のマグカップで育てるタイプのイチゴが、ケーキにちょうどいい感じの甘みと酸味で今日採り頃のも十分あるから、そっちを使うつもり」

「そうなんや」

「桃は買うことになったけどね」

「桃もとか、なんかすごい贅沢《ぜいたく》やなあ……」

「まあ、買うっていってもほぼ野菜と物々交換なんだけど」

春菜の言葉に、どんだけやねんと内心で突っ込む恵美。物々交換で桃のような高価な果物が入手できるなど、普通に家庭菜園の範囲を超えている。

辛うじて観葉植物のイチゴをケーキに使うというのは理解できる範囲だが、春菜の部屋のイチゴが恵美の想像どおりであるならば、普通は観葉植物だけあってそこまで美味しくもない。

実際、春菜の部屋のイチゴは恵美が想像したそのもので、普通はスーパーの外れよりはまし、ぐらいの味の実しか採れない、育てやすく枯れにくく、割と長く実をつけることが売りの品種である。

育てているのが春菜だから、ケーキに使えるような良質のイチゴが採れるのだ。

これでも、宏がノータッチで春菜も観葉植物という感覚だから、結果としてはマシなところに落ち着いているのだ。春菜が向けているのが観葉植物に対する愛情以上のものであれば、主に収穫量の面でとんでもないことになっていただろう。

実のところ、ケーキに使う分ぐらいのイチゴであれば、安永氏に言えば春菜の畑で収穫した分から融通が利くのだが、春菜自身はそのあたりの話は全然知らなかったりする。

宏達の日本の場合、安永氏クラスの農家や大きめの農業連合、一部の業者、まともにがんばっている農協などは、味を一切落とさず保存・急速解凍できる超大型冷凍倉庫を持っており、これはと見込んだ作物を冷凍保存しては旬が過ぎても出荷するというやり方で豊作貧乏を回避しつつ収入の安定化を図っている。

なので安永氏は、ひそかにブランド価値が付きつつある春菜の畑の作物、それも特に果物に関しては、可能な限り確保して売りつなぐようにしていたのだ。

とはいえ、その事情を知らないうえに、出荷するのは基本的に畑に設置された小屋が満タンになるだけの分量が上限、と決めて作業していた宏と春菜は、まだ出荷枠があると知らずにせっせとイチゴを身内にばらまいていたのである。

もっとも、保存するのは春菜の畑の作物だけではないので、宏達に好き放題出荷させてしまった日には、あっという間に倉庫がパンクしかねないのだが。

「それで、何か食べたいものってあるかな？」

「お任せするわ。正直、店とかよう分からへんし、ホンマに食べたいもんは親に甘えるつもりやし」

「本当に食べたいものって？」

「そらもう、肉がっつりとええ魚がっつりやん。今連れていってもらっても、そんなん手ぇ出せるような財布の中身ちゃうし」

「あはは」

恵美の正直な、というより身も蓋《ふた》もない言葉に思わず笑ってしまう春菜。

その後、余計なウィンドウショッピングなど一切せず、目的のものだけさっさと購入して潮見駅を離れる春菜と恵美であった。

☆

「個室なんか使わせてもらえるんやなあ……」

「今日は使う人いないから、だって」

海南大学のすぐそばにあるいつものそば屋・そば信《しん》。ショッピングモールとは逆に比較的空《す》いていたその店の個室で、注文した品が届くのを待ちながら、二人はのんびり駄弁っていた。

「それにしても、私立だけあってものすごい立派やなあ……」

「私立大学が全部立派かどうかはともかく、海南大学は寄付金とか無しでも財務状況はものすごくいいから、全部自前で設備投資できてるらしいよ」

「それ、綾瀬教授の手柄っちゅう感じやけど、どないなん？」

「多分、それが一番大きいとは思うよ。天音おばさんが実験で作ったものを、そのまま設備として使ってるケースも多いみたいだし」

宏と春菜が通う海南大学を窓から見ながら、そんな話をする恵美と春菜。

もっとも、恵美が通う大学も地方とはいえ県名を冠した国立大学なので、設備こそ古びてはいるものの、立派さや充実度合いではそんなに違いはない。

言っては何だが、恵美が春菜の環境をうらやむのは、もっとグレードが落ちる大学に通う学生からすれば、贅沢を言うなと非難されてもおかしくないのだ。

「それにしても、宏が共学の高校無事に卒業できて、女の子の友達作れて、共学の大学通えるようになるって、ホンマ夢のような話やわ……」

「まあ、私も仲良くなれたの、ほとんど奇跡みたいな偶然だったし、我ながらよく地雷を踏み抜かずにやってこれたなあ、ってたまに思うことはあるよ、実際」

「せやろうなあ。送られてきた写真見たとき、ホンマにびっくりしたで。宏が女の子に自分から触ってる！　っちゅうてなあ」

「だよね～……」

　恵美の驚きのポイントに、かなりしみじみとした感じで同意する春菜。普通に手を取るぐらいのことをおびえられずに済むようになるまで、随分と苦労したものだ。

まだ恋人つなぎなどありえない段階とはいえ、ここまでがんばったことは素直に自画自賛してもいいのではないか。春菜をして時折こんなことを思ってしまうぐらい、宏との距離感には苦労してきたのである。

「せやけど、うちの弟のこと好きになってくれたんはすごい嬉しいんやけど、あの子ちゃんと恋愛とかできる保証あらへんよ？」

「覚悟はしてるよ」

「私としても、春菜ちゃんが宏を口説き落としてくれたらものすごい嬉しいんやけど、仮にあの事件なくて真っ当な人生歩んどっても、ちゃんと恋人作れるような気ぃ全然せえへんのが難儀やでな」

　恵美の言葉に、思わず真剣な顔で頷く春菜。恵美に言われるまでもなく、そのあたりは分かっている。

「正直、春菜ちゃんが駆け引きとかするようなタイプでなくてよかったで」

「それやった瞬間に、私は二度と宏君の恋愛対象に戻れないって分かってるから、むしろ誤解させないように必死だよ」

恵美の言葉に、何やら達観した様子で現状を告げる春菜。

宏にとって失えないほど近い存在に自分がなっている自信はある程度あるものの、それを利用して誰かになびくそぶりで宏に恋愛感情を抱かせようなどといったことをした日には、宏は下手をすれば二度と恋愛的な意味で女性を信じなくなるかもしれない。

そうでなかったとしても、もともと宏は自分は春菜に釣り合わないなどと思っている節があるので、別の男と恋愛的な意味で仲良くした、もしくはそう見える行動をとった時点で、笑ってサクッと身を引いてしまうだろう。

距離を置く的なことをするにしても、事故か何かの不可抗力で引き離され、宏の努力次第では再会までの時間が短くなる、というパターンでもなければ、小細工をすればするほどマイナスに働くのは間違いない。

恋愛感情で脳がゆだっていても、そのぐらいの判断ができる程度には春菜の理性は仕事をしているのだ。

「やろうなあ。ほんま、うちの弟が難儀なことなってしもとって、申しわけない限りやで」

「恵美さんのせいじゃないよね、それ」

「いや、あのとき一緒に生活しとって、弟が追い詰められとんのに何の助けにもなれんかったんやから、私にも宏がああなった責任はあるで。っちゅうか、血のつながった家族やねんから、むしろ助けようとして何もできんかったたって後悔しとるクラスメイトの子らより何倍も責任重いで」

弟に関するいまだに拭《ぬぐ》いきれぬトラウマを、血を吐くような表情で漏らす恵美。

治療によって徐々に回復していく様子を見守ってきた両親と違い、恵美は大学進学でそばを離れたため、ここ三年ほどの様子や経過を直接見ていない。

そのため、後悔を拭い去るための行動を起こす機会も、自らの心の傷を癒《いや》す機会も得られずに今日まできてしまっているのだ。

暴行や傷害による大事件というのは、つくづく被害者とその関係者に深い傷を刻み込んでしまうらしい。

「あのね、恵美さん」

「ん？」

「直接何かするだけじゃなくて、心配して真剣に無事を祈るっていうのも、十分すぎるほど宏君の助けになってるんだよ？」

「……そうなん？」

「うん。ちょっとオカルティックな印象の話になるんだけど、格好つけて直接支援したりするよりも、何もできない人の真剣な祈りのほうが事態にプラスに働いた事例っていうのが、現実に結構あるんだ」

「何っちゅうか、胡散臭《うさんくさ》い話やなあ……」

「言ってる私も、口で説明しちゃうと胡散臭いなあ、って思ってるけどね」

自分で言いながらあまりにも胡散臭い言葉に、思わず苦笑してしまう春菜。

とはいえ実際の話、無私の真摯《しんし》な祈りが奇跡を起こしたとしか思えない事例は、古今東西枚挙にいとまがないぐらいにはある。

無論、当事者の必死の努力は大前提だし、真剣に祈ったからといって全てが良くなるわけではないが、人事を尽くした際の最後のひと押しとなっている可能性が否定できない程度には、そういった事例があふれている。

恐らく、古今東西ありとあらゆる宗教において祈りという行為が行われているのも、神を信じない者ですらいざというところまで追い詰められたときに祈ってしまうことがあるのも、無意識にそういうパワーがあることを感じ取っているからであろう。

少なくとも、精神的なものが深く絡む宏のようなケースに関しては、関係者の真剣な祈りというのが重要なファクターであるのは間違いない。

「そろそろおそばが来るから、この話はおしまいにしようよ」

「せやな」

「心配しなくても、今の宏君を見たら恋愛がらみ以外は大丈夫だって納得できるはずだから」

「それ、自分にとって大問題ちゃうん？」

「そこはもう、誰を好きになっても同じだと思うから、地道にがんばるよ」

「宏の話聞いてる感じ、がんばりどころずれてるっちゅうか、がんばっとる感じ自体せえへんけどなあ」

恵美の致命的な指摘に、思わずガクッとする春菜。

「あとなあ、さっきから達観したようなこと言うてるけど、春菜ちゃんなんか焦ってへん？」

「あ〜、うん。まあ、ちょっとそういうところはあるかなあ、って自分でも思わなくも……」

「がんばりどころずれとんのも、やってるうちになんか道踏み外すっちゅうだけやなくて、なんかがんばらなあかん思って焦って事を起こすからっちゅう節があるんやけど、どない？」

「……おっしゃるとおりです」

恵美の鋭い指摘に、もう一度ガクリとする春菜。そこに大将が料理を持ってくる。

「あれ？　これ頼んでないんだけど……」

「ヒロ坊のお姉さんなんだろう？　せっかく来てくれたんだからサービスしといた。苦学生やってるって話だし、刺身とかなかなか手が出ないだろうって思ってな」

「ええんですか？」

「おう！　うちはがんばる学生さんの味方だ！」

「なんか申しわけないなあ……」

「大将はこういう人だし、ここはもう、就職決まったお祝いってことでありがたく受け取っておこうよ」

就職が決まった、という春菜の言葉に、サービスで持ってきた船盛りをテーブルに置きながらきらりと目を輝かせる大将。

「へえ？　そいつはめでたい。どこに決まったんだい？」

「綾羽乃宮農研の地方の研究所です」

「そいつはすげえな。ってことは、こっちに来る機会もそこそこあるんだな」

「多分そうなるかなあ、と。ただ、宏が綾羽乃宮の人らと仲ようさせてもらってるから、そのコネが知らんところで利いてもうたんちゃうか、っちゅう不安が……」

「別にいいじゃねえか。綾羽乃宮はコネだけで採用したりしねえから、少なくともコネが利くところまでは採用試験を突破したってことだしな」

　ひそかに、なんだかんだで綾羽乃宮関係の上層部とそれなりに仲が良かったりする大将が、そんな風に太鼓判を押す。

　実際、恵美が宏の実の姉である、なんてことは、最終面接が終わったあと、本採用を決定する段階まで調べもしていない。残りの誰を採用しても大した差がない、という状況でもない限り、家族構成やそれまでどんなことをしてきたかが採用に影響することはまずないのだ。

　実際のところそういう方針のところは一般企業にも多く、世に蔓延《まんえん》しているマイナスイメージそのままのようなコネ採用は思われているほど多くないのである。

「まあ、せっかくこっちに来たんだしコネもあるんだから、自分の就職先の親会社とか出入りする可能性がある施設とかも見学させてもらったらどうだ？　具体的には、目と鼻の先にある大学のいくつかの研究室とか」

「せっかくやから、そうさせてもらいます」

　大将の言葉に笑顔でそう答え、伸びる前にとレディースセットの関西風タヌキそばに箸をつける恵美。それを見届け厨房《ちゅうぼう》に引っ込む大将。

　食べ終わる頃を見計らってクリームあんみつを持っていき、さらに恵美を恐縮させるのはここだけの話である。

「なんか、えらいご馳走《ちそう》になってもうたわ……」

「その分、普段からお母さんとか天音おばさんとかがお金落としてるから、大丈夫なんじゃないかな？」

「それはそれで申しわけないんやけど……」

「お金は持ってる人が多く使わないと、っていうのがうちの親達の言い分。まあ、その後に何にどう使うかはちゃんと考えなきゃだめだけど、って続くんだけどね」

春菜が語る、いかにも成功した金持ちが言いそうな言葉に、そういうものなのかと首をかしげる恵美。

「宏君達には連絡しておいたから、晩ご飯の時間まで案内できるところは案内しておくよ」

「お願いするわ」

「本当は、明日以降、恵美さんの体力とか気分に合わせて、って考えてたんだけどね。これも何かの縁だから」

「明日は春菜ちゃんのケーキでお茶しながら、のんびり近況とか聞かせてもらいたいわ」

「了解。昼過ぎぐらいにお邪魔するよ」

などと話しながら、海南大学の見学をしていく春菜と恵美。

途中で達也から、問題なければ盆休み中は今日しか潮見にいない澪を紹介したらどうだという連絡が入る。

なお、当の達也は詩織ともどもすでに親戚宅の近くまで来ており、今更潮見に行くのは不可能な状態である。

ゆえに、当初の予定どおり今回はパスとなる。

「ねえ、恵美さん。澪ちゃんを紹介しておきたいから、ちょっと早いけど一度宏君の家に帰ってい い？」

「澪ちゃんって、あのちょっと雰囲気ある子やんな？」

「うん。明日から親戚の家に行かなきゃいけないらしくて、今日しか時間がないんだ。最初は着いたばかりのところに押しかけるのはどうかな、って思って今回は見送りの予定だったんだけど、偶然とはいえこうなっちゃったから」

「せやなあ。せっかくやから私も実物見てみたいし、明日も明後日も時間はあるから、今日は見学切り上げよか」

「うん。じゃあ、最後に私達の野菜が並んでるらしい道の駅だけ寄り道して帰るね」

いろいろな準備のために、あえて一カ所余計な寄り道を提案する春菜。それを時間稼ぎの意図を察し、了承する恵美。

その後、十五分ほど道の駅を何も買わずに見て回り、以前に来たときより駐車場が拡張されたり加工品や総菜の売り場が新設の建物に移動していたりすることに驚きつつ帰宅する。

東家の玄関では、いつきが待機していた。

「ご苦労さま。悪いけど、車お願いね」

「はい。自転車は置いていきますので、帰りに使ってください」

「うん、ありがとう」

そう、東家周辺に駐車スペースがないことを知っていた春菜は、周辺住民の邪魔にならぬよう、いつきに車の回収を頼んでいたのだ。

「ここが私の実家なんや」

「うん」

「初めて見るもんやから、全然実感わかへんわ」

「だろうね」

恵美のどこかずれたコメントに苦笑しつつ、呼び鈴を鳴らす春菜。中で人が動く気配がし、すぐに扉が開く。

大学進学後も三回だけ実家に帰ったことがある恵美だが、うち二回はまだ完全に引き払っていなかった大阪の家であり、一回は仮住まいのアパートに顔を出しただけだ。

なので実は、この家に来るのは初めてである。

「姉ちゃん、おかえり」

「ただいま、宏。久しぶりやな」

「ほんまやなあ。とりあえず、話は中でしようや」

「うん」

「春菜さんもすまんな」

「私も楽しかったから、気にしないで」

そんなやり取りをしながら、二人を中へと案内する宏。

通されたリビングには二人の美少女が待っており、その姿を見て恵美が硬直する。

「……!!」

「あれ？　エルちゃんもいたの？」

「なんぞ虫の知らせがあったとかでなあ」

「ああ、なるほど。真琴さんは？」

「エルが来たん見て、うちのリビングやと定員オーバーやろうっちゅうて帰ってったわ」

「あ〜、それ多分、気を利かせたのと誤解を避けたんじゃないかなあ……」

「やろうなあ……」

恵美が硬直している間に、手早く事情を説明する宏。

そんな宏の言葉と、早く紹介してほしそうにうずうずしながらも大人しく待っているすさまじく美しい少女達の表情、何より宏に向けられる熱のこもった視線に、硬直していた恵美が再起動する。

「……なあ………宏」

「なんや？」

「あんたがこんなにたくさん女の子と仲ようできるようになった、っちゅうんは姉としてものすごい嬉しいんやけどな。まだまともに恋愛とかできそうもない状態、どころか恐怖症なくても女の子と男女交際なんかようせえへんくせに、こんな何人も節操なく引っかけてどないするんよ？」

「言うてることはごもっともなんやけど、別にその気があったわけでも狙ってこうなったわけでもあらへんで……」

「そんぐらい分かっとるわ。問題なんは、あんたまだ完治してへんのに、こんなおっぱい大きい娘ばっかり引っかけて大丈夫なんか、っちゅうんと、こっちのすごい上品なお嬢さん、一見春菜ちゃんと同じぐらいに見えんこともないけど、実際は中学生ぐらいなんやろ？」

「姉ちゃん、よう分かるなあ……」

「塾講師っちゅう仕事、舐《な》めたらあかんで。っちゅうか、話逸《そ》れたけどな、こっちの二人、どっちに手ぇ出しても、っちゅうかそういう風に思われても確実に逮捕案件やのに、大丈夫なん？」

恵美のなかなかに厳しく世知辛い突っ込みに、思わず目を逸らす宏。

紹介もまだ受けていない客の前だというのに、さらに突っ込みを続けようとする恵美。

普段ならそんな無礼な真似は間違ってもしないのだが、さすがに今回の状況は衝撃的すぎたらしい。

とはいえ、文字に起こすときつい言い方に見えるが、恵美の声は心底心配そうなものだ。誰が聞いても本気で弟を案じていると分かる口調でもあり、周囲の人間はある程度気が済むまで姉弟のじゃれ合いを続けさせる方針のようだ。

そんな恵美と宏の会話を聞いていた澪とエアリスが、思わず小声でささやき合う。

「ボク達でおっぱい大きいとか言ってたら、アルチェム連れてきたらどうなるんだろう……」

「ですが、よくよく考えると、まだがんばっている女性は、全体的に平均以上のサイズはあるような気がしますね……」

「ん。ボクも平均突破できたのはちょっと嬉しいけど、おかげでいろんな意味で犯罪くさい感じが……」

「年齢に関しては、どうにもなりませんから……」

「ボク、年とっても自分がアウトなエロリ枠から脱却できる気がしない……」

そんなひそひそ話を聞いていた春菜が、そろそろいいかというタイミングを見計らって苦笑しつつ東姉弟を窘《たしな》め、どうにかお互いを紹介するところまで持ち込む。

「エル様に関しては、どうにもどういう経緯で知り合ったんかが想像もつかんから、明日にでもその辺ちゃんと教えてや」

「分かっとる。ただ、信用できる話とは限らんで」

「そんなもん、そもそもこの状況自体が信用できへんねんから今更や」

姉の身も蓋もない意見に苦笑しながら頷く宏。

なんだかんだで事情説明は先延ばしにされ、とりあえずなんだかんだで仲だけは良くなる恵美と澪達であった。

## 第48話 ……こうなると、もうどうにもできませんね……

ここ最近、アルフェミナは普段にもまして多忙を極めていた。

「ああもう、またおかしな歪《ゆが》みが……！」

どういうわけか最近、どこの世界でも時空の歪みが多く自然発生し、相互にいろんなものが移動しあう状況が続いていたのだ。

前回の電波化した少女も最近の異常事態に巻き込まれた口で、中にはもっとシャレにならないがゆえにアルフェミナが直接干渉して処理したケースも普通にあった。

他のことはともかく、この種の仕事はアルフェミナにしかできない。

必然的に、アルフェミナの負荷が爆発的に増え、エアリスの問い合わせに返事をする余裕もなくなれば、ルーチンワークでこなしている部分に目が行き届かなくもなってくる。

「あっ……」

結果、アルフェミナは非常に細かいうえに普段なら何の問題にもならないミスを見逃し、そこから連鎖的に派手なトラブルを巻き起こしてしまった。

言うならば、原稿のセットの仕方が悪くてコピーをミスプリントしたら、なぜかそのミスプリントが風が吹けば桶屋《おけや》が儲《もう》かる方式で会社全体の存続にかかわる問題に発展したような感じである。

「……こうなると、もうどうにもできませんね……」

もはや何をしても悪化するしかない状況に、達観したような表情で呟《つぶや》くアルフェミナ。

これが致命傷につながりかねないものであれば慌てもするが、今回の件は派手ではあっても大した問題にはならない。

ならば、悪化させるぐらいなら傍観したほうがましな結果になろう。

とはいえ、関係者に連絡はしておかねばならない。

まずは巻き込んでしまった世界の、予想される影響範囲を管理している神と、今回の件で危険にさらされる可能性がある種族を保護している神に、正直にミスを告げて謝罪する。

さらに、通達できる関係神に片っ端から連絡と謝罪を進めていく。

結果として、起こってしまった事態の影響を直接受けるだろう宏《ひろし》達には、完全に事後報告となってしまうのであった。

☆

「これが、宏と春菜《はるな》ちゃんの畑か」

「せやで。最近いろいろあって、半分はあえてちょっと保留にしとるけどな」

恵美《えみ》が帰省してきた翌日の早朝。宏は姉の要望を受けて、春菜およびエアリスと共に畑を訪れていた。

「それにしても、畑、気になるんはまあ分からんでもないけど、わざわざ僕らの収穫作業に付き合わんでもええねんで？」

「あんたらに二度手間強要するんはちょっと、っちゅうんもあったし、それに収穫作業のあと採れたてのトマトかじるとか、すごい贅沢《ぜいたく》やん」

「そのためだけに長旅の翌日に早起きとか、しんどないか？」

「しんどないっちゅうか、そもそもいつもやったらこの時間はコンビニでバイトやから、自然に目ぇ覚めてまうねんわ」

軍手と収穫用の鋏《はさみ》を装備して妙にやる気を見せる姉に対し、思わず生温かい視線を向けてしまう宏。

別に問題はないのだが、なんとなくいろいろ突っ込みたくはなる。

「それにしても、今日もなかなかの収穫量になりそうだよね」

「せやなあ。スイカは三つぐらい確保しとけばええか？」

「そうだね。あとはブドウちょっと多めにお願い。ケーキに使うから」

「了解や。エルもスイカとブドウ、持って帰るか？」

「はい」

そう言いながら、さくっと収穫作業に入る宏達。

因《ちな》みにブドウは巨峰とデラウェアを栽培しており、例によって本来ならまだかなり早い時期から収穫が始まっている。

もっとも、今年は夏が暑いので、ブドウは例年より収穫時期が早くなっている。結果として、他と比べて一週間程度のフライングで済んでいるのはここだけの話である。

「もうちょっとしたら、ジャガイモとサツマイモの季節やなあ」

「そうだね。また、学園祭で売る？」

「どっちでもええわ。っちゅうか、そういうんっていつ申請していつから準備開始なん？」

「気にしてなかったから知らないよ。そもそも、個人で申請できるのかすら分からないかな」

完全に思いつきでの発言だったらしい春菜に、思わずジト目を向ける宏。

宏のその視線に、思わず目を泳がせる春菜。

そんな仲睦《むつ》まじい様子にくすくすと笑いながら、お姫様然とした様子からは想像もつかないほど手際よく収穫作業を進めていくエアリス。

「……」

「どうなさいました？」

「いや、何っちゅうかこう、な。いくら苦学生やっとってそんな時間なかったっちゅうても、よもや重度の女性恐怖症で日常生活にも支障が出とった弟のほうが、私より先に異性とキャッキャウフフしとるっちゅうんがちょっとなあ……」

宏と春菜の、これで付き合っていないとか詐欺にもほどがあるぞと言いたくなるような様子を見た恵美が、エアリスに対して非常に複雑な内心を正直に漏らす。

それを聞いたエアリスが、ああ、という感じで頷《うなず》く。

「っちゅうか、エル様もようあれを容認してますね……」

「もともと、いろんな意味でヒロシ様を独占するのは難しいと分かっていますから」

「それがこう、ピンとけえへんのよ。そら、宏を好きになってくれる娘《こ》がおること自体はおかしいともなんとも思わへんし、相性の問題やからその女の子が揃《そろ》いも揃《そろ》ってすごい美形でおっぱいおっきい娘ばっかりやっちゅうんもまあ、ええんやけど……」

「お互いにハーレム状態になることを容認するのはいまいち納得できない、ですか？」

「そういうこっちゃな。まあ、これは私が日本人で、そういう価値観で教育受けて育ったからっちゅうんもあるやろうけど……」

恵美の言葉に、小さく頷くエアリス。

日本人、というより地球の先進国の人間が基本的に一夫多妻制に対して否定的な価値観を持っていることは何度も聞かされているし、最初の頃の澪《みお》や割と最近までの春菜の態度からも、それが深く染みついていることも理解している。

半面、綾羽乃宮《あやはのみや》家の人々や雪菜《ゆきな》のように、当人達が真剣であればという前提で、割とそのあたりに寛容な考えを持っている人間も結構いるあたり、なかなか奥が深いところではある。

もっとも、そもそもの話、身分や財力のある人間が側室だの愛人だのを持つことに対し否定的になったのは先進国でも産業革命の頃からの話だし、セクハラがうるさく言われるようになったのはそれこそ二十世紀末のこと。

　一部の国家や宗教は現在も一夫多妻制を許容、もしくは推奨していることを考えれば、ちゃんと管理できてよそにトラブルを飛び火させないのであれば、という条件でハーレム状態を許容する人間がいることも不思議ではないのかもしれない。

「とりあえず、私達に関しましては、そういうものだと思っていてください。むしろヒロシ様とハルナ様に関しましては、一夫一妻で固まることのほうが問題を招きかねませんので……」

「そこがまた、よう分からへんのよ……」

　エアリスの言い分に、どうにも腑《ふ》に落ちないと首を横に振る恵美。

　何が腑に落ちないかといって、一見して揃いも揃ってそういうことを言いそうもない、大人しくて貞操観念がしっかりしていそうな女の子ばかりなのに、誰もその言葉に違和感を持っていないことである。

　実際のところ、澪に関しては見た目はともかく中身は結構あれなので、もともと自分が納得できればハーレムだってバッチコイだったりするのだが、そこまで接点のない恵美にはそんなことは分からない。

　黙って大人しくしているときの澪の外面《そとづら》は、初対面の人間が見抜けるほど薄くはないのである。

「あっ」

　そんな恵美の様子をニコニコと見守っていたエアリスが唐突に小さな声を漏らすと、微妙にあらぬ方向に視線を向けて、少々困ったような表情を浮かべる。

そのエアリスにつられ視線を移し、ちょうどそのタイミングで起こった現象に絶句する恵美。

二人の視線の先では、派手に空間が歪んでいた。

「な、なんなんあれ!?」

「空間が歪んでいます」

「えっ？　どういうこと？　っちゅうか、なんでそんなに平然としてんのよ!?」

「割とよくあることなので……」

「いやいや、エル。こっちの世界やと、そんなようある現象でもないで」

「あっ。そういえばそうでした」

一人あたふたしている恵美を尻目に、あちゃあという態度を取りながらもかなりのんきな会話をするエアリスと宏。何が出てくるかはともかく、今ぐらい距離が空いていれば現象そのものは自分達に影響を及ぼさないと分かっているだけに、実に落ち着いたものである。

「感じからいってエルちゃんの世界から飛ばされてきてるみたいだけど、何が出てくるんだろうね？」

「ハルナ様でも分かりませんか？」

「うん。まだノイズが多すぎて、せいぜい人型ってことしか分からないよ。宏君は？」

「似たようなもんやな。……ん？」

「どうしたの？」

「いや、ちょっとな。断定はできんけど、もしかして……」

宏が言い終わる前に、空間の歪みから何者かが勢いよく落ちてきて、畑のまだ何も植えていない畝《うね》に頭から派手に突っ込んで土ぼこりを盛大に巻き上げる。

「……えっ？　もしかして、アルチェムさん？」

「一瞬、微妙にリンクがつながったからもしかしてとは思ったんやけど、まさかほんまにアルチェムが出てくるとはなあ……」

土ぼこりの向こうから出てきた人物の背中を見て、戸惑ったように声を上げる春菜。そんな春菜に対し、はっきりきっぱりそう断定する宏。

正確に言うなら、現段階では長身で長い金髪の女性、という特徴しか分からない。

が、宏とリンクが生じている金髪で長身のフェアクロ世界の女性などアルチェムしか存在していないし、何より地面に突っ込んだ際に普通ならありえない状態になっている時点で、アルチェム以外に考えられない。

何をどうすればそうなるのか、現れた女性は畑の土に突っ込んだ結果、上半身の服が全てすっぽ抜けて腰巻状態になっていたのだ。

最近ではエロトラブル担当になりつつある澪ですら、ここまで豪快に物理法則を無視した現象を起こすことはないのだから、出てきたのはアルチェム以外にありえない。そう断言していいだろう。

「えっ？　なんなん？　っちゅうか、知り合い？」

「まあ、せやなあ。詳しいことはあとにして、とりあえず向こう行っとくから、春菜さんとエルはアルチェムの服、なんとかしたって。まかり間違って起き上がってこっち向かれたりした日には、社会的にも生命的にも死んでまうわ……」

「うん。なんとかしておくから、宏君はあっちで収穫作業続けてて」

「了解や」

そう言って、一番距離があるゴーヤの収穫に移る宏。それを見送った後、春菜はとりあえずアルチェムを抱き起こした。

「アルチェムさん、アルチェムさん。大丈夫？」

「う～ん……う～ん。あ、いたた……」

春菜に抱き起こされ、うめきながら目を開けるアルチェム。畑の土が柔らかかったのが幸いしてか、服も体も派手に汚れてはいるものの、かすり傷一つない。

もっとも、こういう状況でアルチェムが怪我をしたことなど一度もないことを考えると、実は彼女の肌がものすごく頑丈なのか、それともエロトラブル誘発体質はエロトラブルに限り怪我をしないという補正が働いているのか、どちらかである可能性が否定できないところではある。

「とりあえず向こうの小屋の前にホース引っ張っといたから、私らの体で上手《うま》いこと隠しもって土洗い流そか」

「あ、うん。そうだね。幸いボトムは大して汚れてないし、素材的にも乾きやすそうだから、この天気ならすぐ乾くかな」

「上は、私かハルナ様の着替えを着ていただくしかないでしょうね。さすがに、ちゃんと洗濯しないと厳しいくらいには汚れていますし」

とにかくアルチェムに身づくろいさせるのが最優先だ。そう意見が一致した春菜達は、アルチェムが状況を把握する前に話を進めていく。

そのあたりで、ようやく目を開いたまま呆然《ぼうぜん》としていたアルチェムが正気を取り戻す。

「えっ？　あれ？　ここどこ？　っていうか、ハルナさんにエル様？」
「えーと、詳しい話はあとにして、まずその格好なんとかしようね、アルチェムさん」
「あっ、はい」
「土を洗い流すから、水かけるよ」
「お願いします」

見知らぬ土地で上半身素っ裸で土や泥にまみれたままでいるのがまずいことぐらいは、裸やあられもない格好を見られ慣れているアルチェムでも分かる。

随分前からそのあたりの羞恥心が普通の人間と変わらなくなっていることもあり、見られると恥ずかしいという感覚もある。

なので、素直に水をかけてもらって大急ぎで体を洗うアルチェム。

今日はもうすでに三十度を超える気温だということもあり、ホースの水は温《ぬる》めで水浴びには適温だ。はいていたボトムも乾きやすい農業向けの素材を使ったものなので、濡《ぬ》れるのを気にしなくてもさほど問題ない。

ただし、アルチェムが本日着用している服は、諸般の事情で汚れ防止やサイズ自動調整がかかっていないものなので、服の汚れは洗わなければどうにもならないのだが。

その間も宏はせっせと収穫を続け、どんどん出荷箱を積み上げていく。

男のチラ見は女のガン見とはよく言うが、状況確認のための視線すら寄こさぬあたり、その必死さには女性陣全員内心で涙を流したくなる。

「それで、ここはどこでしょうか？」

「ここは日本の私が借りてる畑。向こうで言うところの『知られざる大陸』かな？」

「ああ、なるほど。ここがハルナさんの故郷なんですね。ってことは、私は知らないうちに飛ばされちゃったんですか？」

「うん。因みに、アルチェムさんが飛ばされてからまだ十分ぐらいかな？　こっちに来てすぐ起きたから」

「そうなんですか？」

「うん。っと、こんなものかな？」

「そうですね」

「ほい、バスタオル」

「あ、どうも」

「服はこれ着てね。詳しい話は、まず身づくろいをしてからってことで」

　宏にばかり作業させるのも忍びないと思って言った春菜の言葉に従い、聞けることを聞きながら大急ぎで体を洗い、水を拭《ぬぐ》い、春菜から渡されたTシャツを着るアルチェム。

　因みに、今日春菜が持ってきていた予備のTシャツは二枚。一枚は黒地に『燃えろ！　ステーキ丼！』とプリントされたネタ全開のTシャツ、もう一枚は濃い青をメインにあまりセンスがいいとは言いがたいグラデーションで染められた妙にファッショナブルなTシャツだ。

　お洒落《しゃれ》に気合いを入れて農作業をするのもむなしく、また宏のポイントを稼ぐにしてもこの場合、力点を置くべきなのはファッションではなく美味《おい》しい作物を作ること。そのあたりの理由から、春菜が朝の農作業に着ていく服や着替えは、汚れようが破れようが気にならないものばかりとなるのである。

　今回春菜がアルチェムに渡したのは、この正直ダサいとしか言いようがない二枚のＴシャツのうち、ステーキ丼Ｔシャツのほうだ。直感的に、できるだけダサくて色気やエロスを感じさせる要素が少ないものを渡さないと、手が後ろに回りかねない方向で危険と判断したのである。

　春菜のその判断は、割と正しかったと言える。

　というのも、

「なんか、乳丸出しの時より卑猥《ひわい》やなあ……」

　と恵美が言わざるを得ないような状態になったからだ。

　理由自体は単純だ。大抵のＴシャツは、春菜クラスのバストの持ち主が着ると、サイズが合っていても胸のあたりが割とぱっつんぱっつんになる。

　その上を行くアルチェムが、致し方がないとはいえノーブラでＴシャツを着れば、それはもうエロいことになる。

　それでも、ステーキ丼Ｔシャツは文字以外のところは黒、文字もステーキをイメージした茶色なのでまだましだ。

　グラデーション柄のほうは胸の先端あたりに限って薄い色がきており（むしろその配色だからこそあまりセンスがよくないともいえる）、濡れたりしていなくてもうっすらと下が透けて見える。

　ノーブラのアルチェムに着せたりした日には、本当にシャレにならないことになっていただろう。

「あの、この服って本当にこれでいいんでしょうか……？　なんだか、すごいことになってるような……」

燃えろ!

「Tシャツだから他にどうしようもないんだけど、下着がないのが致命的だよね……」

「せやなあ……」

「しかも恵美さん、すごく悪いお知らせがあるんだけど、聞く？」

「大体想像はつくけど、何？」

「さすがにうちには、アルチェムさんが着られるような大きさのブラって、在庫ないの」

「せやろうなあ……」

「お母さんの事務所になら、可能性はあるけど……」


服を買いに行くための服がない。春菜が口にした事情というのは、平たく言えばそういうことになる。


「あの、ハルナ様」

「エルちゃん、何かいいアイデア、ある？」

「アイデアというか、このまま普通に向こうに帰っていただくというのは無理なのでしょうか？」

「そうしたいんだけど、ちょっと厳しいかな。アルチェムさんだけじゃなくて、エルちゃんも今日は帰れないと思う」

「そうなのですか？」

「うん。神の城までならともかく、向こうの世界に行くのは私や宏君でも難しいかな。なんというか、エルちゃんに分かるように例えて言うなら、手作りのイカダで台風来てる海を渡ってファーレーンからファルダニアに行こうとする、って感じかな？」

「……なるほど」

「そんなことになってるんですか。もしかして、私がこっちに飛ばされちゃったのも？」

「多分、無関係ではないと思う。時空間が荒れてるから飛ばされたのか、アルチェムさんが飛ばされたのがきっかけで時空間が荒れたのかまでは分からないけど」

春菜の説明を聞き、いろいろ納得するエアリスとアルチェム。

「まあ、とりあえず、さすがに今のアルチェムさんと宏君を同じ車に乗せるのはちょっと怖いから、車からTシャツ取ってくるついでにいつきさん呼んでおいたよ。私は宏君と恵美さんに軽く事情説明するから、エルちゃんはアルチェムさんと一緒にいつきさんの車で戻ってもらっていいかな？」

「分かりました。いつきさんとアルチェムさんには、私から事情を説明しておきます」

「お願いね。じゃあ、私は出荷作業に戻るよ。恵美さん、もうちょっとだけ付き合って」

「はいな。どうせ車の中だけやと終わらんやろから、作業中にも説明聞かせてもらうわ」

アルチェムの格好を取り繕うことを諦め、収穫作業に戻る春菜。さすがにこの場では、どうやっても手持ちの服が足りない。

春菜の意図を汲《く》み、いつきを待つためにアルチェムを伴って軽トラを停《と》めてあるあたりに移動するエアリス。

エアリスとアルチェムが離れたところで、ようやく宏が緊張を解く。

「にしても、ここ二日ほどでお腹いっぱいになるほど巨乳見た気ぃするわ」

「あはははは……」

恵美の言葉に、思わず乾いた笑い声を上げる春菜。それが普通になっていたので感覚がマヒしているが、今の宏の周りは、よく考えればまるでグラビアアイドルの撮影会のような状態になっている。

「でも、恵美さん。昨日から胸の話結構してるけど、その割にはあんまり大きい娘に対してひがんだりとかしてないよね？」

「そら、宏の周りにあんまりにも女主張する体型の子がうろうろしとるから心配になってるっちゅうだけで、別に自分の乳のサイズに不満があるわけやないからな。何事も極端なんは余計なお金もかかるし、普通が一番やで」

「あ〜、そうだよね。本当に、そうだよね…………」

「なんや、苦労してそうやなあ、春菜ちゃん」

春菜の表情から何かを察し、慰《なぐさ》めるように肩を叩《たた》く恵美。

いろいろカオスな状況になったこの日の収穫作業は、どうにかこうにか予定どおりに終えることができるのであった。

☆

「耳見た瞬間まさかとは思ったけど、ホンマに異世界とはなあ……」

約一時間後、藤堂《とうどう》家。ついでに朝食、ということでダイニングに通され、春菜とエアリスが作った新鮮野菜メインの朝食を堪能した恵美が、世の中の奥の深さをかみしめるようにそう漏らす。

どうせ話すなら全員に、ということで、藤堂家に引き上げる途中で回収された宏の両親も、話を聞いて同意するように頷いている。

そんな東《あずま》家の人達の反応を、苦笑しながら見守る宏、春菜、真琴《まこと》のアズマ工房組。エアリスとアルチェムは、どう反応したものかと曖昧な感じの表情を浮かべている。

余談ながら、真琴を恵美に紹介したところ、同い年ということもあってあっという間に意気投合し、すでにお互いの名前を呼び捨てにする仲になっている。

因みに、恵美は同じ研究室に腐女子がいたこともあり、BLそのものには寛容である。が、当人はこれ以上ないぐらいノーマルなので、腐教されても断固として拒否の姿勢を貫いている。

なお、深雪《みゆき》はというと、昨日から近くにある有名学習塾のお盆合宿に参加しているため、現在は不在である。別に問題ない成績なので普段から塾に通っているわけではないが、友人に誘われたこともあり客観的な現状を把握するために参加を決めた、とのことだ。

「ちゅうか、お父さん、お母さん。この話知っとったみたいやけど、最初から信じてたん？」

「綾瀬《あやせ》教授から聞かされた話やから、信じとったんは信じとったで」

「まあ私らも、この娘見るまで、あんまり実感はなかったけどなあ」

恵美の質問に答えながら、アルチェムの耳に視線を向ける孝輔《こうすけ》と美紗緒《みさお》。それにつられてもう一度まじまじとエルフの耳を観察する恵美。

アルチェムの服装は現在、Tシャツの上に適当なブラウスを着てごまかす感じになっている。身長が約五センチ、バストがカップサイズで一つ半ほど大きいとはいえ、春菜の服が全て着られないほどの体格差でもない。

工夫は必要ではあるが、わざと大きくしてあるようなデザインのものなら、アルチェムでも余裕をもって着用できるのだ。

なお、ノーブラなのは変わらないので、ブラウスが脱げてしまうといきなり卑猥な感じになってしまう点は改善されていない。

「それにしても、さ。アルチェムこっちに置いといて大丈夫なの？　確か、エルフは概念的な問題でヤバいんじゃなかったっけ？」

「それについては、帰る途中で春菜さんが連絡入れて確認取った。こっちにおる理由が自然現象による事故で、僕と春菜さんの関係者で、時空関係が非常にややこしいことになっとって帰るに帰られへんから、条件付きでＯＫやと」

「条件付き？　どんな？」

「僕と春菜さんがいろんな意味でがっつり囲い込んで、世界に対して特殊固体として認識させて、エルフっちゅう種族やと認識できへんようにすればええそうや。そこまでやっとけば、こっちの世界に出入りするんも黙認するそうやで」

「それって、つまりもしかして……」

「別に夫婦とか嫁とかまで一足飛びにいけ、っちゅう話ではないけどな。ようは、眷属《けんぞく》とか巫女《みこ》とか使い魔とか、最低限そのラインで囲い込んで、特殊固体扱いできるように何らかのマーキングせいっちゅう話や」

なし崩しで婚姻関係まで話が飛びそうだったのを察し、先回りして真琴に釘《くぎ》を刺す宏。さすがにそこまで確定されてしまうと、たまったものではない。

いろいろ聞きたいことがありつつも口を挟むタイミングがつかめなかったアルチェムが、その話を聞いて申しわけなさそうに縮こまる。

「でも、事故で飛ばされてきたっていうのは変わらないのに、単にエルフってだけで滞在するのに条件が付けられるってのもねえ……」

「せやねんけどなあ、このあたりは言うたら外来種の問題に近い話やからなあ」

「あ～……」

宏の持ち出した例えに、ひどく納得する真琴。

外来種に関しては、大きな問題を起こすのは大抵人間が持ち込んだものだが、大陸から泳いで渡ってきたり鳥によって運ばれてきたり、中には大きな天災に巻き込まれた結果流れ着いたという滅多にない特殊事例など、人間の活動以外のパターンで侵入してきたものが大問題を引き起こした事例も普通に存在する。

アルチェムの場合、その滅多にない特殊事例のパターンではあるが、この世界にとって外来種であること自体は変わらない。

それらの生物を駆除するかどうかに関し、外来種自身が悪いかどうかとか、自分の意思で渡ってきたかどうかなどの要素は一切関係ないのだ。

「あの、こっちの世界でエルフだと、何がまずいんでしょうか？」

「私達も詳しくはないんだけど、こっちのエルフって樹木の精霊に近い種族で、人間達の意識とかから多大な影響を受けるんだって」

「その関係で、ものすごく数減らしてるらしくてなあ。しかも、とある古典小説をベースにした映画とか、日本でいろいろ魔改造されたファンタジー系作品とかで、一般的なエルフのイメージがオルテム村の普通のエルフみたいな感じになっとってな。それに近い姿のアルチェムがエルフとして認識されてまうと、こっちのエルフが今度こそ絶滅するかもしれんねんて」

「そういうものなのですか？」

「そういうもんらしいわ。知らんけど」

「らしいよね。同じく詳しくは知らないけど」

アルチェムの疑問に、エルフだと何がまずかを説明する宏と春菜。

その理解はできるが微妙に納得がいかない、しかも自分ではどうにもできない内容に、アルチェムも態度を決めかねる。

「因みに、その古典小説っていうのを書いたのが、トー○キン先生よ。だから、文句を言うならそっちに言ってね、故人だけど」

「ああ、初めて会ったときに言われたのは……」

「そういうこっちゃ。その後こういうイメージにしたんは、日本人やけどな」

「どっちにしても、今更どうにもならなさそうなので、文句とか不毛なことは考えないことにします。そもそも根本的な原因は、事故とはいえ私がこっちに飛ばされてしまったことですし……」

そこまで言って、己の立場を思い出してまたしてもどんよりしてしまうアルチェム。

「アルチェムさんは巻き込まれただけなんだし、全然悪くないよ」

「せやで。まあ、行き来を考えへんねんやったら、アルチェムには城で待っとってもろたらええんやけど、なあ」

「私だけが自由に行き来してアルチェムさんは駄目というのは、少々不公平ではないかと思います」

「せやねんなあ」

エアリスの言い分に、宏が頷く。

ハーレムどころか普通の男女交際にすらおよび腰な宏ではあるが、対三幹部戦や対邪神戦で同じぐらい命がけでがんばってくれたのに、エアリスは温泉旅行まで堪能してアルチェムは完全シャットアウトというのは、かなり不公平だという意識は持っているのだ。

「なあ、宏。ちょっとええ？」

「なんよ、姉ちゃん？」

「畑の時にも出とったけど、城って何の話？」

「ああ、うちらの拠点でな。向こうとこっち行き来するときの中継地にもなってんねんわ」

「ふうん？　っちゅうか、いちいち中継地を通らんとあかんの？」

「僕と春菜さんは大丈夫やねんけどな、真琴さんとかエルとかになるとどこに飛ぶか分かったもんやないから、安全性の問題で城経由するシステムはそのままにしてんねんわ。姉ちゃんかて、長距離でかつ電車で乗り換えてっちゅうやり方でしか行ったことない場所に、ナビもなしで車で行くっちゅうと迷わん自信ないやろ？」

「せやなあ」

宏の説明を聞き、とりあえず納得する恵美。拠点が城とはどういうことかとかいろいろ疑問はあるが、異世界に行って帰ってきたという事情からすれば、気にするだけ無駄な感じではある。

「それにしてもエル、アルフェミナ様から連絡なかったん？」

「はい。どうやら相当お忙しいらしく、こちらの声は届くのですが返事が……」

「なるほどなあ。多分やけど、今、根回しと事後処理の話し合いで忙殺されとるんちゃうか？」
「多分、そうだと思います」

恐らく無関係ではないであろうアルフェミナの動向について、現状と推測を確認しあう宏とエアリス。

現段階では、アルフェミナが原因かどうかとかそのあたりの細かい話は分からないが、少なくともアルチェムがこちらに飛ばされてきていることぐらいは間違いなく把握していると断言できる。己の世界において、エアリスやアルチェムのような神様的にも目立つ存在の出入りぐらい、把握できない神はいないのだから。

「とはいえ、帰られへんっちゅうことを向こうに連絡せんとあかんから、あとでいっぺん城に移動したほうがええな」
「そうですね。神の城からなら、世界樹ネットワークでアズマ工房のどなたかに連絡が取れますし、場合によってはオクトガルが来ているかもしれませんし」

アルフェミナの現状やアルチェムをどう扱うかに関係なく、エアリスの外泊が延長になるのは変わらない。そのことを関係者に告げるためにも、フェアクロ世界に対していくつか連絡手段がある神の城へ、今日中に一度は移動しなければならないだろう。

「そういや、さっきも気になったんやけど、エル様とかアルチェムちゃんとかのおった世界にすぐ移動できひんっちゅうんは分かるねんけど、その城とやらに行くんは大丈夫なん？」
「そらまあ、神の城は僕の一部みたいなもんやからな。どんなに時空間とか次元境界線とかがおかしなっても、行き来できひんなるっちゅうことはありえへんで」

「一部ってまた、どういうことやねん……」

「一部は一部や。他に言いようがあらへん」

聞けば聞くほど腑に落ちないことが増えていく宏の言い分に、思わずジト目を向ける恵美。

その様子を見ていた真琴が、苦笑しながら口を挟む。

「ねえ、宏。ちょうどいい機会だし、いっそのこと、ご両親と恵美を神の城に連れてっちゃったら？　別に問題ないんでしょ？」

「そらまあ、ここから移動する分には、特に問題はないけどな」

「だったらいいじゃない。実物見ても多分納得はできないでしょうけど、口で説明してたら永久に理解してもらえないわよ？」

「せやなあ。もう、ついでやからアルチェムの服も城であつらえるか」

「別にそれでいいとは思うけど大丈夫なの？　今回必要なのってアルチェムの下着類よ？　それとも春菜が作る？」

「いんや。真琴さんは知らんやろうけどな、ウォルディスとやりあっとったときに、負傷者の着替えとか包帯、タオルなんか足らんなってな。どうにかするためにお針子型のドールサーバント量産してんねんわ」

「そんなもの作ってたの」

明かされた真実に、驚いた表情を浮かべる真琴。あの忙しい中、そんなものを作っている余裕があったとは思ってもみなかった。

実際のところは、むしろ余裕がないからこそ大急ぎででっち上げたのだが、そんなことは真琴に分かるはずもない。

なお、この時は本当に余裕がなかったため最初の一体だけ宏が作り、城のコアの機能を使って複製している。

「ただまあ、作れるんはエンチャントもなんもかかってへんごく普通の服やし、使える素材もスパイダーシルクが限界やし、そもそもあいつら、どんだけ作っても技量上がらんからなあ」

「なるほどねえ。因みにそのドールサーバント、今は何やってるの？」

「タオルとかシーツとかの消耗品とか湯浴《ゆあ》み着とか作らせとる。アンジェリカさんとかが、たまに隠れ里の人らに利用券配って温泉つかっとるらしくてな、それなりに消費しとるらしいんよ」

「へえ」

「まあ、話逸《そ》れたけど、今回のアルチェムのんはどうせ間に合わせやねんし、変な特性とか付かんからドールサーバントのほうが都合ええやろ」

「そうね」

宏の言い分に、一応納得してみせる真琴。

内心ではひそかに、そんな手段があったなら澪の体力テストの時に使えばよかったのに、などとちらっと考えていたりする。

もっとも、恐らく忘れていたのかこちらで十分なものが手に入るケースなので配慮したのかどちらかだろうとすぐにあたりをつけたため、口に出して突っ込むことはしなかったが。

「とりあえず、どんなもんか見せるだけやから、短期滞在のゲストとして招待したほうが無難やろな」

「そうだね」

「ゲストパス発行、っと。ほな、今から案内するから、この券ちゃんと持っとってな」

そう言って何もないところからどこかの施設の入場券のようなチケットを取り出し、孝輔と美紗緒、恵美に配る宏。

「なあ、宏。姉ちゃん、ちょっと急展開すぎてついていけてへんねんけど……」

「そんなん、俺らもや……」

「お父さんもお母さんもわけ分からん状態やねんから、諦めて恵美も腹くくっとき」

「とてもそうは見えんで……」

「俺とお母さんは、宏が変なメロン作ったあたりでええ加減慣れたからな。どうせ考えても分からんから、深く考えるだけ無駄やで」

何やら完全に達観している様子の両親に恵美が目を白黒させているうちに、着々と状況は動いていく。

「じゃあ、いつきさん。悪いけど後片付けお願いね」

「はい、行ってらっしゃい」

転移の光に包まれる宏達を笑顔で見送って、そのまま後片付けに入るいつき。

この程度はよくあることだからか、結局、藤堂家の空気や家人のルーチンワークは、何一つ変わらないのであった。

☆

「「「なんやこら!?」」」

いきなり光に包まれたと思ったら、見たこともない景色が目の前に現れる。

問答無用で神の城の中庭に連れてこられた東家の皆様は、大阪の某新喜劇で見るようなこてこての反応を見せる。

「おかえりなさいませ、マスター」

「おう、ただいま。ご苦労さん、ローリエ。いつもほったらかしで、すまんなあ」

「いえ。それが私の仕事ですから」

城の中庭に転移してきた宏達を、待ち構えていたローリエが出迎える。

出迎えた少女がどう見ても小学校高学年ぐらいにしか見えないことに、思わず怪訝《けげん》な表情を浮かべ宏を見る東家の皆様。

その視線に気がついた宏が、どう説明したものかと考え込む。

因みに、ローリエの外見は、生まれたときからほとんど成長していない。生まれたときの外見年齢がエアリスの初対面の頃の実年齢と同年代だったので、幼女扱いされないだけで子供は子供といった感じである。

「この娘に関しては、いろいろややこしくてなあ」

「こんな子供ほったらかしで働かせといて、いろいろややこしくてなあ、ですむわけないやん」

常識人担当、というしかない恵美の突っ込みに、関係者一同本気で困ったような表情を浮かべる。

ローリエに関しては現状が最善なのは間違いないが、経緯やら何やらを知らなければ子供をこき使った挙句にほったらかしにしているようにしか見えないのも事実だ。

「あとな。実はローリエよりややこしい娘もおってなあ……」

「そうなんだよね。それこそ、どう説明すればいいのか分かんない娘が一人……」

宏の言葉に同調し、困った表情でしみじみ頷く春菜。

まだちゃんとそのつもりがあって生み出したローリエと違い、もっとややこしい娘こと冬華《とうか》に関しては、偶然がいくつも重なり合って生まれた想定外の存在だ。

それだけに、父親扱いになっている宏も母親扱いになっている春菜、エアリス、アルチェムの三人も、どうやって生まれたのかすら正確には理解していない。

それを、今までこの手のファンタジーだの異世界だの神様だのといった話と無縁で生きてきた純粋な日本の一般人相手に、ちゃんと納得できるように説明しろというのはなかなかの無茶ぶりである。

もっとも、真琴の提案を受けたとはいえ、そのあたりを深く考えずに家族を連れてきた宏の自滅なので、無茶ぶりだろうが自分でなんとかするしかないのだが。

「まあ、とりあえず、どっかで落ち着いて話したほうがええなあ。どこがええやろ？」

「迎賓館か日帰り温泉施設でいいんじゃない？」

「せやな」

「マスター。日帰り温泉は現在、ヘンドリック様とアンジェリカ様が団体様を連れてご利用になっておられます。向かわれるにしても、詳細を説明して納得していただいてからのほうがよろしいかと」

「了解。ほな、迎賓館やな」

ローリエの情報に合わせ、迎賓館のテラス席で説明することに決める宏。そこで、重要な用件を一つ思い出す。

「あ、せやせや。アルチェムが事故で、うちらの世界に飛ばされてもうてな。その時に服がやられてしもたから、悪いんやけどドールサーバント動員して下着から普段着まで一式、大急ぎで用意したってくれへん？」

「分かりました。事故で、ということは、向こうにも連絡しておいたほうがよろしいですよね？」

「せやねん。ついでに言うたら、エルもちょっと今帰られへんから、滞在延びるっちゅう連絡いるねんわ」

「状況は理解しました。こちらのほうで連絡しておきますので、マスターはご家族としっかり話し合っておいてください」

「すまんな、頼むわ」

そう言って頭を下げる宏に小さく笑みを浮かべると、ローリエはアルチェムに視線を向けて突如目から怪光線を照射する。

「ええ？　えええええええ!?」

「最新の採寸データ入手。これより型紙を起こして、マスターの祖国で着ても浮かない服を製作します」

ローリエの突然の行動に動揺する恵美を放置し、意図を説明するように淡々と言うローリエ。

それを見た真琴が、微妙に渋い顔でローリエに突っ込みを入れる。

「ちょっとローリエ。あんたそんなことしなくても、体型データぐらいリアルタイムでいくらでも手に入るわよね？」

「やはり、こうしたほうが誤差が少なく正確なデータが得られますし、それに、マスターのご家族に私が見た目どおりの存在ではないことを理解していただくには、こういう能力を使ってみせたほうが確実かと考えましたが、いけませんでしたか？」

「まあ、それは否定できないわねえ……」

多分そうだろうな、という内容を告げてきたローリエに、しょうがないかという感じでため息を漏らしながら一応納得する真琴。

そのやり取りの間に多少は我に返ったらしい恵美が、真琴に向かって何かを言おうとする。

「言いたいことはいろいろあるでしょうけど、ここでは日本の常識は捨てなさい」

「……せやな。よう考えたら、子供騙《だま》して無理やり働かせてほったらかしにしとる、っちゅうんやったら、あんなにええ顔はしてへんか……」

「そういうこと。あと、割と見た目の年齢とか当てにならないケースが多いから、注意しなさい。多分あとで顔を会せるだろうけど、日帰り温泉に来てるアンジェリカなんて下手すればローリエより幼く見えるけど、実際はこの場の誰より年長だったりするしね。しかも、エルフらしい年齢のアルチェムと比較して何十倍って単位で」

「……言われてみれば、エルフおるのに、なんで私、地球の常識で話しとったんやろうなあ……」

真琴の指摘で思わず恥ずかしそうにうつむく恵美。

それを見ていたエアリスが、深々とため息をつきながら口を挟む。

「これがあるから、知られざる大陸からの客人に対しては、いわゆる不敬罪的な内容での処罰を軽々しく行えないのです……」

「あの子のケースは、論外だったとは思うけどねえ……」

「それでも、殺人を起こしたわけでもなく意図的な破壊工作をしたわけでもなく、本来ならまともな貴族が同調することすらありえない言動をしただけ、となると、うかつに処罰を行うのは少々ためらいがありまして……」

いろいろ疲れやら後悔やらをにじませるエアリスの言葉に、なんとなく背筋に寒いものが走るのを自覚する恵美。ファンタジーで王制となると、不敬罪で斬首とか普通にありえる話だと思い至ったようだ。

「そもそもの話、普通はエミ様のように、時間をかけてちゃんと説明し、常識の違いをすり合わせすれば問題なく適応してくださる方のほうが絶対的に多いのです。どんなに頑固な方でも、お互い相手について何一つ知らないことを自覚したうえで、ちゃんと礼を尽くしてお話ししてお世話させていただければ、三カ月もあれば大体は理解していただけるのですが……」

「まあ、わざとやってるわけでもないのにあそこまで話通じない人間なんて、割合から言えばかなり少ないしねえ」

「とりあえず、その話はそろそろ終わりにして、移動しようよ。小父《おじ》様達がついていけてないし、恵美さんがどんどんダメージ受けてるし」

「あ〜、そうね。とっとと移動して話すませましょ」

「せやな。アルチェムはローリエについていって作ってもらった服に着替えてから合流してな」

「は～い」

これ以上、終わったことを話題に不毛な会話を続けてもしょうがないと、春菜の意見に従いアルチェムを残して迎賓館のテラス席へ転移する一同。神の城のことを何一つ分かっていない東家の皆様に関しては、宏が代わりに移動させている。

「で、ローリエとかの説明の前に、なんか飲むか？」

移動してすぐに宏に問われ、疲れ切った顔で考え込む孝輔、美紗緒、恵美の三人。少し考えてから、美紗緒が真っ先に口を開く。

「……こんな洋風のお城で頼むんもあれやけど、ほうじ茶とかある？　お母さんちょっと落ち着きたいから、慣れた飲みもんが欲しいんよ……」

「お茶類は各種揃えとるで。ただ、現状、産地は自動的にこの城に固定されてまうけど」

「緑茶系に関してはもともと、国産かどうか以外は気にもしてへんかったし、細かいことはどうでもええわ」

「分かった。おとんと姉ちゃんは？」

「俺もほうじ茶でええわ。熱いやつで」

「私、なんかものすごい喉乾いたから、麦茶の冷たいやつ欲しい……」

「了解や」

家族の注文を受け、接客用のドールサーバントに用意させる宏。他のメンバーも、思い思いに飲み物を注文している。

「で、ローリエについてやけど、もともとはエルとかアルチェムと同じ、向こうの世界の巫女さんやった人でな。ちょっとどころやないレベルで非業の死やって、そのまま輪廻《りんね》の輪に戻すんもできん状態で、いっぺん肉体与えて違う人生過ごしてもらう必要があってん。で、神様に頼まれて、魂のダメージ癒《いや》すために、ここの管理者やってもらってるんよ。今の肉体に関しては、僕が用意した管理者用のボディにあの娘の魂埋め込んで作ったもんでな、外見はその魂に一番馴染《なじ》む姿になってんねん」

「……正直、分かるけど分からんっちゅう感じやねんけど……」

「せやろうなあ」

父孝輔の感想に、さもありなんと頷く宏。言葉の意味自体は理解できるだろうが、なぜそうなったのかとかつまりどういうことなのかとか、そういったものは恐らく理解できないのが普通だろう。

「ローリエに関してはそういうもんやと思っといて。ほんでまあ、この城の中はある意味無菌状態みたいなもんでな、もうちょい良くなるまではここから出すっちゅうんも輪廻の輪に戻すっちゅうんもできひんし」

「最終的に、外に出られるんや？」

「出されへんのに、人間と同じ構造の肉体とか与える意味ないやん。まあ、同じ構造っちゅうても、肉体構成しとる成分が全然ちゃうから、最終的なスペックは比べもんにならんやろうけどな」

「目からビーム出してスキャンしとる時点で、とうに人間のスペックとか逸脱してるやん……」

母の突っ込みを受けて、思わず苦笑する宏。

「で、まあ、さっきも言うたけどな。もう一人、由来っちゅうか経歴っちゅうかそういうんは近いんやけど、もっとややこしい娘がおってなあ」

「ややこしいって、どういう風に？」

「ローリエちゃん用のボディを作った際に予備のボディも作ったんだけど、その予備のボディに、私とエルちゃん、アルチェムさんの特質が混ざり込んじゃって、人間として自我を確立しちゃったの」

「それで、その誕生の経緯から、私とハルナ様、アルチェムさんをママと、ヒロシ様をパパと呼んでいます」

「どうしてそうなったのか、その理由は今でもはっきりとはしてないんだけど、原因の一つに私の髪の毛が一本、予備ボディに引っついちゃったっていうのがあるらしくて」

　宏にばかり説明させるのも、と、冬華の説明を代わりに引き継ぐ春菜とエアリス。

「そのうちローリエが連れてくるか自分で転移してくるかすると思うけどな、僕らのことパパママ言うたからっちゅうて、別に春菜さんらと子供できるような真似したっちゅうわけやないからな」

「それぐらいは見とったら分かるけど、前情報なしでいきなり出てこられたら誤解する自信はあるなあ……」

「お父さんの言うとおりやなあ。まあ、アルチェムさんはよう分からんからともかくとして、実は春菜ちゃんとかエル様とか妊娠させてましたっちゅう話が飛び出したとしても、今更私もお父さんもどうこう言う気はあらへんけどな」

「お母さん、春菜ちゃんはまだしも、エル様はさすがにあかんで。せめてあと五年は待たんと……」

「あ〜、せやなあ。澪ちゃんより背ぇ高くて見た目も中身もあっちこっち立派なもんやから、エル様まだ中学生やっちゅうん忘れそうになるわ」

「っちゅうか、私昨日から何べんも言うてるけど、なんで宏はおっぱい立派な娘ばっかり引っかけとんのよ……」

　恵美の最後の言葉に、思わず気まずそうに目を背ける春菜とエアリス。そんな二人をなんとなく怨念《おんねん》がこもったじっとりとした視線で見つめる真琴。

「恵美の言葉を一つだけ訂正すると、宏が引っかけてるのはおっぱいが立派な娘じゃなくて、巫女的な素養がある娘だからね。そのうち、今でもしぶとく生き残ってる娘がどういうわけか立派なものを持ってるだけだからね」

「そうなんや……」

「正直、一割ずつでもいいからあたしに寄こせ、って思うわ」

　割り切ったようで根深いコンプレックスを、自虐的に語る真琴。そんな真琴にどう言葉をかけるか迷い、笑ってごまかす春菜達。

　さすがにこの件に関しては、普通の分類の中では大きいほうに入ってしまう恵美も、真琴に対して言えることは何もない。

　そんなどうしようもない空気になりかかったタイミングで、誰かが転移してくる。

「パパ！　ママ！」

「あっ、冬華」

「噂《うわさ》をすれば、っちゅうには、ちょっとタイミングずれた感じやな」

「そうですね」

話題転換のきっかけという意味ではいいタイミングだが、諺《ことわざ》的には微妙にずれた感じの娘の登場に、ちょっとずれた言葉を交わす親チーム。

「まあ、ちょうどええわ。おとん、おかん、姉ちゃん。この子がさっきっから話題に上がっとった僕らの娘、冬華や。冬華、こっちのちょっと歳《とし》いった人らが僕のお父さんとお母さんや。冬華やとおじいちゃんとおばあちゃんになるんかな？　で、こっちが僕の姉ちゃん、冬華にとっては伯母さんやな」

「初めまして、おじいちゃん、おばあちゃん、おばさん！　わたしは東冬華エアルーシアなの！」

宏に紹介され、元気いっぱいに挨拶する冬華。

初孫のその様子に、一瞬で顔がでれっとする孝輔と美紗緒。

「すごい可愛《かわい》いけど、本気で春菜ちゃんそっくりやわ……」

「ベースは私だからね」

「でも、よう見たらエル様とかアルチェムちゃんとか混ざってんねんなあ……」

「でしょ？」

「こら、お父さんもお母さんも絶対勝てんで……」

「そういうあんたも、ほとんど陥落しかけじゃないの」

「そら、こんな可愛い姪《めい》やったら大歓迎や。可愛いは正義やからな」

初対面で東家一行の心をがっちりつかんだ冬華に、思わず呆《あき》れたようにため息を漏らす真琴。

結局この日は、初孫に浮かれたジジババが無駄に張り切るという、日本全国どこでも見られるような光景が日帰り温泉施設で繰り広げられ、その時一緒に紹介されたヘンドリックとアンジェリカを大いに呆れさせたのであった。

## 第49話　なんだか、貴族の家のような話です……

「今日も手伝ってもらっちゃったけど、よかったの？」

「どうせ家居《お》ってもやることないし、昨日は冬華《とうか》ちゃんと一緒に温泉でがっつりだらけさせてもろたし。明日から自分が食べる分ぐらいは収穫して帰ってええんちゃうか、って思ってん」

東《あずま》家を神の城へと連れていった翌日の早朝、いつもの畑。

明日には帰るというのに、今日も恵美《えみ》は畑を手伝っていた。

なお、今日はエアリスとアルチェムに加え、真琴《まこと》も畑作業をしている。

時折、水分補給と称して洗ったきゅうりを丸かじりしている真琴だが、その表情は、これをもろきゅうにして日本酒をやると最高なんじゃないか、と訴えている。

「それにしても、エル様も農作業上手やけど、アルチェムさんもすごい手際ええなあ」

「私の村は農村なので、みんなこれぐらいはできますよ」

「正直、エルフに農業のイメージはなかったで……」

当然といった態度でそう言い切るアルチェムに、思わず遠い目をしてしまう恵美。

エルフなのに爆乳である時点ですでにイメージとは違うが、二十一世紀の娯楽作品では珍しくもないのでそれはまだいい。

が、エルフが農作業をやっている例は、さすがにほとんど覚えがない。

「てか、恵美。アルチェム見てエルフについて解釈違いを主張するのは分かるけど、一応大国のお姫様が農業やってるエルはいいの？」

「そっちも微妙に違和感あるけど、エル様は巫女《みこ》さんでもあるんやろ？　それやったら天皇皇后両陛下が稲作とか養蚕とかやっとるから、まあなくはないかなっちゅう感じでね」

「あ～、なるほどね」

恵美の主張を聞き、それもそうかと納得する真琴。

「あの、私達の農業の技量はともかくとして、収穫しても収穫してもすぐに新しく熟した実をつけるこの畑の作物について、エミ様は気になさらないのでしょうか？」

「エル様の言いたいことも分からんでもないけど、昨日の、異世界と行き来するわ、目から怪光線照射する小学生のボディ作るわ、っちゅうん見聞きしたあとやとなあ」

「一応突っ込んどくけど、それ全部農業とは全く因果関係ない種類の能力やからな」

妙な形で納得する恵美に対し、念のために突っ込んでおく宏《ひろし》。

とはいえ、神の城で恵美が見聞きした事柄自体とは因果関係がなくても、この畑が非常識なことになっている原因が宏にもあること自体は間違っていない。

さらに正確な話をすると、メイキングマスタリーおよびそのエクストラスキルである『神の匠《たくみ》』の取得条件に関わってはいるので、完全に因果関係がないわけでもない。

「それで、農作業終わったあと、どうする？」

「潮《しお》見《み》には海水浴場があるから、海に遊びに行くって手も……、アルチェムがいる時点でないわね、絶対に」

「うん。宏君を置き去りにしなきゃいけないって問題もあるけど、それ以上に全員巻き込んでの大惨事になる未来しか見えないのがね……」

そろそろ今日の出荷作業も終わり、というタイミングで、本日の予定について話し合う春菜《はるな》と真琴。

とはいえ、シーズン的に真っ先に話題に上がる海水浴に関しては、主にアルチェムの体質を理由にその場で却下される。

アルチェムだけならまだしも、エアリスが巻き込まれて不特定多数の前でポロリしてしまうといろんな意味でまずい。

もっとも、それ以前の問題で、特例でなんとかしているアルチェムを大勢の人の目に晒《さら》すこと自体あまりよろしくないので、体質や宏のことがなくても基本的には避けるべきであろうが。

「そもそも私、水着とか持ってへんし、帰ってから海とかプール行く予定も行ける予算もないし、今日のためだけに用意するんももったいないから、水遊び関係は避けたいで」

「ああ、そういう問題もあったわね。じゃあ、どうする？」

恵美にまでダメ出しされ、完全に海水浴という選択肢はなくなる。

「あと、一応言うとくとや、人が山盛り居《お》りそうな観光地とかも避けたいで。明日帰んのに、大して遊べもせん場所行って疲れるんもちょっとなあ」

「宏君がぶり返しても困るから、そういう意味でも観光地は最初から考えてはなかったかな？」

「そうね。そもそも観光地なんて、自然や地形以外はそんなに違いはないことが多いし」

恵美の要望に対し、問題ないとばかりに自分達の考えを告げる春菜と真琴。

そこに、おずおずとエアリスが口を挟む。

「あの、もしよろしければ、一度見てみたい場所があるのですが……」

「内容にもよるけど、候補がなさ過ぎて困ってたから言ってくれると助かるよ」

「ヒロシ様とハルナ様が作った野菜を並べているところと、それが買われていくところを見てみたいと思ったのですが、ダメでしょうか？」

「あっ、それ私も気になってました。えっと、『道の駅』でしたっけ？　それがどんなところかも気になってましたし」

エアリスが出した要望に、アルチェムが乗っかる。

それを聞いた春菜が、どうしようか考え込む。

「私はそれでもいいんだけど、道の駅自体には一昨日《おととい》恵美さんを連れて行ってるんだよね」

「私は別に構へんで。一昨日はほんまにただ行っただけっちゅう感じやし、収穫作業したやつ品出しするんは、ただの客として行くんとはまたちゃうし」

「そうかもしれないけど、本当にいいの？」

「フードコート的な売店で売っとったお菓子とか、レストランの料理とか、いろいろ気になるもんあったし、ぶっちゃけ、こっち居《お》る間にもういっぺん連れていってもらおうと思っとってん」

少し迷っていた春菜に対し、意外なほど乗り気な様子を見せる恵美。

メインの目的地にするような場所ではないとはいえ、サービスエリアや道の駅なんかは、なんだかんだでそそられる場所なのだ。

「真琴さんはどう？」

「あたしは別になんでもいいわよ。今日のところは、恵美の希望が最優先」

「そっか、だったら道の駅で問題ない？」

「ええ。てか、よく考えたらあたし、あんまりあそこに行ったことないのよね」

「地元に住んでると、よくある話だよね」

春菜に振られ、真琴も道の駅行きに賛成する。

「じゃあ、もうすぐ安永《やすなが》さんが集荷に来るから、その時ついていこうか」

「せやな。朝飯は、向こうで適当に買うて食えばええか」

「そうだね」

道の駅への出荷に付き合うということで意見が一致したところで、食事のことも含めて予定が決まる。

「あ～、でも、泥と汗ぐらいは流しておきたいわよね」

「それやったら、安永さんのところで風呂借りたらええわ。あそこ、大人数で入れるようになっとったし、汗と泥落とすだけやったら、出荷作業の間に十分終わるやろ？」

「そうだね、それでいいかも」

真琴の要望に宏が案を出し、春菜がそれに賛成する。

安永氏の農場では収穫作業や収穫物の泥落としなどをするアルバイトが多く働いており、彼らのために一棟、大浴場を用意してあるのだ。

宏と春菜も時折、安永農園の各種作業を手伝うことがある。その大浴場には何度かお世話になっている。

「噂《うわさ》をすれば影、かな？」

予定が決まったところでタイミングよく安永氏の車が入ってくる。

「おや、まだおったのか」

「うん。今日これからどうしようかって相談してて、せっかくだから道の駅に並べに行くところ見に行く？　って話になって」

「ほうほう、そうかそうか。ならばうちでいっしょに出荷作業をしてから並べに行くかね？　なんだったら、風呂も使えばいい」

「こちらからお願いしようと思ってたので、そうさせてもらえると助かります」

春菜の言葉に、好々爺《こうこうや》然とした笑顔を浮かべ、そう提案する安永氏。

安永氏の申し出を、ありがたそうに受け入れる春菜。

「それで、そっちの三人は初めて見る顔じゃが？」

「あっ、そういえば安永さんはエルちゃんも初めてでしたっけ？　銀髪の娘がエルちゃんで、金髪の娘がアルチェムさん、日本人は宏君のお姉さんで恵美さんです」

「ほうほう、この畑もワールドワイドになったもんだ。地主の安永です」

「ファーレーンという国から来ました、エアリスと申します。親しい方にはエルと呼んでいただいています」

「エル様と同じくファーレーンから来ました、アルチェムです」

「宏の姉の恵美です。いつも弟がお世話になってます」

春菜の紹介に合わせて、互いに自己紹介を済ませる安永氏とエアリス達。

その後、安永氏の厚意でシャワーを借りて汗と泥を流し、ちょっとした出荷作業を手伝って道の駅への納品についていく。

その道中で宏達と別れて別の車で移動した恵美と真琴が、

「なんっちゅうか、三人とも裸を至近距離で見ると、すごい迫力やったわ」

「なんでわざわざそういう話をあたしにするのよ？」

「ネタを振れそうな相手が他におらんから？」

「分からなくもないけど、あたしがコンプレックス持ってるの知っててネタにするのってどうなのよ、実際？」

「っちゅうても、あのインパクトがすごすぎて、もうしばらく新しいネタ出せそうにないんよ。しかもアルチェムさん、何をどうすればああなるか分からん流れで、私の顔面にあの爆乳押し付けてきおったから、余計になあ」

「だったら、あたしが話振るまで黙ってて……」

などというしょうもない話をしていたりするのだが、恵美が引き際をわきまえていたこともあり、なんだかんだで平穏無事に道の駅へと到着する一行であった。

☆

「なんか、えらい並んでるやん」

「お盆休みだからかなあ？　でもまあ、他の観光地に比べれば、まだまだ大人しいほうだよ」

「せやなあ」

せっせと台車に農作物の入った段ボール箱を積み上げながら、恵美と春菜が現状についてそんな会話をする。

朝八時過ぎ、売り場開店前の道の駅は、小規模とはいえすでに行列ができていた。

「つちゅうか、よう考えたら、一昨日覗《のぞ》いたときもものすごい賑《にぎ》わっとったから、朝一でもこんなもんかもしれへんわなあ」

「そうねえ。あたしなんかは関係者だから逆にあんまり用事とかないんだけど、ここは普段使いしてる人も結構いるらしいのよねえ」

「そうなん？」

「ええ。生鮮食品専門のスーパーみたいな扱いで」

「あ～……」

真琴の言葉に、それはありそうだと納得する恵美。

地域ごとの特産品などで特色が出るとはいえ、基本的に道の駅というのは野菜を中心とした生鮮食品の直売所にレストランやフードコートと土産物店が組み合わさったものが多い。

そして、道の駅の直売所というのは、消費者視点ではスーパーより安くて質のいい野菜が並んでいて、生産者視点ではスーパーに卸すより卸値がいいというのが一般的だ。

結果として、車で数分圏内だと普段使いする人間も出てくるのだ。

「今思ったんやけど、こういうのって、並べるんは早いもん勝ちっちゅうんが普通やと思うんやけど、こんなにのんびりしとってええん？」

「それがのう、この二人の野菜は売れすぎて、いくらスペースがあっても足りなくなっとっての。別格扱いで特設コーナーができておるんじゃ」

恵美の疑問に、戻ってきた安永氏がそう答える。

それを聞いた春菜が、思わず感心したように声を上げる。

「あ、そうなんだ？」

「なんで春菜ちゃんが知らんのよ？」

「真琴さんじゃないけど、私もいろいろ忙しくてあんまりここに来ないからね。それに、一昨日は特設コーナーどころか直売所がほとんど売り切れてたから、他のところをメインで見てたし」

「そうやけど、さすがに自分の作った野菜の扱いぐらい、ちゃんと把握しときいや」

あまりにも興味がなさすぎる春菜の言い分に対し、非常に正当な突っ込みを入れる恵美。

とはいえ、特設コーナーといっても春菜や宏どころか安永農園の名前すら出ておらず、今話題の野菜と銘打たれているだけなので、春菜に気づけと言うのも酷だろう。

因《ちな》みに、特設コーナーを作るようになったのは今年の五月頃あたりで、最後に春菜がここに来たのは大学に入った直後ぐらいのことなので、そういう意味でも知らなくてもおかしくはない。

「これが、日本の市場なんですね」

「よく考えたら、アルチェムは日本で行動するの、今日が初めてよね」

「せやなあ。エルは旅行の時、道の駅でソフトクリーム食べてるしなあ」

「あの時寄った場所とここことではずいぶん違いますが、呼び名は同じなのですね」

「道の駅って、こういう施設の総称だからね。お城だって国や立地条件で全然別物になるけど、全部お城って呼び方で統一されてるよね」

「たしか、案内所とトイレとあとなんだっけ？　が併設されてて国だったか自治体だったかに申請して登録されれば道の駅になるんだったわよね？」

「そんな感じやったはずやで。詳しいことは知らんけど」

興味深そうに周囲を見渡すアルチェムとエアリスに、道の駅についてザックリと説明する真琴達。

もともと長距離運転するドライバーのために気軽に使える休憩所として、高速道路のサービスエリアに相当するものを一般道にも作るという考えで始まったのが道の駅である。

　そのため、案内所、無料で二十四時間使えるトイレ、そして駐車場の三点の設置を前提条件として、地域振興につながる施設を設置することなどいろいろ決まりがある。

　逆に言えば、実は直売所などは必須条件ではなく、決まりさえ守れば実質遊園地だったり日帰り温泉だったり、どころかコンビニと自販機しかない道の駅だって作れなくはなかったりする。

　もっとも、コンビニと自販機のみというのは地域振興云々《うんぬん》という観点では機能的に難しく、せいぜい地域の特産品が大量に並んだ面白自販機を山ほど設置した道の駅が関の山だ。

　実のところ地域振興云々は補助金や認可基準のために構想初期の頃に後付けされたもので、本質的には休憩所としての機能を維持するコストと人員を捻出するため、直売所などの施設を併設して売り上げを立てているのである。

　そのため、単なる寄り道のための場所ではなく目的地になるように、かつ地域振興その他の条件を満たせるようにと、いろいろやっているうちに自然と今の形が一般的になっただけである。

が、このあたりの紆余《うよ》曲折《きょくせつ》は利用者にとって何ら関係がないため、春菜達を含むほとんどの人は道の駅を名乗るための詳細な条件を知らない。

「それにしても、並んでいる人の中にすごく浮いてる人がいるわね」

「ああ、あのシスターさんか。私は土地勘ないからよう知らんねんけど、この辺に教会とかあるん？」

「このあたりにはないけど、あっちの山の中腹ぐらいに女子校があって、そこに併設されてる教会はあるよ」

開店待ちの列の、それも前から二番目というかなり目立つ場所に並んでいる、北欧系の顔立ちに南米系の小麦色の肌のエキゾチックな美人シスターを見ながら、そんな話をする真琴、恵美、春菜。

潮見市全体で見ても教会は数堂しか存在しないため、コスプレ以外で修道服を着ている人間を見る機会はほとんどない。

見たところ服装がとても板についているため、恐らくコスプレの類《たぐい》ではなく本職なのだろうが、むしろ逆にそちらのほうが珍しい。

とはいえ、本物のほうが珍しいのは潮見に限った話ではなく、日本全体で見てもほとんどの地域で巫女や尼僧より見る機会が少ない職業ではあるだろう。

なお、シスターというだけでも目立つのに、どこで買ったのかサイズと頑丈さだけが売りと言わんばかりの妙にファッショナブルな（言い方を変えるとてつもなくダサい）やたらデカいリュックを背負っているのが余計に目立つ。

修道服の時点で背負い鞄《かばん》の類はほとんどが微妙な印象の組み合わせになるだろうが、それを踏まえても単品で見ても普通の神経とファッションセンスをしている人間なら避けるであろうデザインのリュックを背負っている時点で、外見に無頓着か利便性の前には全てを無視できる強心臓の持ち主かのどちらかなのは間違いないだろう。

「歩いて来れんことはないぐらいの距離やけど、この暑いのにようあの格好でここまで来たもんやな」

「だよね～」

などと言いながら、台車に農作物を積み終え、バックヤードへと移動する宏と春菜。

その後にエアリスとアルチェムが続き、車の鍵を確認した真琴と恵美、安永氏が最後の台車を押していく。

売り場に並べる前にレジへの登録作業が必要なので、今からそれをするのだ。

登録作業というと仰々しいが、やることは単に値段とバーコードが印刷されたシールを貼っていくだけだ。

が、これをしないとどこから持ち込まれたいくらの商品か分からなくなるため、面倒だが重要な作業である。

なお、最初の頃は大きさや出来栄えで多少値段をいじっていたのだが、今では持ち込む量も売れる量も桁違《けたちが》いなので、出荷作業の時に大体同じ値段になるように量や大きさを調整してパッキングし、作物の種類ごとに一律の値段で並べている。

だったら出荷作業のついでにシール貼りをやればいいんじゃないかと言われそうだが、足が速い生鮮食品を入荷もしていないのに値付けするのは、あとで碌《ろく》なことにならないのが目に見えている。

別に誰も困っていないのとレジのシステムの古さも手伝って、ここはいまだにアナログな方法で対処しているのである。

「へえ、うちのゴーヤとかきゅうりって、こんな値段で売ってたんだ」

「僕はスーパーに入られへんから高いかどうか分からんねんけど、ええ値段なん？」

「ここの他の野菜をちゃんと見てないから分からないけど、安食屋《あじきや》さんと同じぐらいの値段。中間マージンがないことを考えたら、農家的には破格の値付けかも」

「そうなんや」

「農協から仲卸を通じて全国流通に乗せると、作物の種類によっては一箱分の収入がそのゴーヤ三本分に満たんこともあるからのう」

農作物の値段について、そんな裏側を暴露する安永氏。

それを聞いた一同が、思わず目をむく。

「日本の物価はよく分からないのですが、さすがにその値段は安すぎるのではないでしょうか？」

「そうよのう。それが全てとは言わんが、農家に後継ぎがおらんで衰退した大きな原因の一つではある」

エアリスの当然ともいえる疑問を、苦い顔で肯定する安永氏。

それを聞いていた真琴が、不思議そうな顔をする。

「昔、子供の頃にちらっと聞いた覚えはあるけど、直売だの頒布会だので仲卸を通さない販売方法が増えてるってのに、いまだにそうなの？」

「最近はずいぶんましにはなっておるよ。流通網も発達したし、スーパーなども大抵は農家から直接買い付けか仲卸を通さずに農協から仕入れるようになったからの。今どき仲卸を通して全国流通でというのは、そういった高く売れるチャンネルに乗せづらい二級品が多いんじゃ」

真琴の質問に、作業を進めながら最近の状況を告げる安永氏。

品質が悪くても安ければいいという人間は常に一定割合いるし、全ての飲食店や小売店が直接仕入れできるわけでもないので、主に激安系を中心に仲卸を通じた取引というのもそれなりに生き残っている。

農協から仲卸を通じて中央卸売市場で小売りに、というルートがなくなることはないだろうが、農協から小売りまでの間に何社も卸業者が入るという、情報も含めた物流に難があった頃のシステムに戻ることもないだろう。

少なくとも、安永氏の先代の頃のように、作物の良し悪しに関係なく一箱いくらで買い叩《たた》かれる時代は、すでに完全に終わっている。

「あの、私からも質問、いいですか？」

「ん？　なんじゃ？」

「後継ぎがいなくて衰退した原因って、他に何があったんですか？」

「簡単な話で、人間関係の問題じゃ。農業というのはそうでなくても重労働なのに、古い農家というのは長男大事で嫁は奴隷か何かと勘違いしているような家も多くての。長男に嫁が来んのに、娘と次男以下が都会へ逃げるという状況が長く続いたんじゃよ。娘しかおらん家だと、婿は取るにしても同じ農家にだけは娘を嫁に出そうとせんかったからの」

「……そういうものなんだろうな、っていうのは分かるんですけど、長男だけが大事なのかがどうにも納得が……」

「儂《わし》の爺《じい》様ぐらいの時代は、相続は長子が総取りするものでの。もっと遡《さかのぼ》れば娘には一切相続権がなく、長男もしくは長女の婿しか畑や財産を受け継げん時代もあったんじゃ。その名残が悪い形でずっと続いておった、それだけのことじゃ」

「なんだか、貴族の家のような話です……」

「貴族か。言いえて妙じゃのう」

アルチェムの感想に、思わず苦笑する安永氏。

実際のところ、地球でもフェアクロ世界でも、現在もしくは過去に長子相続や長男のみ相続というシステムを持っている国は多数ある。

むしろ一万人近い人口があり宏達の手で外部との交流が大きく広がったにもかかわらず、いまだに皆で仕事をして成果物を働きに応じて分配、もののやり取りは物々交換か労力払いで行われて、相続という概念がほとんどないオルテム村がおかしいともいえる。

このあたりについては、平均寿命が千年もあり良くも悪くも気の長いエルフが村の人口の九割以上を占める、という特異な性質が影響しているのかもしれない。

「さて、あとはそんなに残っておらんから、そろそろ売り場に並べてきてくれんかの？」

「あっ、はーい」

なんとも重い話になりつつあった話題を切り上げるため、陳列を指示する安永氏。

その露骨な話題転換に、素直に従う春菜。

売り場へ運び込むため、シールを貼り終えた作物をせっせとカートに載せて、安永氏を残してバックヤードを後にする一同であった。

☆

「ヤスナガ様のお話は、少々耳に痛いものでした……」

「ファーレーンでもそういうの、あるの？」

「もともと国が成立した頃から相続は各家に一任、よほど問題がない限り王家は追認するだけというシステムですので、長男にこだわったり嫁いできた女性を奴隷扱いしたりというのは珍しい部類ではありますが、それでも一部の古い家では時々あります」

「そうなんだ。まあ、相続関係はどんな制度でも絶対揉《も》め事が起こるしね」

「後継ぎを長男とか長子に固定したらその人が駄目だったときにひどいことになるし、かといって指名制だとお家騒動が起こりやすくなるしねえ」

「平等に等分やと、ほんまにそれが平等なんかとか言い出して揉めんねんなあ、これが」

なんとなくしょげながら、ファーレーンの事情を話すエアリス。

エアリスの話を聞いて、古今東西の相続がらみでのトラブルを思い出しながら、どこの世界も変わらないんだなあと妙な感心をする春菜、真琴、宏。

「まあ、私らには当分関係なさそうやし、その時になるまでは別にどうでもええんちゃう？」

「そうですね。まあ、そもそも私の場合、相続関係は元から関係ないんですけどね」

話していても全く楽しくない生臭い話を、そうばっさり切り捨てる恵美とアルチェム。

よく考えなくても、いろんな意味でこの場にいるメンバーは揉めるような相続権を持っていない。しいて言うなら宏と恵美だが、現金以外の大部分は恵美がもらっても困るものなので、その基準で分ければ何の問題もない。

「で、コンビニとは勝手が違いすぎて何も分からんねんけど、これどない並べていく？」

「そうだね……、まずはいったん種類ごとにまとめて適当に並べてみよう。見栄えがどうとかはそれ見て調整するよ」

「了解。値札上にして並べなあかんやんな？」

「そうだね。あと、このついたてを境にして果物をこっち、野菜を向こうでいいかな」

恵美に問われ、なんとなくの方針を告げる春菜。

割とどころでなく広い特設コーナーなので、あまりもたもたしていると開店時間に間に合わない。

そう察して、できるだけ急いで並べていく一同。

分かりやすい目玉はスイカとブドウだが、トマトやきゅうり、ナスも美味《おい》しそうだ。

宏がお試しで育てた甜瓜《まくわうり》も、その珍しさから結構目を引く。

本来なら微妙に旬や収穫時期を外しているものもあるが、主要な野菜はハウス栽培などで年がら年中流通しているので、農家でもなければわざわざ突っ込まない。

なお、今のところ甜瓜は特に妙な変異を起こしておらず、メロンと違って普通のままである。

「なんか、スイカが立派すぎてそないに置かれへんなあ」

「そうだね……、ちょっとレイアウト考えるよ」

「こうやってみると、夏野菜もいろいろあるわねえ」

「アルチェムさん、そのきゅうりはこっちでいただきます」

「あっ、混ざってたんですね。お願いします」

一度陳列を始めると楽しくなってきたようで、そんな話をしながら和気あいあいと野菜や果物を並べていく一同。

時折、他の棚に作物を並べている農家や道の駅の従業員とも交流しながら、広い売り場スペースを埋めていく。

「うーん、きゅうりとナスの位置、入れ替えたほうがいいかも」

並べ終えてから全体をチェックして、今更のようにそんなことを言い出す春菜。

春菜の意見を聞き、全員で協力しながら大急ぎで場所を入れ替え、手作りのポップを配置し終えたところで、開店時間になって客が入ってくる。

「あの、すみません」

「あっ、はい。どうしました？」

じゃあ、そろそろ撤収、というタイミングで、春菜が客に声をかけられる。

声をかけてきたのは、例の目立つシスターであった。

「この読み方が分からない瓜《うり》は、どういうものなのでしょうか？」

「あっ、それは〝まくわうり〟って読んで、冷やして半分に切って、真ん中の種を取ってからスプーンですくって食べます」

「……ああ、メロンみたいな感じですか」

「そうですね。小型のメロンだと思っていただけたら間違いないです」

甜瓜
(1コ)200円

「それなら、珍しいものですし、いくつか買って帰ります」

春菜の説明を聞いて、五玉ほど買い物かごに入れるシスター。

正直、ものすごくミスマッチである。

「あと頼まれていたのはきゅうり、トマトとあればブドウ……。せっかく来たからスイカも買って帰るとして……」

その後、大丈夫なのかと心配になるほどの量の野菜と果物を買い物かご（二つ目）に入れ、さらに一番いいスイカを一玉抱えてレジへ向かうシスター。

さすがにこれ以上の買い物は無理らしい。

「あのシスター、あんな細い身体なのに、すごいパワーね……」

「細いっちゅうても、春菜ちゃんと勝負いくぐらいボンキュッボンやけどな」

「ねえ、恵美。あんたそういうところばっかり見てない？」

「あれはしゃあないやん。あのレベルになったら、男女関係なく普通に目ぇいくで。真琴も見とったんちゃうん？」

「そうだけどさ……」

恵美に反論され、渋々認める真琴。

実際、真琴も声をかけられたとき、修道服を押し上げる立派なものに目を奪われていた。

駐車場で野菜を下ろしていたときはシスターというインパクトが強すぎて、顔はともかく体型までは見ていなかったのだが、会話できるほどの距離になるとさすがに見ないわけにはいかなかったのだ。

「それにしても、また巨乳が増えたで」

「まあ、そういう種類の縁はなさそうだけどね」

潮見に来た初日から感じていたことをネタにする恵美に対し、真顔で意味深なことを言う春菜。

そこに、先ほどから何かに気がついている様子のエアリスとアルチェムが口を挟む。

「あの、ハルナ様。こちらには魔法やそういった類のものはないのですよね？」

「あの人、私達と同種の能力を持っている感じなんですけど……」

「あ～、やっぱりエルちゃんとアルチェムさんには分かるか～……」

エアリスとアルチェムの言葉を、あっさり肯定する春菜。

「っちゅうことは？」

「あの人、ものすごく強い浄化系の能力を持ってるよ。恵美さんに分かるように言うと、いわゆるエクソシストかな？」

いまいち分かっていない恵美に対し、できるだけ分かりやすい表現で説明する春菜。

エアリスやアルチェムの能力は別にそれだけではないのだが、巫女だなんだといってもピンとこないだろうし、何よりシスターという職業とのミスマッチが大きすぎる。

なので、エクソシストという表現でざっくり説明したのだ。

「さすがにあたしには分からなかったけど、あの格好でエルとかアルチェムの同類って、いろいろ面倒なことにならないかしら？」

「分かんないけど、そういう種類の悪い縁はなさそうなんだよね。どっちかっていうと、バーストさんとかダールやフォーレの王太子みたいな、そういう感じの縁がものすごく薄くつながってる感じ？」

「せやなあ。基本的に通りすがり、っちゅう感じで、たまに手ぇ貸したり貸されたりして、最終的に顔見知り程度で落ち着きそうや」

「そう。まあ、悪い縁じゃないんだったら別にいいけど」

真琴の頭をよぎった不吉な想像を、明確に否定しておく春菜と宏。

一神教であるキリスト教などと宏達は、一神教側の教義の問題で非常に相性が悪い。

これが普通の信者であれば大した問題にならないのだが、相手が熱心で教義に忠実であればあるほど、宏や春菜は絶対に相容《あいい》れない排除対象となる。

十字軍遠征や魔女狩りが横行していた頃ならまだしも、今どき上から数えたほうが早い範囲にいる宗派は公的に他の宗教や宗派を排斥しようとなどしていないが、どんな組織にも跳ねっ返りはいる。

表向き大人しくなったといっても、歴史上の数々の出来事やいまだに存在しているという都市伝説がまことしやかにささやかれている異端審問官など、不吉な想像をせざるを得ないネタはいくらでもある。

それらのネタとキリスト教徒のエクソシストという組み合わせは、悪い意味で相性ばっちりだ。

別に弱点でも何でもないので浄化系の能力で宏と春菜がやられることはないだろうが、勝ったら勝ったでまた面倒なことになりそうだ。

そんな心配を、一応とはいえ否定してもらったことで安心する真琴。

「嫁候補が増えて宏の負担が酷《ひど》なるっちゅうんやなかったら、別にどうでもええわ。ただこう、濃いキャラやったな」

「見た目だけでも民族二つ混ざったエロボディの美人シスターだものね。そこにあのリュックだから、ビジュアルだけでもお腹いっぱいってぐらい濃いわよね。これであたし達の推測どおりの能力持ってるって言ったら、これ以上どれだけキャラを盛るつもりなのかって言いたくなるわね」

宏達の脅威にはなりえないだろうと分かったところで、そんな益体《やくたい》もない話をする恵美と真琴。

そこに、箱の回収を手伝ってくれた道の駅の従業員が声をかけてくる。

「あのシスターさん、去年こちらに着任されたそうで、週三回ぐらいいつもこの時間に買い物に来られるんですよ」

「へえ、そうなんですか」

「最近はほとんどこのコーナーの作物を持てるだけ買って帰る感じですね」

「まあ、あれだけ買えば……」

そう言いながら、リュックともらった袋にせっせと野菜や果物を詰めているシスターを見る春菜。

同じ光景を見て苦笑し、軽く挨拶をして立ち去っていく従業員。

どうやって持って帰るのかと不安になる量だが、なんだかんだでリュックとレジ袋二つに綺麗《きれい》に収まりそうである。

もっとも、量が量だけにレジ袋二つはパンパンに膨らんでいて、一番上にのっている潰《つぶ》れやすいブドウやトマトが見て分かるほど不安定で、ポロリしないか非常に不安になる光景である。

なお、驚くことに、スイカはリュックの中にちゃんと収まっていて、隙間に葉物野菜を詰めることでスペースの有効活用をしている。

使い慣れたリュックだからか、何をどうすればどの程度入るか熟知しているようだ。

「なんかこう、デザインに目ぇつぶれば、使い勝手はよさそうなリュックやな」

「なんであのデザインなんだろうね……」

「分からんけど、多分売れ残って安かったんやろうなあ……」

利便性など高く評価できる項目を全て台無しにして、総合評価をマイナスに振り切らせているリュックのデザインに、物を作る身として注意しなければいけないと肝に銘じる宏と春菜。

その時、二人のセンサーに無視できないほど大きな瘴気《しょうき》の情報が入ってくる。

エアリスとアルチェムも察知したようで、宏達のほうに真剣な表情を向けてくる。

「宏君！」

「分かっとる！」

「行きましょう、ヒロシ様！」

「早く行かないと、被害を受ける方が出ます！」

「あんた達全員が反応してるってことは、気のせいじゃないのね」

宏と春菜だけでなくエアリスとアルチェムも反応しているのを見て、いまいち探知能力に自信がなかった真琴も間違いではなかったと確信を持つ。

そんな宏達の反応に、一人ついていけない純度百パーセント一般人の恵美。

だが、浄化能力云々の話があったあとでこの反応なので、そういう系統の何かがあったらしいとなんとなくは察している。

「何や厄介事みたいやけど、私はどないしとけばええ？」

「むしろ、私達と一緒のほうが安全だと思う」

「ほな、ついていくわ」

そう言って、素直に宏達のあとをついていく恵美。

バックヤードへつながるあまり人の出入りがない裏道に入ったところで、唐突に周囲が暗くなって空に満月が浮かぶ。

「「「「えっ？」」」」

「またなんか、けったいなことになっとんなあ」

予想外の状況変化に驚いて動きを止める宏達。能力も知識もない恵美だけが、のんきに変化を楽しんでいる。

裏路地では、なかなか強い瘴気を放つ人型の悪霊が、先ほどのシスターと対峙《たいじ》していた。

人型といってもはっきりとした輪郭があるわけではなく、手足と頭らしい部位があるのでそう見えるだけの存在だ。

輪郭ははっきりしないものの、あちらこちらに頭蓋骨《ずがいこつ》や人の顔っぽい模様が浮かび上がっており、それら全てが恨みがましい表情を浮かべていて、なかなかの禍々《まがまが》しさである。

特に心臓のあたりにある顔っぽい模様は強烈で、間違いなくトラウマになるか問答無用で殴り倒したくなるかの二択しかない表情と雰囲気を見せている。

「つちゅうか、あれ、さっきのシスターさんやんな。荷物全部道の脇に置いてるっちゅうことは、それができるぐらいの余裕がある状況やったっちゅうことでええん？」

「多分、恵美さんの予想どおりだとは思うんだけど、落ち着いてるね……」

「だって、あのシスターさんの背中、むっちゃ強そうやし、音楽流れてきとるし。これ、処刑用BGMっちゅうやつやんな？」

「あ～、うん、そうみたいだね。っていうか、この音楽も夜空も、あの人が起こしてるね。自分の意志で起こしてるかどうかは分かんないけど」

恵美に指摘されて、神の指的な必殺技を放ちそうな音楽が流れていることに気がつき、そう解説する春菜。

「主よ、再びこの両手を血に染めることをお許しください」

曲に合わせて祈りの言葉を唱えるシスター。

その祈りの言葉と同時に修道服でも隠しきれていないグラマーで肉感的なボディラインを強調するかの如く全身が光り、その豊かな胸の谷間から聖痕が浮かび上がる。

浮かび上がった聖痕がシスターの左右の拳に宿り、足元から吹き上がった風が修道服の裾をはためかせベールを吹き飛ばす。

ベールが吹き飛んだ拍子に三つ編みがほどけたらしく、素晴らしい金髪が風になびく。

「さあ、互いの罪を清算しましょう」

その場を濃密な神気が包み込むと同時に、そんな決め台詞《ぜりふ》を言いながらピーカブースタイルで構えを取り、シスターの戦闘準備が整った。

「……これ、あたし達が来る必要なかったわね」

「……そうだね」

どこからどう見ても圧倒的強者であるシスターの後ろ姿に、そんな感想を口にする真琴と春菜。

「旅行の時にも思いましたが、日本でも強い方はいっぱいおられるのですね……」

「そうなんですか？」

「いやいやいや。どう考えてもこれは例外やで。なあ姉ちゃん？」

「せやなあ。私、地球上の生き物がこんな奇跡起こしてるとこ見んの、初めてやで」

エアリスの感想に驚いて聞き返したアルチェムに対し、即座に否定の言葉を割り込ませる宏と恵美。

言うまでもないことだが、普通の人は一生かかっても、こんな超常現象を起こす人間と知り合いになることはない。

実のところこの世界には、旅行で見かけたような身体能力がどう考えてもオリンピック選手を圧倒的に凌駕《りょうが》している人間や、魔法や超能力を使える人間は結構いたりする。

が、身体能力はともかく超能力や魔法に関しては手品と言ってごまかせる程度がほとんどで、さすがにこのシスターのように怪現象だの奇跡だのと呼ばれるレベルの現象を起こせる人間は極めて少ない。

宏と春菜の指導教官や天音《あまね》といった神様などに分類される存在となると、言わずもがなであろう。

なので、そういった存在と一般人が直接関わることはほぼないが、どういうわけか逆に一度縁ができると芋づる式に他の同類とも関わることになりがちである。

「しかし、シスターが物理的に悪霊殴り倒すっちゅうんは、なかなかに違和感が強烈やな」

「姉ちゃんにはそうかもしれんけど、僕とか真琴さん、春菜さんなんかが見れば物理前衛やって一目瞭然やで、なあ」

「そうね。体幹とか身のこなしを見てれば一発で分かるわね」

「ちらっと見えた手も、何かパンチ系の攻撃がある格闘技やってる人の手だったしね。あっ、もう終わりそう」

「っちゅうかまた、容赦ないラッシュやな。私の目ぇやと何やってんのか全然見えんけど、音だけでもえぐいことしてんのがわかんで」

「うわあ、もうほとんど消滅してるってのに、またえげつない威力のコークスクリューを叩き込んだわね……」

浄化の光をばら撒《ま》きながら、常人の動体視力では何一つ見えないスピードと手数のラッシュを叩き込み、フィニッシュブローのコークスクリューで悪霊の心臓の位置にある顔を容赦なくぶち抜く。コークスクリューを振りぬいた直後、拳型のエネルギーが悪霊の心臓部を拳型にくり抜いて貫通し、悪霊の背後で祈りを捧《ささ》げる天使のマークを浮かび上がらせる。

いわゆる必殺技的なものなのだろう。

「主よ、この哀れな子羊に救いの手を」

悪霊を仕留めたことを確認したシスターが、くるりと振り向いて十字を切りながら白々しい祈りの言葉を口にする。

その言葉に合わせてシスターの背後で光の柱が天まで昇り、悪霊を跡形もなく消滅させ、それと同時に処刑用BGMが見事なタイミングで最後のフレーズを奏でて終わる。

音楽が終わったワンテンポあとに、何事もなかったかのように月夜が朝の清々《すがすが》しい青空に戻った。

その一連の流れを見ていた宏と春菜が、非常に物騒なことに気がつく。

「なあ、春菜さん……」

「うん。あの派手な浄化の光、基本的に全部こけおどしの特殊効果だよね……」

「せいぜいシスターの打撃を非実体の悪霊に百パー通るようにしとるだけで、それ以外は全部単なる演出効果やで、あれ……」

宏と春菜の言葉に、思わず戦慄《せんりつ》を覚える真琴とエアリス、アルチェム。

属性相性でダメージが倍ぐらいになっていたとはいえ、先ほどの悪霊はラッシュの半分も終わらぬ間にオーバーキルになっていた。

つまるところ、あれぐらいの物理攻撃が通る相手であれば、あのシスターは苦もなく殴り倒すことができるということである。

「あら？」

目の前で起こった光景に宏達がいろんな意味で戦慄していると、祈りを終えたシスターがようやく宏達の存在に気がつく。

少し何かを考えるような様子を見せたあと、唇の前で人差し指を立ててウィンクをしながら内緒ですよ、という仕草をし、何事もなかったかのように髪を三つ編みに整えてベールをかぶり直し、道路わきに退避させていた荷物を回収して立ち去る。

「……なんっちゅうか、ものすごく濃いシスターやったなあ」

「あれって、その程度でくくっていいのかしら……」

恵美の呑気《のんき》な感想に。思わず疲れたようにそう突っ込みを入れる真琴。

「こちらの世界の浄化は、すごいのですね……」

「ヒロシさん達の話を聞いてると、こちらには浄化とかそういうのがない印象だったんですけど、これだけ方法が違えばそういう作業がないと思ってしまっても仕方ないですね」

「いやいやいや。こっちでも除霊とか浄化とかないわけじゃないから。あくまでも実効性のある除霊作業を実際にやってると思ってなかっただけだから。あれを一般的な手段だと思わないでね」

何やら感じ入るようにそんなことを言い出すエアリスとアルチェムに、誤解されてはたまらないと大慌てで突っ込みと補足説明をする真琴。

そのなんとも言えない空気を変えるように、宏が思いついたことを提案する。

「ちょうどええタイミングやし、レストランで朝飯にしよか……」

「そうだね。よく考えたら安永さんのところで軽くおにぎりごちそうになったっきりだから、さすがにお腹減ったよ……」

宏の提案に真っ先に賛成する春菜。

実は、道の駅のレストランは直売所より開店が早く、朝食メニューのみで朝七時半から営業を開始している。

「あっ、失敗したなあ」

「なにがよ？」

「あんだけ濃いキャラやったら、写真かなんか撮っといて、澪《みお》ちゃんに送ったったらよかったかも」

「「「「あ～……」」」」

恵美の言葉に、確かにそうだったと納得しつつ後悔する一同。

キャラの濃さだけでなく、人間離れした戦闘能力を持つ、思想信条的に敵対する可能性が否定できない存在について、情報共有のためにも写真の一枚も撮っておくべきだっただろう。

肖像権その他の問題はあるが、こんな誰でも入ってこられる場所であれだけ暴れていれば誰に撮影されているか分かったものではないので、仲間内で見せ合うだけなら黙認される範囲であろう。

「てか、あれだけ目立つ人だったら、教授か美優《みゆ》さんあたりに聞いたら知ってそうな気がするんだけど、どうかしら？」

「そうかも。あとで聞いてみよう」

真琴の指摘に、そっちのほうが早いかと頷《うなず》く春菜。

「話決まったんやったら、いい加減ご飯食べに戻ろうや」

恵美に促され、素直に道の駅に戻ってレストランに入る一同。

料理が来るまでに天音と美優に連絡を取ったところ、美優が知り合いだということが判明する。

「美優おばさんは結構前からいろいろ頼んでたみたいだね」

「まあ、僕らとは活動範囲も違うし、他にもお祓《はら》いしとる人とか潮見だけでも何人か居《お》るから、わざわざ教える必要もないっちゅう判断も分からんではないわな」

「そうねえ。あと、単純に教えようと思って忘れたまま今までできてた、って可能性もあるわね。去年春菜が、宏を攻撃してた側の中学時代のクラスメイトが来てたこと、あたし達に連絡するの忘れてたみたいに」

「その節は、大変ご迷惑をおかけしました」

真琴に類似事例を指摘され、思わず謝ってしまう春菜。

もっとも、当人と顔を合わせて人となりや思想信条を確認したうえで連絡を後回しにしていた美優と、来た人間が逮捕されて解決しているからと後回しにして最終的に言いそびれた春菜とを、全く同じと見るわけにはいかないだろうが。

「お昼にご飯食べながら美優さんがいろいろ教えてくれるみたいだけど、武勇伝的なものが多そうな人よね」

「あんだけ濃いキャラやねんから、そらいくらでもあるやろう。っちゅうか、昼に教えてくれるっちゅうんは、直接会うて？　私も？」

「美優おばさん、宏君のお姉さんの顔も見ておきたいんだって。別にそれだけの理由で特別扱いはしないから安心してね。気に入られれば話は別だけど」

「やめてえや……」

日本どころか世界の経済界でも大物に入る人物と昼食をとる、という事実に、心底嫌そうな顔をする恵美。

「因みに、本命はアルチェムさんのほう。地球にいない種類のエルフを見てみたいんだって」

「えっ？　私ですか？」

「うん。まあ、アルチェムさんに関しては早いか遅いかだけで、こっちと向こうを行き来するようになったらいずれは顔を合わせることになってただろうけど」

気楽な第三者だと思ったら、実は本命が自分だった。そう聞かされて大いに慌てるアルチェム。

「先ほどの方、いろいろすごそうでしたから、私達の参考になる話があればいいのですが……」

「タイプが全然ちゃうから無理ちゃう？　少なくとも、エルには正面から敵殴り倒す能力皆無やしなあ」

「そもそも、エルちゃんが物理攻撃を覚えて直接攻撃すること自体、いろんな意味で効率悪いからねえ」

「先ほどのような手段での浄化に関しては、最初から不可能だと諦めています。ただ、それ以外にも参考にできそうなことをなさっておられるのではないかなと、少しだけ期待しています」

自分でも期待薄だと思いながら、一応そう考えを述べるエアリス。

そんなエアリスの期待も空《むな》しく、綾《あや》羽《は》乃《の》宮《みや》邸で語られた先ほどのシスターの武勇伝は、物理的な撲殺以外の手段も全く参考にならず、

「うわー、シスター・レベッカって人、予想以上に濃いキャラやん。こんな濃いキャラの話、私らだけで聞くとか、あとで絶対に澪ちゃんに文句言われんで」

あまりの話の内容の濃さに美優との会食に対する緊張がすっかり吹っ飛んだ恵美が、そんな感想を漏らす。

「因みに、本人的には東君や春菜ちゃんと敵対するのは馬鹿のすることって認識で、組織と板挟みになると面倒だから関わるのは必要最低限にしたいって。その代わり、できるだけ二人が動かなくて済むように、細かい霊障は積極的に潰して回るって言ってたよ」

「なるほど。最後の内緒って仕草は、除霊を見たの秘密にするってだけじゃなくて、お互いそういう存在だと気づかなかったことにしよう、って意味もあったのかな？」

「かもね。直売所で声をかけたのは、単純に甜瓜について聞けそうな相手が他にいなかっただけだろうし」

「甜瓜は今日初めて出荷だったしね」

「てか、ああいう珍しいものは、さすがに食べ方の説明とか用意が必要だと思うよ」

「だね。あとで用意して明日から甜瓜のところに一緒に置いてもらえるようにするよ」

「っちゅうか、あの人とは今後も消費者と生産者っちゅう形で関わることになるかもなあ」

「だとしたら、いいお得意様ができたってことにしておこう」

裏がありそうでなかったシスター・レベッカの話に、そんな落ちをつける春菜。

結局この日はシスター・レベッカのインパクトにやられて、その話を駄弁《だべ》るだけで終わってしまうのであった。

# 第50話 会社名は考えておいてね

お盆休みが終わっても、エアリスとアルチェムはファーレーンへ戻れなかった。

「なかなか帰れないね～……」

「そうですね……」

「ものすごく荒れてますよね……」

神の城で状況を確認し、ため息交じりにそう漏らす春菜《はるな》、エアリス、アルチェムの三人。今日も時空は大荒れの模様であった。

最初の頃は楽観視して、ちょうどいい機会だからと大喜びでバカンスを楽しんでいた春菜達であったが、さすがにそろそろ一週間となると喜んでもいられない。

原因自体はアルフェミナの些細《ささい》なミスが玉突き事故を起こし、それがドミノのように伝播《でんぱ》しながら大きくなったことではあるが、その過程にちょくちょくわけの分からない飛躍があり、どこから手をつけてどうやって収めればいいのか分からなくなってしまっているのである。

が、状況が状況だけに、このままではいつ帰れるか分からないため、現在宏《ひろし》が時空間の荒れを強引に突破してウルスの工房へと転移する道具を開発中だ。

「ローリエちゃん、神の城で増幅して強引に送り返すとか、無理かな？」

「時間軸の同期は取れているのでタイムスリップは避けられると思いますが、地表のどこに転移するか分からないので、避けたほうが無難でしょう」

「やっぱりそうなるかあ……」

時空の乱れ方を考えるにまず不可能だろう提案を口にし、あっさりローリエに却下される春菜。

とはいえ、分かっていただけに大してショックはない。

だからといって、二人をあまり長期滞在させるのはリスクが大きい。行き来するのはともかく、居座る羽目になるといろいろ解決しないといけない問題が出てくるのだ。

「アルチェムさんはまだしも、エルちゃんは本気でそろそろ一度戻らないと困るよね？」

「そうですね。アルフェミナ様からの神託で、戻るのが遅くなっても対処はしてもらえているとはいえ、瘴気《しょうき》の浄化などの仕事は確実に滞っていますし」

春菜の質問を、割と困った表情で肯定するエアリス。

いるのが宏と春菜のそばなので、状況的には叱《しか》られるようなことはない。恐らく、むしろこの機会にもっと宏と距離を詰め、場合によっては既成事実を作ってくることすら期待されているだろうから、王族としての公務に関しては誰も問題視しないだろう。

だが、巫女《みこ》としての仕事となると、さすがにそんなのんきなことは言えない。

すでに各種儀式を一週間はすっぽかしているのだ。地脈の調整やら瘴気の浄化やらに関しては、目も当てられない事態になっていそうだ。

「ハルナさんの権能では、いつ収まるかとか分からないんですか？」

「私から下手に確認すると、体質の問題で誰にも予想できなくなるから手を出すな、って言われてるんだよね」

「ああ、なるほど……」

春菜の言葉に、いろいろ納得するアルチェム。こういうケースで春菜が未来を覗《のぞ》こうとすると、ほぼ確実にわけの分からないことになる。

さすが因果律攪乱《かくらん》体質である。

このあたりの体質に関しては、アルチェム同様どれほど能力が高い神々でも、もはやどうにもならない領域に到達しているのだ。

「……あ～、やっぱりどうにもできそうにないよ」

「ハルナ様、自然現象相手に焦っても仕方がありませんわ」

「そうなんだけどね。やっぱり、エルちゃんのお仕事を考えると、一回向こうに移動できるだけの時間でいいから、安定してほしいなあって思っちゃうんだよね……」

「そうですね……」

春菜の言葉に、頷《うなず》いて同意するエアリス。

現状はこちらに来る時間を前借りしているようなものなので、仕事を放棄した状態でこちらにいる時間が長くなればなるほど、利息が付いた状態で返済する羽目になる。

いろいろ手詰まりとなっている現状、せっかくエアリスだけでなくアルチェムもこちらと行き来できるようになったというのに、エアリスが仕事で拘束されるのは、春菜としても全くありがたくない話なのだ。

「……やっぱり結局、宏君が作ってる何かが上手《うま》くいくか、時空の荒れが収まるのを待つしかないかあ……」

今日もまた、昨日まで何度も確認したのと同じ結論に達し、世界樹に手をついてがっくりする春菜。

「……しょうがないから、今後のことも考えて、長期滞在になった時に密入国扱いにならないよう手を打ってくるよ」

「はい、お願いします」

荒れ具合から、最悪夏休みいっぱいはエアリスとアルチェムが滞在する可能性もあると考え、長期滞在の時に一番問題になるであろう事柄に手を打つことにする春菜。

国境警備や入出国の管理の重要さをよく理解しているエアリスも、春菜の懸念に同意して対策を頼む。

そのあたりがピンときていないのは、割と出入りに関して緩い環境で育ったアルチェムだけである。

余談ながら、フェアクロ世界には転移魔法や転送石のような瞬間移動の手段があるが、こちらに関しては一部例外を除いて冒険者協会や商業ギルドなどに登録をしないと街への出入りは実行不可能で、また登録して出入りをすればばっちり記録が残る仕様だったりする。

無論、ファーレーン王家やバルド、オクトガルのように極めて高い転移能力を持つ存在には通じない対策ではあるが、普通の犯罪者や密偵程度ならば余裕で弾《はじ》くことができるぐらいの強度はある。

なお、例外の一つに、アンデッドではない遺体やほとんど生命活動を停止している生命体の出入りは検出ができないため、侵入を防げず記録にも残らない、というものがある。この例外のおかげで、ピアラノークからエアリス達を救出した際に術で仮死状態となっていた彼女達の帰還が記録されず、ぎりぎりまで生還を隠し通せたのだ。

「それが終わったら、お昼ご飯の時にちょっと相談したいことがあるんだ」

「相談、ですか？」

「うん。ちょうどいい機会だし、澪《みお》ちゃんも呼んで、話し合いたいんだ」

「分かりました」

澪の名前が出たところで、春菜が何を相談したいのか悟るエアリス。口こそ挟まないものの、アルチェムもなんとなく察するものがあるらしく、了承の意を表すように頷いている。

「じゃあ、ちょっと行ってくるね」

「はい」

「行ってらっしゃい、ハルナさん」

何やら腹をくくった様子で神の城から出ていく春菜を見送り、修行に入ることにするエアリスとアルチェム。さらに長期滞在になることが確定したからか、今までよりしっかり修行に集中する。

「……なんだか、少し鈍《なま》った気がします……」

「エル様もですか……」

久しぶりにしっかり集中できた結果、ここ数日の神の城での修行が上の空だった証拠を突きつけられ、凹《へこ》みながら危機感を新たにする巫女達であった。

☆

「エアリス様とアルチェムさんの件に関しては、もうこっちでちゃんと処理してるから安心して」

話を持ちかけた春菜に対し、藤堂《とうどう》家を訪れていた天音《あまね》は、サラッとそんな心強い言葉を返した。

この日は何やら雪菜《ゆきな》と話し合いをする必要があったとのことで、天音だけでなく美優《みゆ》も藤堂家まで来ている。

「今回に関してはどうやっても長引くと思ったから、アルチェムさんがこっちに飛ばされてきた時点で対応はしてあったんだよ」

「そうなんだ。でも、パスポートも何もなしで、よく問題なしで通せたよね」

「ここだけの話なんだけど、実は私、ゲートや宇宙ステーションの実証実験で、太陽系の外に拠点作ってるんだ。それで、もろもろの実験の最中に、太陽系外の文明と接触して、ね。政府の許可と監視のもと、二人ほど日本に滞在させたことがあるの。今回はその事例の類型として対処させてもらったんだ」

「……正月の宴会になんとも言いがたいビジュアルの神様がかなり混ざってたけど、やっぱりそういうことなんだ……」

「うん」

知りたくなかった話を聞かされ、思わずげんなりした表情を浮かべる春菜。

特殊な身内が多いだけに地球外生命体による文明が存在しても驚きには値しないが、さすがにこちらの文明圏の神々と交流がある、どころか普通に宴会まで開いているとなると、いろいろ思うところはあるものだ。

「でまあ、エアリス様とアルチェムさんのことは置いとくとして、春菜ちゃんと東《あずま》君にちょっと開業届出してもらわないとだめだから、その話もしたいんだよね」

「……まあ、そろそろかなあ、って思ってたんだけど、やっぱり？」

「うん。未成年だってことと大学受験中だってことで、とりあえず私の収入に組み込んでたけど、今後を考えるとそろそろちゃんとしておいたほうがいいからね。春菜の場合、うちからのバイト料とかもあるし、メロンとかの知財関係の収入も考えると、今のうちからやっとかないとね」

天音と雪菜の言葉に、そうだろうなと頷くしかない春菜。

詳細は知らされていないが、最近の出荷量や周囲の反応を見る限り、間違っても扶養家族や非課税所得の範囲で済まなくなっている自覚はあった。

なので、開業届を出して帳簿をつけ、青色申告を行うこと自体に否《いな》はない。それ自体はフェアクロ世界でもある程度やっていたことなので、難しいとも面倒だとも思わない。

問題なのは、単に青色申告でいいのかどうか、という点である。

「美優おばさんにちょっと確認したいんだけど、個人でいいの？」

「いきなりそこを確認するとは、春菜ちゃんもやるね」

「だって、現時点でお金になる要素って、ホワイトフェアリーのバイト料以外は、全部私と宏君の共同作業だしね。最終的にそこを目指してるとはいえ、現状では夫婦でも何でもないから、逆にお互い個人で決算ってなんとなく違和感が」

「東君の特許関連の収入も考えるなら、法人を設立してそのあたりの権利をそっちに移す、っていうのも十分ありだと思うよ。ボク個人としても、あのメロンとフィールドは、きっちりした弁護士とか司法書士雇ったうえでちゃんと管理できる法人を作ったほうが無難だと思うし」

「だよね。正直、そのあたり全部管理するの、私と宏君の手に余ると思うし」

ネックになる要素を並べ、うんうんと頷く春菜と美優。

今回のメロンのようなレベルで収益を生む知財関係は、ちゃんとした体制を整えたうえで管理しておかないと碌《ろく》なことにならないが、いかに優秀であっても宏も春菜もまだ学生だ。

そんなややこしい管理業務など、まず手に負えない。

他にも個人経営だと、配偶者や同居している血縁関係にある従業員に対する給料が経費として認められないケースが少なくないなど、宏達の場合、後から問題になりそうな要素が結構ある。現在はまだ夫婦どころか恋人ですらないので問題にはならないが、予想できる内容は早い段階で潰《つぶ》しておくに限るだろう。

「とりあえず、資本金は一千万でスタートするとして、後ろ盾になる宣言もかねて綾羽乃宮《あやはのみや》商事も百万か二百万は出すから、そっちもどんな形でもいいから合計で八百から九百万ほど用意してね」

「……隠し貯金がある私はともかく、宏君にはかなり厳しい金額だよね……」

「別に、東君と春菜ちゃんだけで出す必要はないよ。それこそ溝口《みぞぐち》ちゃんや香月《かづき》君にも出資してもらうのもありだし」

「それに見合うだけのリターン、返せるかなあ……」

「ほとんど毎日渡してる野菜と果物だけでも、何年かで百万円くらいはいくんじゃない？」

春菜の懸念を、そんな風に笑い飛ばす美優。

実際、野菜や果物は毎日となると地味に出費がかさむ項目なので、数年で百万ぐらいになってもおかしくはない。特にブドウやメロン、スイカなどの高価な果物が入れば、五万十万はあっという間である。

「それにしても、美優おばさん。恵美《えみ》さんとお昼食べたときにも気になってたんだけど、達也《たつや》さんを香月君って呼ぶのはまあ分かるとして、真琴《まこと》さんを溝口ちゃんって呼んでるんだ」

「飲み友達兼情報源だもん。っていうか、溝口ちゃん、すごいよね。新聞の株価欄見せただけで、ヤバそうな銘柄と跳ねそうな銘柄、勘で当てるんだよ？　あの娘《こ》の手にかかれば、春菜ちゃん達に出す百万や二百万の出資金なんて、はした金も同然じゃない？」

大財閥の社長であり、成長分野や成功しそうな会社、化ける人材などを見抜く目に天性を発揮すると評判の美優をしてすごいと言わせる真琴。大物トレーダーとなれる素質は十分だというのに、現在は投資家を休業し、腐女子趣味に走ってその才能を持ち腐らせている。

「まあ、そのあたりとか、所在地どこにするかとか設立いつにして決算をどこに持ってくるかとか、そういう細かい話は日を改めてうちの顧問の司法関係の人達と一緒に詰めるとして、東君と相談して会社名は考えておいてね」

「会社名か……」

美優に会社名と言われ、すぐに一つの名前が思い浮かぶ春菜。

宏と立ち上げる会社というなら、基本これしかないという名前。だが、実体や現在の主な収入源を考えると、いまいちしっくりこないこともあり、これしかないと思いながらも、この場では胸にしまっておくことにする。

「で、この件に関して、他に何か言っとかなきゃいけないことってあったっけ？　あ、税理士とか司法書士とかは、こっちで段取りするよ。その作業を通じて、綾羽乃宮の社長が直接動いてるっていう噂《うわさ》を流したいし」

「この場ですぐに思いつくことは特にないかな。あっ、さっきちょっと言いそびれたけど、新会社には私も出資するよ。親としてそれくらいはね」

「私はさすがに出資関係は無理かな。在籍中の、それも自分が直接教えてる特定の学生に直接便宜図るのは問題があるし」

「天音姉さんはしょうがないよ。春菜の面倒見てもらうだけでもありがたいぐらいだし」

「そうそう。天音ちゃんは、東君と春菜ちゃんの師匠って名前だけで十分だと思うよ」

美優の言い分にいろいろえぐい事実に気がついてしまい、思わず遠い目をする春菜。

大財閥である綾羽乃宮のバックアップを受け、天才・綾瀬《あやせ》天音の直弟子が立ち上げ、世界のＹｕｋｉｎａが全面協力する新会社。

考えるまでもなく、すさまじい大プロジェクトにしか見えない。

その実態が特許の管理と農作物の生産販売であるあたり、看板と中身の落差はもはや詐欺のレベルではなかろうか。

「あとはもう、弁護士さんとか税理士さん、司法書士さんなんかと一緒に、金銭的に一番有利になる中身を相談して決める感じかな」

春菜がそんなわき道に逸《そ》れたことを考えているうちに、大人達の間では大体の話がまとまったようだ。

といっても、春菜の意識が逸れている間に出た話など、せいぜい宏の負担軽減に、畑仕事の追加報酬的な名目で贈与税がかからない範囲の金額を渡す、程度のことなので、聞いていなくても大して問題はないのだが。

「じゃあ、新会社に関しては後日ってことで、今日の花火大会について春菜ちゃんにちょっと確認」

「何かな？」

「アルチェムさんの分の席、どうする？」

「あっ……」

美優に聞かれて、ようやくアルチェムの席について完全に意識から漏れていたことに気づく春菜。

二人を早く帰すことばかり気にしすぎて、花火大会のことを一切考えていなかったのだ。

「……まだ、大丈夫？」

「うん。もともと数人程度の増減は予定に入ってるから、今から連絡すれば十分間に合うよ」

「……よかった。じゃあ、アルチェムさんの分もお願いしていい？」

「了解」

春菜の答えを聞き、さっさと手配を済ませる美優。それを見ながら、アルチェムの浴衣をどうしようかと頭を悩ませる春菜。

自分も大概だが、アルチェムはそれに輪をかけて体型的に和服と相性が悪い。さらに言うと、アルチェムの容姿や雰囲気に合う柄の浴衣があったかどうかも思い出せない。

実のところ、エアリスも去年の浴衣は微妙なラインなのだが、もともと浴衣というのは縦はともかく横方向の体型変化に対しては調整しやすいので、それほど背丈が変わっていない今年はまだなんとかなる。が、これは澪にも言えることだが、来年は恐らく、主に胸と身にまとう空気の問題で新調したほうがよさそうな雰囲気である。

もっとも、澪に関しては来年は、ではなく来年も、というべきかもしれない。去年の浴衣はどうにも変にいかがわしい感じになってしまい、結局今年も新しいものを作ったのだから。

「アルチェムさんの浴衣、今からで調達できるかなあ……」

「未来《みらい》さんなら、なんとかしてくれるんじゃない？　それも喜々として」

「未来ちゃんだったら、浴衣なら三十分もあればデザインから完成まで終わらせるよね、多分」

春菜の悩みに、あっさり雪菜と天音が最適解を告げる。

去年同様、綾羽乃宮邸本館のテラスから花火を見るのであれば、場所代的な意味も含めて未来に頼むのが一番角が立たないのだ。

「そうそう。ちょうどいい機会だから、蓉子《ようこ》達にアルチェムさんを紹介するついでに、本当のことを話しちゃおうかと思うんだけど、どうかな？」

「いいんじゃないかな？」

春菜の思いつきのような言葉に、雪菜があっさり賛成する。

美優も特に問題を感じていないようで、一つ頷いて同意する。

その二人の反応を見て、天音が口を挟む。

「話をするのは別に問題ないと思うけど、春菜ちゃんが女神になっちゃったとかその関係の話は濁して、事故で飛ばされたことと、向こうとこっちを行き来する手段を見つけて戻ってきたことだけに絞ったほうがいいかな。まあ、こんな注意はするまでもないだろうけど」

「ああ、うん。そこはわざわざ言わないつもり。さすがにまずいってことは分かるから」

念のためにという感じで天音に釘《くぎ》を刺され、素直に頷く春菜。

知られたからといって特に困るわけではないが、どんなトラブルにつながるか分かったものではないので、知られずに済むならそれに越したことはない。

「じゃあ、浴衣のこともあるし、エルちゃんとアルチェムさん呼んでくるよ」

「ほーい。そういえば、宏君は？　あと、澪ちゃん達は？」

「宏君はエルちゃん達を一度向こうに送り返す手段について研究中で、澪ちゃん達とはお昼の後に綾羽乃宮の更衣室で現地集合の予定」

「なるほどね。まあ、春菜」

「何？」

「大学入ったばかりの頃にも言ったと思うけど、焦って行動する必要ないからね。できることがないっていうのは、機が熟してないってことかもしれないわけだし」

真面目な顔でアドバイスをくれた雪菜に、小さく微笑《ほほえ》んで頷く春菜。どうやらここ最近の焦りは、母親には全てお見通しだったようだ。

多忙で滅多に顔を合わせることがないというのに、やはり親というのはすごいしありがたい。

そんなことを思いつつ、エアリス達と合流して昼食を食べるために、神の城へ転移する春菜であった。

☆

「……二人とも、なんだかすごくへこんでるみたいだけど、どうしたの……？」

「たった数日で、これほど鈍っているとは思いませんでして……」

「しばらくは、かなり本気で修行しないとだめかなあ、って……」

「そうなんだ……」

かなり本気でへこんでいるエアリスとアルチェムに、かける言葉も見つけられずそう言うしかない春菜。

考えようによっては明日は我が身なのだが、その事実からはあえて目を逸らす。

「そろそろ時間だし、お昼作ってくるよ。何か食べたいものある？」

「そうですね……。昨日はお昼も晩もお魚をいただきましたので、獣肉系がいいかな、と」

「さっきまで私もエル様も結構本格的に修行してたので、少しがっつりしたものが欲しい感じです」

「了解。そうだね、もう少しドラゴンのお肉を消費したいから、ハンバーグでいいかな？」

「お任せします」

エアリスとアルチェムのリクエストを聞き、メニューを決める春菜。

ウォルディス戦役でドラゴンスケイルメイルを大量に作った際、達也と真琴が大雑把《おおざっぱ》に解体した肉類の中に、ハンバーグに使いやすいミンチが結構なボリュームで残っている。

達也も真琴も生産スキルはなくとも解体スキル自体はカンストしているので、ほぼくず肉同然のミンチといえども、生臭かったり血が混ざりまくったりといったことはない。

さすがに宏や春菜、澪が解体してからミンチにするより質は落ちるが、せいぜいブランド牛がノーブランドの国産和牛になる程度の差なので、春菜の腕でしかもハンバーグとなると、それほど味に影響は出ない。

それが分かっているだけに、エアリスもアルチェムも特に気にしない。

そもそも、このあとはお祭りなのだから、昼からあまり豪勢なものを食べるのはよろしくない。

ドラゴンハンバーグが豪勢でないという結論には異論もあろうが、今時日本ではハンバーグ自体はご馳走《ちそう》に入らない、ということには誰も異を唱えないだろう。

「さて、料理を始める前に、宏君にも確認かな？」

厨房《ちゅうぼう》に転移し、ハンバーグの材料を用意する前に宏に連絡を取る春菜。恐らくメニューに文句は言わないだろうが、ハンバーグではなくチキンステーキの気分、という可能性もある。

今日みたいに作る分量が少ないのであれば、惚《ほ》れた相手の要望は叶《かな》えたいのだ。

『宏君、そろそろお昼だよ』

『おっ、もうそんな時間か』

『うん。何か食べたいものある？』

『食べたいもんっちゅうか、夕方ぐらいまで手ぇ離せそうにないから、片手間で食べられるもんしか無理やなあ』

『そっか。エルちゃん達と話してて、ドラゴンハンバーグにしようかって話になってるけど、なんだったらそのハンバーグ使ったハンバーガーにする？』

『せやな。手間やなかったらそれで頼むわ』

『単にバンズで挟むだけだから、大した手間じゃないよ。じゃあ、それで作っておくね』

　宏の状況も確認し、手早く料理に入る。一緒に食べられないのは残念だが、エアリス達のこともあるし、何より宏が集中して作業をしているときに、邪魔をするのは本意ではない。

　なので、やるべきことは最高に美味《おい》しくて宏の集中力ややる気にプラスとなるハンバーガーを作ることである。

「とはいえ、こういうことには意外と鋭いから、使うのは当初の予定どおりくず肉にしないとだめかな」

　ハンバーグの材料を用意しながら、そんな独り言を呟《つぶや》く春菜。

　ソーセージなどを作る場合を除き、他の料理に使えるようないい肉、それも高級部位になるようなものをわざわざミンチにするのは、宏が案外嫌がるのだ。

　なので、工夫のしどころとしては、他の具材や付け合わせの類《たぐい》となる。

　いわゆる端切れのくず肉のうち、できるだけいいところをかき集め（といっても、そのくず肉自体が最初から倉庫の中で品質別に分類されているうえにトン単位であるので、さほどの苦労もなかったが）、玉ねぎやニンジンなどの野菜類をお互い引き立てあうレベルのものを見繕って準備する。

そこから先は、基本的に普通のハンバーグの作り方と変わらない。一部に軽く火を通して味見し、微調整のため隠し味に味噌《みそ》を混ぜた以外は何一つ変わったことをせず、四人分のハンバーグを完成させる。

「あとは、宏君の分をハンバーガーにすれば終わりかな？」

崩れないようにしっかりめに焼いたハンバーグに、ハンバーガー向けのとろみが強く垂れにくいソースをつけてレタスやチーズ、目玉焼きなどと一緒にバンズで挟み、念のために保温、というより状態固定の機能が付いた紙でくるんで、フライドポテトやサラダのクレープ、飲み物と共に宏のもとへ転送する。

自分達の分は、普通に米と味噌汁のハンバーグ定食スタイルだ。

『宏君、ご飯できたから、そっちに置いておくね』

『おう、ありがとう』

その後、自分達の分をサクッと盛りつけ、トレイに並べてカートに載せて、エアリスとアルチェムの待つ食堂へ転移する春菜。

「ご飯できたよ」

「ありがとうございます」

「うわあ、美味《おい》しそう！」

春菜が持ってきたハンバーグ定食に、目を輝かせるエアリスとアルチェム。今や迷ったときのハンバーグというレベルで定番化しているとはいえ、やはりちゃんと作ったハンバーグには不思議な魅力と魔力があるようだ。

「宏君はいま手が離せないからハンバーガーにしたんだけど、そっちのほうがよかった？」

「そちらも魅力的ですが、ハンバーガーはやはり、どちらかというとピクニックなど外出先でいただくほうが美味しい気がします」

「そうですね。やっぱり、落ち着いて腰を据えて食べるんだったら、ご飯に味噌汁のついた定食が一番です」

春菜の問いかけに対し、無駄に信念のこもった眼で言い切るエアリス。そのエアリスに力強く同意し、いただきますをして箸を手に取るアルチェム。

いくら米が主食の農村出身とはいえ、異世界のエルフだというのにすっかり和食スタイルになじんでいるあたり、アルチェムはどこまでも一般的なエルフ像に喧嘩《けんか》を売っていると言えよう。

なお、今回のハンバーグ定食は、食べやすいように小さめの俵型にしたものを二つ作り、一方にはとろとろの自家製チーズを乗せ、もう一方はプレーンなハンバーグにして味に変化をつけている。

添えてある黄身がとろける半熟卵の目玉焼きは、好みで黄身をハンバーグに絡めるもよし、そのまま食べるもよし、ご飯に乗せてハンバーグソースを混ぜ、卵かけご飯風にするのもあり、という至れり尽くせりなチョイスである。一見地味ではあるが、食べる側の楽しみも大切にした春菜ならではの心遣いが感じられる演出だ。

実のところ、春菜としては大葉おろしを乗せてポン酢をかけたハンバーグも用意したかったのだが、一つの皿に盛りつけるとソースが混ざって味がカオスになるので断念している。

付け合わせはニンジンのグラッセとボイルしたブロッコリーに、宏のものと一緒に揚げたフライドポテト、さらにサラダも別につけられているので、贅沢《ぜいたく》とは言わないがなかなか手の込んだ昼食になっていると言えよう。

「ん、いい出来」

「とても美味しいです！」

「なんだか、修行でしっかり体を動かしておいてよかったって、心底思います」

春菜的にまあまあ満足いく仕上がりのハンバーグに、満面の笑みで舌鼓を打つエアリス。へこむことも多かったが、自身を研ぎなおすためにちゃんと修行したことを思わず自画自賛してしまうアルチェム。

そんな三者三様の反応で、じっくり黙々と食事に没頭する春菜達。

口の中に広がる肉汁の旨味《うまみ》がソースやチーズと混ざり合い、食べた者を天国へといざなう。

卵の黄身と一緒に食せば桃源郷が見え、肉汁とソース、チーズ、卵の黄身が入り混じったタレをご飯にかければ至福の時間の始まりだ。

そんな文句のつけようもないハンバーグ定食の最後のひと口を食べ終え、三人揃《そろ》って満足そうにため息をついて食後のお茶に手を伸ばす。

「それで、ハルナ様。相談したいこととはどのようなことなのでしょうか？」

最初のお茶を飲み終わり、人心地ついたところで、エアリスが切り出す。

エアリスに問われ、一つ頷いて春菜が口を開いた。

「さっき、お母さんに焦るなって言われたばかりなんだけどね、宏君のことでちょっとね」

「ヒロシ様に、何かあったのですか？」

「別に、何もないよ。最近いろんなことが急に形になり始めて、一気に忙しくなっちゃったっていうだけで、特に問題になるようなことは、ね」

「では、何を悩んでおられるのでしょうか？」

「私達、このままでいいのかな、って」

　春菜のその一言で、悩みを全て理解するエアリス。話を聞き出すのをエアリスに任せていたアルチェムも、思わず表情を曇らせて視線をテーブルに落とす。

「本当に、何もないんだ。良くも悪くも、高校卒業したあとは何も変化がなくて、ね」

「……それは、難しい話です……」

　何やら焦りをにじませている春菜に、難しそうな表情で頷くしかないエアリス。

　このままよい友達のまま、ずっと年を重ねていく。そのことに対して焦る気持ちは、それこそエアリスだって持っているのだ。

「あの、ハルナさん。一つ確認していいですか？」

「何かな？」

「ヒロシさんに、誰か他の女の人が近づいてるとか、そういうことはあるんでしょうか？」

「それは大丈夫。というか、そうだったとしたら、こんなにのんびりは構えてられないよ」

　アルチェムの確認に、春菜がはっきりとそう答える。

　宏の大学での人間関係を全て把握しているとは言えない春菜ではあるが、宏が自分の知らぬところでまともに女性と接触し、距離を詰めたかどうかぐらいは見ていれば分かる。その程度には、宏のことをずっと見てきている。

　そもそもの話、宏は春菜か真琴か山口《やまぐち》が一緒にいない状況では、基本的に進学前から知り合いの親しい女性以外と接触するようなことはない。

　大学構内にいる時間の八割を春菜と共に行動している、というのもあるが、そもそも宏が自分から女性に近づくことなど、学生課の受付での手続きのようにどうしても必要なケースのみだ。それ以外で接触しそうになると、当たり障りのない挨拶をして、そのままそそくさと逃げてしまう。

　ラブ的な意味で宏に目をつけている女子学生も何人かいるのだが、その鉄壁ぶりに加え論文のための実験の関係で総合工学部棟からほとんど出てこないこともあり、今のところまともな接触には至っていないのだ。

「だったら、変なことを考えないほうがいいかもしれませんよ？」

「そうなんだけどね。なんかこう、ね……」

　春菜がどうしてここまで焦っているのか理解できず、どうしたものかと顔を見合わせるエアリスとアルチェム。

　言うまでもないことだが、エアリスにもアルチェムにも、春菜が感じているのと同様の焦燥感や心身ともに宏を求める欲求はある。が、それと同じぐらい、今は宏にそれを求めても負担になるだけだという諦念も持ち合わせている。

　そのあたりは春菜も同じだと思っていたのだが、そうではなさそうなのが二人の困惑につながっている。

「上手く言えないんだけど、エルちゃんもアルチェムさんも日本に滞在できるようになったから、今動かないと後悔する気がするんだ」

「では、ヒロシ様にはっきり気持ちを伝え、受け入れてもらうように働きかけるのですか？」

「……動くっていうと普通はそうなんだけど、今それやっても上手くいかない気がしてて、でも何かはしなきゃいけないって確信だけはあって、どうすればいいのか全然分からなくて……」

「「……」」

春菜の悩みや焦燥感を聞き、思わず祈りを捧《ささ》げるように手を組んで瞳を閉じるエアリス。何と答えればいいかと天を仰ぎ、虚空に視線を彷徨《さまよ》わせるアルチェム。

全く整理されていない、恐らく他の人間が聞けば意味不明でしかない言葉だからこそ、春菜の生の気持ちがにじみ出ている。

正直な話、立場が近いエアリスとアルチェムは、最初の意味不明な言葉も含めて春菜の言わんとしていることはなんとなく理解はできる。だが、この期に及んでなお、納得や共感という意味ではピンときていない。

そもそも、現時点でやっていないことなど、告白と性的なことが絡むあれこれ、あとはせいぜい一般的な意味でのデートぐらいなものだ。

一般的なデートコースをなぞるように遊びに行く、というやり方をすれば辛うじてデートは告白前にできなくもないが、それ以外は普通、愛の告白を済ませて彼氏彼女の間柄になってからの行動である。

告白なしで、だが宏にそのあたりを意識させつつなおかつ負担をかけないようにというアプローチは、すでに思いつく限りのことをやっている。

　これ以上となると、それこそアルチェムの体質に頼って誰も悪くないのに性的な接触が起こる、という方向に持っていくぐらいしか思いつかないのだ。

「……あの、ハルナ様」

「……エルちゃん、何かアイデアでた？」

「ハルナ様が納得するようなものは思いつかないのですが、根本的な話、そういう話をするならミオ様も一緒でなければいけないのではないかと……」

「……そうだね。確かにそうだよね」

「あと、事情を知る部外者の、それもできるだけ年が近い方に相談に乗ってもらう、というのは無理なのでしょうか？」

「……だったら今日、蓉子達にエルちゃんとアルチェムさんの事情を説明するから、その時にちょっと相談に乗ってもらおうか」

「そうですね。それがいいかもしれません」

　エアリスの助言を受けて出した春菜の結論に、二人して微笑んで頷くエアリスとアルチェム。

　偏った人生経験しか持たない自分達では、春菜の焦りを受け止めることも宥《なだ》めることもできない。そう結論を出したエアリスとアルチェムは、見事に他人に丸投げしたのであった。

☆

「なるほど、そういう関係だったのね」

その日の夕方。早めに集合して着付けを済ませた春菜達は、宏に話を聞かれないように縁日に繰り出すふりをして、綾羽乃宮庭園にある関係者以外立ち入り禁止の建物を借り、蓉子、美香《みか》、田村《たむら》、山口の四人と話し合いを始めていた。

なお、この場に香月夫妻はいない。妊娠中の詩織《しおり》を人混みに連れていくリスクを避けたのもあるが、宏を自然に足止めしてもらう役目も請け負っているからだ。

「正直、腑《ふ》に落ちてはいなかったのよね。特にエアリス様に関して」

「だよね～。エアリス様って、間違ってもＶＲギア使ってゲームとかやるタイプに見えなかったし」

「しかし、異世界とはなあ……」

「信じられん、と言いたいところだが、アルチェムさんのその耳を見せられたのではな……」

エアリスの存在に対する違和感がようやく腑に落ちた、と頷く蓉子と美香の横で、異世界の存在とその証拠であるエルフ耳に、田村と山口がうなっている。

「しかし、びっくりするぐらいあっさり受け入れたわねえ、あんた達」

「さすがは春姉《はるねえ》の親友」

その様子に苦笑していた真琴が、正直な感想を口にする。澪も感心したように頷いている。

それを聞いた蓉子達が、何を今更といわんばかりに呆《あき》れた表情を真琴と澪に向けた。

「そもそもの話、春菜自身が漫画とかの主人公みたいな存在なんだから、異世界に飛ばされて帰ってきました、ぐらいのことだったら『ありそう』で終わる話ですからね」

「いやいやいや、それで納得されても困るんだけど……」

「納得しないよりいいでしょう？　あ、一応念のために言っとくけど、私達は他の人にこんな与太話みたいな事実を広めるほど馬鹿じゃないからね」

「言われなくてもそこは信用してるよ。というか、そのあたりを信用してなきゃ、こんな話はしないよ」

なかなかに斜め上の理由で納得されてしまったことに抗議しつつ、一応秘密は守ってくれるだろうと信用していることだけはちゃんと伝えておく春菜。

「で、春菜ちゃん。この事実を踏まえたうえで相談したいことって、何かな？」

「うん。せっかくエルちゃんもアルチェムさんも日本に滞在できるようになったんだし、何か新しい行動を起こしたいんだけど、どうすればいいかが思いつかなくて……」

「春菜。一つ確認だけど、それは大前提として、告白するっていうのはなしなのよね？」

「うん。多分、まだ上手くいかないだろうから」

「となると、藤堂としてはまずどこを目指したいんだ？」

「それが、自分でもよく分かってなくて……」

「藤堂さん、それじゃさすがにどうしようも、って……。そうか、まずはそこをはっきりさせないと駄目なのか」

田村が出した結論に納得しつつ、難儀なもんだと頭を抱える蓉子達。

よくある話とはいえ、相談者が何を相談したいのか分からないのは非常に面倒だ。

「ねえ、春菜ちゃん。そもそもの話、エアリス様とアルチェムさんがこっちにいること以外に、何かあったの？」

「それが、なんにも。びっくりするぐらいいつもどおり」

「なんにも？　高校卒業してからは？」

「詩織さんが妊娠した以外で、これといって大きな変化はないよ。関係性も、高校の時のまま」

「……東君の事情が事情だからしょうがない部分はあるけど、年頃の男女って意識はあるのかな……」

春菜にもう一度近況を確認し、高校時代と変わらないと聞いて思わずぼやく美香。

その美香のぼやきを聞いた蓉子が、何やらピンときたという顔をする。

「つまり、良くも悪くも関係が近くなりすぎてて、自分が女性であると認識されているか不安になってるわけね？」

「そうなのかな？　……そうかも」

「だとすると、女性であることを意識させつつ、東君に負担にならないように、そのうえでこの四人が揃ってるときにしかできないことをしたい、と」

「そういうことになるかな？」

春菜が出してきた条件を確認し、宏に思いを寄せる四人の美少女に視線を向ける蓉子達。

この中の一人でも恋人にできるのであれば、恋愛という点ではまず間違いなく勝ち組となれるであろう、心身ともに良くできた女性達。

着ている服が浴衣なのでそんなにはっきりとボディラインは分からないが、着替えているときに見た限りでは、一番貧相な澪ですら女性らしい凹凸《おうとつ》という点では蓉子を上回っているうえ、澪とエアリスはまだまだ育っている最中だ。

しいて難を言えば、見た目だけで言えば澪に、実年齢の面だと澪とエアリスに性的な意味で手を出すと、普通に前科がついてしまうことだろうか。

正直な話、この中から一人選ぶのであれば、残った三人をどうするつもりなのかと気になって仕方がないところだが、現在はスタートラインにすら立っていないので、現段階での追及は考えないことにする。

それを踏まえて出せる結論は一つ。

宏がどの程度のセックスアピールまで大丈夫かを確認しつつ、春菜達が女性であることを再認識させるネタを考えればいい。

「そうね。いっそ、海水浴かプールにでも行ってきたら？」

「なあ、蓉子。海水浴はそろそろやめておいたほうがいいんじゃないか？　盆休みを過ぎた今、どこの海岸もクラゲがピークだ」

「ああ、確かに。そんなところに春菜がのこのこ行って、巨大クラゲが流れ着きましたとか言い出したら大パニックよね」

「蓉子が私をどう思ってるのか、一度しっかり話し合いたいところなんだけど、それ……」

「とりあえず春菜ちゃんが引き起こしそうなことについては横に置いておいて。そのあたり踏まえると、やっぱりプールかなあ。エアリス様とアルチェムさんは泳げるの？」

蓉子と田村の会話にジト目で突っ込みを入れる春菜をなだめつつ、エアリスとアルチェムに話を振る美香。美香に問われて首を横に振るエアリスと、頷いて泳げることをアピールするアルチェム。

エアリスに関しては、正確には泳げないというより浮かんだ状態で前に進む効率が極端に悪いといったほうが正しいのだが、見た目の上では大差ないのでここでは深く追及しないことにする。

「じゃあ、エアリス様に泳ぎ方を教える、っていう名目でプールで水遊びすれば？」

「むう、なんか楽しそう……」

美香の提案に、宏に対するアピールとは別次元で食いつく澪。

去年は海もプールも禁止で、今年はスクール水着事件以来なんとなくタブーになっているので、そういう水遊びにあこがれがあるのだ。

「ふむ。水橋《みずはし》が食いついているということは、東を誘うかどうかとは無関係に、やはり一度はプールに遊びに行けばどうだ？」

「そうだね。宏君誘ってっていう度胸は多分お互いにないから、女の子だけでここのプールとかで遊ぶのは考えようか」

「ん、それがいい。エルとアルチェムもいい？」

「ええ、もちろんです」

「こっちは暑いですし、水遊びも楽しそうですよね」

山口の提案に、宏に対するアプローチという内容からあっさり逸れて、みんなで普通に遊ぶ計画に走る春菜達。

その様子を見て、やっぱりヘタレたかとお互いの見解を確かめ合う蓉子達。

実のところ、緊急事態だったとはいえ春菜はビキニ姿で長時間宏と一緒に行動した実績はあるのだが、それが集団となるとまだ自信がないようだ。

「で、あっさり話が逸れたけど、結局宏に対してはどうするのよ？　それと、その女の子だけでプールで水遊びって、あたしもカウントに入ってるわけ？」

「そりゃ、真琴さんはカウントに入ってるよ。宏君はまあ、達也さんとセットで声だけかけてはみるけどね」

「正直、プール自体は楽しそうだけど、あんた達と一緒にってのが引っかかるわね……」

浴衣がよく似合う胸元をポンポンとしながら自虐的に言う真琴。温泉旅行に続いて見事な自爆である。

「で、そこは置いとくとして、結局それだったら春菜が焦ってる理由の解消にはつながらないと思うんだけど、どうするのよ？」

「それなんだけど、ボク蓉子姉《ようこねえ》のおかげで、ちょっと思いついたことがある」

「何よ？」

「そもそもボク達、師匠とデートらしいことって何もしてないから、それこそ普通にデートの範《はん》疇《ちゅう》に入ることをすればいい」

「具体的には？」

「ピクニック」

ピクニック、と聞いて怪訝《けげん》な顔をする一同。その顔には、このくそ暑いのに、という気持ちが思いっきり浮かんでいる。

「ピクニックって、どこ行く気よ？」

「何カ所か、ずっとスルーしたままのところがある。そろそろ、確認の意味でも見に行かなきゃいけない」

「見に行かなきゃいけない？　……ああ。言われてみれば、食堂とか温泉とかは頻繁に使ってるのに、スルーしたままの場所がかなりあるわね」

「そういうところを確認しつつ、ボク達だけでイチャイチャしっぽりデートピクニックとか」

「しっぽりするかどうかはともかく、ありっちゃありよね」

　澪が言っているのがどこのことか分からず怪訝な顔をする蓉子達を置き去りにして、春菜が口を挟む前にどんどんと話を進めていく澪と真琴。

「春姉、春姉。エロくならない範囲でボク達の体がもう大人になってることを示しつつ女性であることを師匠に再認識させられる服とか、未来さんに頼んで大丈夫？」

「できるとは思うけど、断言はちょっと……」

　いきなり張り込んだ話をする澪に、戸惑いながらもそう答えるしかない春菜。

　未来のことだから大喜びで作ってくれはするだろうが、エアリス達が帰れるようになるまでに間に合うかは未知数である。

「そのあたりは、それこそ未来さんに相談してからにしなさい。で、春菜は落ち着いた？」

「うん。なんとなくやることが決まったら焦りがすっと引いた感じ」

「だったらついでに釘刺しとくけど、デートの日は畑仕事は休みなさい。そのせいで関係が変に安定しちゃってる部分あるから」

「了解」

「エルもアルチェムも、宏と春菜が畑仕事に走らないように注意しときなさい」

「分かりました」

「がんばって阻止します！　未来の私達のために！」

真琴に釘を刺され、確かにそうかもと納得する春菜。それでも安心できないとばかりに、春菜の畑仕事阻止を誓うエアリスとアルチェム。

この話を持ちかけた際、未来は大喜びでかつ無料で請け負ってくれはしたものの、服がすぐにできるわけもなく、当然のごとくプールも宏に断られて、結局、翌日は女だけで水遊びと相成ったのであった。

☆

「お待たせしました」

「ん。慣れないタイプで、ちょっと手間取った」

翌日、綾羽乃宮邸のプール。

更衣室から出てきたエアリスと澪を見て、蓉子がため息をつく。

「最近の中学生は、本当に発育がいいわね」

「エルちゃんを中学生に含めていいのかどうか、ちょっと気になるけど」

「年齢的なものよ」

春菜の突っ込みに対し、そんなことを言って逃げる蓉子。

蓉子が感心するのも当然で、水着姿のエアリスと澪はまだ十三歳とは思えないほど大人びた体つきをしていた。

そんな大人びたグラマーな、だがまだまだ発育の余地を残した肢体を覆う水着は、ともに露出を控えめにしながらもその曲線美を強調するようなデザインのものであった。

エアリスのものは水着初心者に配慮した白のセパレートタイプの水着で、脇のあたりでリング状の留め具によって上下がつながっている以外にこれといって余分なパーツはない、シンプルで上品なものだった。

エアリスの高貴でどこか神聖な雰囲気と相まって、清冽《せいれつ》な色香とでもいうべきなんとも言えない色気と妙な背徳感が同居し、さほど大胆でも露出があるわけでもないのに非常に目に毒である。

逆に澪はへそやわき腹など要所要所を露出するようにした妖艶《ようえん》なデザインのワンピースだが、胸やお尻の形や大きさを強調するようにあちらこちらにフリルが多用されている。

フリルのおかげでスクール水着の時のような妙な色気とエロさは抑えられているものの、これはこれで目を引きつけながらもなんとなく目のやりどころに困る。

そんな中に、たまには大胆なのを着ろと蓉子と美香と真琴から押し切られて、ギリギリ健全というレベルのきわどい青いビキニを着た春菜がいるのだ。

女性オンリーかつ身内しかいないプールでよかったとしか言いようがない。

因《ちな》みに蓉子の水着は割と毒にも薬にもならない、そこそこ可愛《かわい》いとしか言いようのないデザインのホルターネックタイプのワンピースだ。巨乳と爆乳が多いので、無難な方向で攻めたらしい。

大きすぎず小さすぎず形のよい胸に、体格差の影響で春菜より細いウェストと、素晴らしいプロポーションなのだが、本人的には一応思うところはあるらしい。

「で、アルチェムさんがまだ来てないけど、蓉子に意見聞いておきたいことがあるんだ。みんなの水着姿って、もう宏君に見せても大丈夫だと思う？」

「うーん、まだやめておいたほうがいいかもね。どの程度克服してるか判断が難しいから、ここで変な刺激を与えて余計にヘタレられたりしたらって思うと、避けたほうがいいんじゃないかしら」

「「「そうだよね（ですよね）……」」」

蓉子の率直な答えに、三人揃って納得の声を上げる春菜、エアリス、澪。

正直なところ、水着レベルの露出くらいであれば大きな問題にはならないだろうが、そこにもしアルチェム的なラッキースケベ系エロハプニングが加わったら、と考えると不安だったのだ。

蓉子はフェアクロ世界で発生した数々のエロトラブルのことを知らないが、春菜達としては自分達の感覚が麻痺《まひ》している自覚があり、あえて知らない立場の人間の意見を判断材料にしたかったのである。

「そういえば、アルチェムさんの水着が、着るのも脱ぐのも面倒なタイプの、やたらとがっちり固定するものだったけど、なんで？」

「無駄な抵抗だとは思うんだけど、普通の水着だと簡単に脱げちゃって間違いなく大惨事になるから、一応できるだけの対策を立ててみたの」

「ちょっと何言ってるのか分からないわ……」

「蓉子姉、多分見れば分かる、というか、見ないと分からない」

「そうですね。ただ、ご覧いただいても、なぜそうなるのかは理解も納得もできないとは思いますが……」

「言っていることはさっぱり理解できないけど、なんとなく不穏な話なのだけは理解できたわ……」

春菜達の言葉に、思わず渋い顔をしながらそうコメントする蓉子。

「私は多分ひどい目にあうだろうね……」

「ん。その水着はいろんな意味で格好の標的」

「私の水着もちょっと不安です……」

「ん。リングでつながってるから簡単には脱げないけど、トップスが下からの攻撃に弱そう」

「澪ちゃんのが、案外脱げそうで脱げない感じだよね」

「その分、着るのに苦労した。多分、ボクとエルは蓉子姉より被害がましだと思う」

「かもね」

そんな蓉子をよそに、アルチェムが巻き起こすであろう大惨事について話を続ける春菜、澪、エアリス。

その不穏な内容と、何より自分の名前が出てきたことについて、思わず慌ててしまう蓉子。

「えっ？　ちょっと待ってよ。私のほうが被害が大きいってどういう……」

「被害っていっても、派手に水着脱がされたりとかその程度だから、安心して」

「……アルチェムさんって、そういう趣味の人なの？」

「むしろ、その手のことにものすごく疎いタイプ。服を着るのは着なきゃいけないからって教えられたから着てる感じ。人前で脱いだり脱がしたりしちゃいけないって言われたから守ってて、逆に他人の裸にも興味がないから、積極的に脱がしにかかったりとかはしないよ、本人は」

「じゃあ、なんで脱がす脱がされるの話をしてるのよ？」

「ちょっとエッチって銘打ってるタイプの漫画で見かけるような、どうやったら人間がそういう飛び方をするのか分からない動きで吹っ飛ばされて服を脱がしたり胸をもんだりスカートの中に顔を突っ込んだりする展開って、あるよね？」

「あるけど……。……アルチェムさんがそういうタイプってこと？」

「そういうトラブルを誘発するタイプ、っていうのが正しいかな」

「誘発って……」

「大体は本人が一番の被害者なんだけど、玉突き事故みたいな流れで、本人は無事なのに私や澪ちゃんが……みたいなこともたまにあるんだよね」

「師匠が近くにいるときは、大体師匠に被害が集中する」

「逆に、エルちゃんはあんまり被害に遭わないよね」

「そうですね。私が巻き込まれると笑い話で済まない結果になる可能性が高いので、あまりシャレにならないトラブルは起こさない仕様になっているのかと思います」

「仕様って何よ、仕様って……」

言葉の意味ではなくそういう話になっていることが理解も納得もできず、端的に突っ込みを入れる蓉子。

「蓉子姉、蓉子姉」

「……何よ？」

「アルチェムのは、春姉が妙なメロン作ったり、やたらピンポイントで低確率の当たりを引くのと同じ」

「ああ、そういう系統ね」

「ん。本人も含めて誰にも制御できない体質的なもの。体質だから意味不明でもしょうがない」

「いや、そうはならないでしょう、って言いたいところだけど、春菜と同じだったらありえなくもないわね」

「それで納得されるのは不本意だけど、今までの実績のせいで否定できない……」

澪の説明であっさり納得した蓉子に、思わず全力でがっくりきてしまう春菜。

そんな春菜を無視して、蓉子がもう一つ気になっていたことを質問する。

「アルチェムさんってグラビアでも見たことないほどすごい身体してるけど、エルフってみんなあんな感じなの？」

「どっちかって言うと、美香姉《みかねえ》みたいな体型のほうが多い。アルチェムはむしろ特殊例」

「そうですね。いないわけではありませんが、全体的には背が高くてすらっとした細身の方が多いですね」

「あと、アルチェムはまだ成長期終わってなかったはず。そのせいか、エルフとしては背が低い」

「へえ、そうなの。アルチェムさんって、いくつ？」

「たしか五十三歳？　人間でいうところの十四歳ぐらいだって言ってたよ」

「……さすがエルフって感じね……」

アルチェムの年齢を聞き、見た目と年齢のギャップに異世界の存在であることを納得する蓉子。

ふと、動物から見た人間の年齢もこんな感じなのかも、などと妙なことを思ってしまう。

「まだ成長期が終わってないってことは、乳幼児の期間がものすごく長いってこと？」

「十二歳ぐらいまではヒューマン種、いわゆる人間と同じような速さで成長するらしいよ。そこから百歳ぐらいまではゆっくり育って、その後大体六百年から七百年ぐらいは老化せずにそのままだって言ってた」

「私達で言うところの二十代が長く続く感じで想像すればいいのかしら？」

「そうだね。多分そんな感じ」

「羨《うらや》ましいような、そうでもないような話ね」

「蓉子はそういう感想なんだ」

「今が長く続くってのも、考えてみればそんなにすごく嬉《うれ》しいことでもないんじゃないかって思うのよね」

「一般的には、不老不死は人類の夢だけど？」

「そんな、何百年も生きて何するのよ？　今ですら一年も続かずに飽きてやらなくなったことなんていくらでもあるのに、何百年となると習慣になってること以外、絶対続かないわよ。大体、お金がどこからともなく湧いてくるってわけじゃないんだから、長生きするってことはそれだけ長く働かなきゃいけないってことよ？」

「それはそうなんだけど、長生きしたら長く働かなきゃっていうのは、定年が見えてきた人がよく言ってる言葉だった気がするよ？」

「うっ」

春菜の突っ込みに、思わず言葉に詰まってうめく蓉子。

そんな何百年単位で長生きしても碌なことはないというのは本音だが、長生きするといつまでも働かなきゃいけないという発想に若さがないと言われると、反論しづらいものがある。

「そうそう。長生き云々《うんぬん》の関係で一つ、面白い話があるんだよね」

「何よ？」

「アルチェムさんの出身地のオルテム村って、すごく分かりやすく田舎の農村って感じの村なんだけどね。こんな村嫌だって言って刺激を求めて出ていこうとするの、むしろ年寄りのほうが多いんだって」

「へえ……」

「よくネタにされる田舎の閉鎖的な人間関係って、数百年やると最初に始めたほうが飽きてくるみたいで、むしろ『余所者《よそもの》が～』とか『村を捨てるのかこの恩知らずが～』みたいなのは若手から中堅ぐらいの年齢に多い傾向があるんだって、村の長老から聞いたことがあるよ」

「それはまた、面白い話ね」

春菜が語るエルフの事情に、興味深そうな表情を浮かべる蓉子。

エルフが農業をやっているというのも面白いが、閉鎖的な印象がある年寄りのほうが刺激を求めて外に出たがるというのも面白い。

「それにしても、真琴姉《まことねえ》達、遅い」

「遅いね。とりあえず、そろそろ準備運動はしておこっか」

「ん。準備運動は大事」

割と話し込んでしまったことに気がつき、時計を見て首をかしげながら準備運動を始める春菜と澪。

二人ともおおよそ泳ぐのに向いているとは言いがたい水着なのが、非常にシュールである。

「エルと蓉子姉も、準備運動ちゃんとやる。特にエルは運動神経的にも慣れの面でも、ちゃんとやっておかないと危険」

「そうですね。えっと、以前に教えていただいた、ラジオ体操というものでいいのでしょうか？」

「ん、問題ない」

「そういえば、大学入ってからラジオ体操とかご無沙汰ねえ」

「蓉子姉は海とか行かなかった？」

「親戚が入院したとかおめでただったとかが続いてその都度顔見せに言ってたから、誰とも予定が合わなかったのよね」

「なるほど」

などと言いつつ、全員でラジオ体操を続ける。

ちょうどラジオ体操が終わったタイミングで、更衣室から疲れた顔の真琴と美香が出てくる。

「遅かったね。どうしたの？」

「どうしたも何も、アルチェムにあの水着着せようとしたの、失敗だったかもしれないわね……」

「びっくりするほど、変なトラブルが続いたよね～……」

「あんな窮屈でポロリとかありえない水着なんか、意地でも着させるかっていう見えない執念みたいなものを感じたわね……」

春菜に問われ、心の底から疲れた様子でそう言う真琴と美香。

その言葉で、いろいろ察する春菜、エアリス、澪の三人。

「真琴姉と美香姉は、何回剥《む》かれた？」

「あたしは上二回に下一回で合計三回かしらね。美香は四回振り出しに戻ったんだったかしら？」

「五回、かな……。一回はもう左の肩ひも通したら終わるタイミングだったんだけど……」

真琴に確認され、遠い目で回数を訂正する美香。

それを聞いた蓉子が、目を白黒させる。

「えっ？　タンキニの真琴さんのはともかく、美香のってごく普通の競泳水着よね？　どうやったらそこまで着替えが終わってて振り出しに戻るのよ？」

「あたしだってよく分かんないよ～。アルチェムさんが何回も水着ひっかけてバランス崩して、そのたびに何をどうすればここまで見事に脱がされるのか分かんないくらいスポンと裸にされちゃってさ……」

美香の言葉を聞いた蓉子が、春菜達のほうに目を向ける。

蓉子に見られて、春菜達が重々しく頷く。

「あれは、もう一波乱あるわね。注意しても防げないだろうから、覚悟はしておきなさい」

そう真琴が警告した直後、大正時代の水着としか表現できない形状とデザインの、普通の水遊びでは絶対に脱げそうにない構造の水着を着たアルチェムが更衣室から出てくる。

「あ、あの……。お待たせしました……」

そう言って、おずおずという感じで慎重に春菜達のほうへと歩いてくる。

そんな萎縮した態度が悪かったのか、なぜか何もないところで足を取られ、つんのめって勢いを増しながら片足で跳ねて春菜と蓉子に突っ込むアルチェム。

その勢いに顔を引きつらせ、慌てて逃げようとして足をもつれさせる蓉子。その隣では、何かを諦めた様子の春菜が、来《きた》るべき衝撃に備えて身構える。

どうにかして止まれないかと無駄なあがきをしていたアルチェムだったが、ついに肉体の限界を超えて完全に宙に浮く。

ただ宙に浮いただけなら、位置関係的に春菜と蓉子を巻き込んでプールに落ちて終わりだったのだが、そこで物理法則を超えて空中でカーブを描き、少しずれた位置に立っていた澪とエアリスを巻き込み、四人まとめてプールに叩《たた》き込む。

「……蓉子、大丈夫？」

「……助かったわ、春菜。しかし、あの落とされ方で、なんでここまで全員見事に脱がされてるのよ……」

「まあ、アルチェムさんだから……」

「ん。むしろ、この状況で何もなかったら、そのほうが怖い」

「そうですね……」

アルチェムが起こした、人知も物理法則も超越したエロトラブル。その結果にぼやく蓉子に対し、達観した表情でなんの答えにもなっていない答えを返す春菜、澪、エアリス。

「てか、真琴姉の言葉聞いて思ったんだけど、むしろ普通に遊んでてもポロリするようなえぐいデザインの紐《ひも》水着とかのほうが、アルチェムの場合安全かもしれない」

「そうね。なぜかそういうのも用意されてたから、あとで試してみましょう……」

ひらめいた、という表情で妙なことを言い出す澪に対し、なんと普段はそういう発言を窘《たしな》めるはずの真琴が同意する。

その勢いですぐに着替えさせて、いろいろ試した結果、

「これだけやらかしたあとだと、春姉のよりちょっとましぐらいで大丈夫っぽい？」

「みたいね。さすがに最初の、正面からでも隠れてないレベルのでなくてもよかったのは、いろんな意味で助かったわ」

「ん。さすがにあのレベルだと、一緒に遊んでるこっちが気が気でなくて困る……」

かなり大胆、というレベルなら特に問題が起こらないことが発覚。

どうにか無事に、当初の目的であるエアリス達に泳ぎを教えながら遊ぶという内容を達成することができたのであった。

# 第51話 これが砂上の楼閣っちゅうやつやな

「「「「うわあ……」」」」

花火大会の三日後。澪《みお》の提案に従って、今まで足を踏み入れたことがない神の城の草原に来ていた宏《ひろし》達は、予想外に美しい景色に思わず声を上げていた。

この草原は神の城の敷地内にある場所だが、初期設定で設置された採取場所とは違う場所である。

そのため、特別に用事があるわけでもなく、澪に言われるまで存在自体を全く意識していなかったのだ。

神の城内部にはこういう場所がいくつもあるため、エアリスとアルチェムを向こうに送り返せるようになるまで、その手の意識から漏れていた場所を確認するという名目でデートをすることになったのである。

余談ながら、冬華《とうか》とローリエは何やら空気を読んだらしく、適当な用事をでっちあげて別行動だ。もっとも、冬華はともかくローリエに関しては、やろうと思えばいくらでもやることはあるので、気を使って用事をでっちあげただけというわけでもないのだが。

「ここ、初めてだけど、こんなに綺麗《きれい》だったんだ……」

「せやなあ……」

神の城の敷地内では数少ない、初期設定以降そのまま放置され、ラーちゃん達を含めて誰も手を出していないエリア。そのエリアの美しさに、そんな感嘆の声を漏らす春菜《はるな》と宏。

草原は、色とりどりの夏の花が咲き乱れ、鳥や虫の鳴き声が優しく聞こえてくる風光明媚《ふうこうめいび》な環境になっていた。

「それにしても、ミオさん。ここに誰も来たことがないって、よく気がつきましたね」

「前に用事があって一人でここに来たときに、ローリエが教えてくれた。その時から、師匠や春姉《はるねえ》達と一緒に来れるタイミングを待ってた」

「なるほど……」

アルチェムの問いに、正直に答える澪。澪の答えに納得するエアリスとアルチェム。

が、微妙に引っかかりを覚えた宏と春菜は、澪に対してさらに突っ込んだ質問を繰り出す。

「で、澪ちゃん。その用事って何？」

「うちらに黙って単独で、っちゅうんは、ちょっときな臭い感じやでな」

「……黙秘権」

春菜と宏に詰め寄られ、目を泳がせながら口笛を吹く仕草でごまかそうとする澪。そうはさせじと、春菜が澪の両肩をつかむ。

「み・お・ちゃん？」

「……ユニコーンの角とかもろもろ使って、身長伸ばせないかがんばってた」

「そういうことは、ちゃんと報告しようね」

「……ん」

にっこり笑って問い詰めた春菜に負け、観念して何をしていたかを正直に答える澪。

まだフェアクロ世界で日本へ帰る手段を探していた頃、澪はユニコーンの角を使って背と胸を増やす薬の研究開発をしていた。

結果として薬事法に引っかからないレベルで一応効果自体はある、いわゆるトクホ（特定保健用食品）レベルの効能を持つものの開発には成功しているが、所詮《しょせん》健康食品レベルであったため、澪の体型にどれほど影響があったかは最後まで分からなかった。

どうやらその時の薬をベースに、胸を大きくする効能を捨てて身長を伸ばすほうに特化するよう開発を続けていたようだが、それがいつからなのか、またどの程度上手《うま》くいっているのかに関しては、現在の澪を見ている限りではかなり微妙なところであろう。

というより、下手をするとさらに努力が裏目に出ているのではないか、という疑惑が付きまとう成長の仕方しかしていない。

澪の回答にそのあたりのことまで察してしまった春菜は、ため息をつきつつ釘《くぎ》を刺して、気分をピクニックへと戻した。

「それにしても、見たことない花がいっぱいだよね」

「せやなあ。このあたりは特にいじってへんから、多分自然発生やねんけど、それにしては種類多いやんなあ」

「そうだよね。仮に自然発生じゃないとしたら、出どころはどこなんだろうね」

春菜の言葉に少し考え込み、もっと致命的な問題に気がつく宏。それを素直に口にする。

「っちゅうかそもそもの話、鳥とか虫の声聞こえてきてるけど、そいつらはどっから湧いたんやろうなあ」

「……虫は、ラーちゃんからの派生？」

「ありえへんとまでは言わんけど、それはそれで軽くホラーやない？　あと、鳥に関する答えにはなってへんし」

宏に突っ込まれ、若干目を泳がせながら頷《うなず》く春菜。同じにしか見えない芋虫からコオロギやキリギリス、セミなど鳴き声を上げる虫が次々と羽化してくる姿を想像し、軽く引いてしまったのだ。

基本的に芋虫から羽化する虫はさなぎを経由するので、春菜が想像したように芋虫の姿からダイレクトに成虫になることはない。だが、そもそもラーちゃん達に関してはさなぎになった個体を見たことがないため、もぞもぞ動いている芋虫の背中が急に割れて中から虫が出てくるという、一歩間違えればグロ画像直行という映像を想像してしまったのである。

そんな宏達の前を、恐らくトンボだと思われる虫がすっと横切っていく。

思わず権能その他で限界まで動体視力を強化し、そのトンボを観察する宏達。

「……見た目は、普通のトンボだね」

「ん。多分、地球に持ち込んでもまず分からない程度には普通のトンボ」

「私はトンボには詳しくないので、普通かどうかは断言できないのですが……」

「えっと、全く同じものかどうかはともかく、オルテム村には似たようなトンボが飛んでました」

「……普通のトンボをそういう観点で観察したことあらへんから、外見に異常がない限りは普通かどうかの判断できひんわ」

マイペースに飛び回るトンボをじっくりスローモーションで観察し、そう結論を出す一行。

さりげなく運動神経に多大な難を抱えるエアリスまでその手の能力を身につけているあたり、迂《う》闊《かつ》に宏以外には嫁げない状態へ着々と進化している。

「……ねえ、春姉」

「どうしたの？」

「ある程度は仕方ないにしても、ボクが思ってたピクニックデートと違うにもほどがある」

「ああ、うん……」

思わずそのままの勢いで胡散臭《うさんくさ》さすら感じるほど普通に見えるトンボや花、鳥などを観察して考察すること約二時間。ついに素に戻った澪が、自分達の現状を振り返ってそんな苦情を口にする。

澪の苦情に、遠い目をしながら同意する春菜。この手の脱線はいつものこととはいえ、いつもどおりすぎて泣けてくる。

「とはいっても、デートでピクニックって、どんなことするのかよく分かんないんだけど……」

「一般的なイメージだと、花畑で追いかけっこ、もしくは手をつなぐなり腕を組むなりしつつ花とか景色を見て回って、お昼ご飯をビニールシートの上で食べてから男の人を膝枕、とか？」

「……無理じゃないかな？」

「……ん、無理」

　春菜に問われて漫画などでよく見るピクニックの情景を口にし、突っ込みを受けるまでもなくそのあまりの現実味のなさに軽く絶望する澪。

　春菜のほうも、四対一という特殊な状況で男性が特殊物件とはいえ、デート一つ満足にできない自身の恋愛偏差値の低さに、本気で泣きたくなっている。

　さらに問題なのは、宏当人はもちろんのこと、アルチェムもエアリスもこの件では全く役に立たないことであろう。

　エアリスに関しては、そもそも王族にデートなどという概念があろうはずもなく、結婚前の男女交際といえば基本はお茶会や夜会、あとはせいぜい観劇かお互いの屋敷の庭などを散策する程度。それとて、王族となるとまず滅多なことではさせてもらえないという箱入りぶりだ。こういうときにどうすればいいかなど、思いつくはずもない。

　アルチェムはアルチェムで、エアリスとは逆の意味でデートという概念がない環境で育っている。基本的に農作業をしながらなんとなく近い年頃の相手を見初め、泥縄引きや収穫祭などのイベントで一緒に行動し、なんとなく結婚して子供を作り、子育てを終えたらなんとなく浮気して第二子をはらむ、もしくは仕込むというのが基本パターンだ。

　浮気以降の部分はセシリアと再会するまで知らなかったとはいえ、逆にそれ以前の部分はアルチェムの恋愛観にしっかり根付いている部分だ。特別に男女で遊びに行って何かする、という点に関してアイデアを出せないのも仕方なかろう。

「……とりあえず春姉、膝枕だけでも試してみる？」

「……その言葉を聞いただけで宏君からとんでもない緊張感が伝わってきてるんだけど、宏君がいいのなら一応試すだけしてみようか……」

今日は他にも予定している行き先があるとはいえ、このまま何もせずにすごすご撤退するのは、何のために勝負服を用意してもらってまで挑んだのか分からない。

そう判断して、覚悟と気合いを入れて膝枕を試す決断をする春菜。

宏のほうも、何やら悲壮感たっぷりの表情で、だが決して流されたわけではなく、自身の判断と決意を持って決めたという様子で頷く。

膝枕をするのに気合いを入れる必要がある時点である意味アウトなのだが、そんな事実は言われずとも分かっているのでスルーである。

「えっと、宏君」

「お、おう……」

乗せる側も受け入れる側も一触即発という感じの緊張感を漂わせながら、お互い人生初となる血縁以外との膝枕に挑戦する宏と春菜。

春菜の性格や体型にふさわしく、柔らかいながらもしっかりと宏の頭を受け止める、枕としての機能は極上だと言える太もも。その柔らかい感触に男性の本能とヘタレの本性が宏の中で大暴れし、落ち着かないにもほどがある状態になる。

しかも、お互いの顔が見えるようにと仰向《あおむ》けに頭を置いたため、春菜の迫力あるバストが宏の視界の少なくない割合をダイレクトに占拠している。

これで、緊張するな、というのは無理がある。

この時点でまだ逃げ出さないあたり、宏の側にも現状に対して相当思うところがあるようだ。

「ど、どうかな……？」

その緊張が伝わってくるだけに、春菜のほうも不安が募る。

そんな状況でも、宏の頭の重みと体温に妙な安心感と喜び、ときめきを覚えてしまっていたりするのだが。

「……宏君？」

問いかけに反応しない宏が心配になり、自分の胸が邪魔でいまいちはっきり見えない宏の表情をどうにか見れないかとやや前かがみになる春菜。

春菜が前かがみになることで実に柔らかそうな双峰が急接近し、思わず悲鳴を上げそうになる宏。完全にヘタレの本性が男の本能をねじ伏せた格好である。

その宏の反応に気がついた春菜が、大慌てで体を起こす。その際の挙動で若干宏の顔を胸がなぶる形となったが、幸か不幸か服と下着の厚み分が当たった程度で本体に届くほどではなかったため、宏がその柔らかさを味わうことはなかった。

もっとも、宏の顔が春菜の胸に接触したこと自体はこれが初めてではないのだが。

「……これ以上は無理かあ……」

「……さすがに相当無理があるで、これ……」

膝から転げ落ちるように脱出した宏が、太ももと巨乳によるプレス攻撃の恐怖に慄《おのの》きながら春菜に言う。

いくら覚悟を決めたところで、雄大な双峰が圧迫するように迫ってくるのまでは、まだまだ耐えきれないようだ。

その一部始終を見ていた他の三人も、自分の胸をペタペタ触りながらシミュレーションし、顔を絡めつつ厳しい表情を浮かべている。

「ハルナ様、ミオ様。膝枕は大変魅力的ですが、手をつなぐことすら長時間はためらわれる現状では、少々無茶が過ぎるのではないかと思います」

「というか、ミオさんの話聞いて、正直すごく現実味ないなあって思ってたんですけど、実際に膝枕してるの見たら予想以上でしたよね」

頭の中でシミュレーションをして出した結論をもとに、エアリスとアルチェムがさらにダメ出しをする。少なくともハグぐらいはできないと、膝枕は無理くさい。

はっきり言って、今の宏達では、全然レベルが足りていないのだ。もっとソフトなところから経験値を積み上げてレベル上げをしないと、膝枕なんて高度な真似は成功率ゼロである。

そもそも、デートにレベル上げもくそもあるのかという意見はあるだろうが、彼らに関してはそうとしか表現できないので仕方がない。

「いろいろ諦めて、ちょっと早いけどお昼食べて次行ってみよう」

自分達のポンコツぶりと無能さにガックリしながら、とりあえず昼食を食べてここでのピクニックを切り上げることを提案する春菜。

それを聞いた澪が小さく首をかしげる。

「お昼済ませて次で仕切り直しするのは賛成だけど、ここ調べなくていい？」

「それしちゃうと、いつもの採取とか畑仕事と大差なくなりそうだし、多分際限なく採取作業を続けちゃう気がするんだよね」

「ん、了解」

春菜の言葉に納得し、意見を取り下げる澪。

ただでさえデートとしてはかなり微妙な状況なのに、採取モードに入ってしまえば今回のチャレンジに完全にトドメを刺してしまう。

結局、風光明媚な場所で美味《おい》しい昼ご飯を食べた、ということ以外、デートらしい要素も楽しい思い出も作れないまま、草原でのデートは終わりを告げるのであった。

☆

「……これはひどい」

何かあったときのフォローのために、また、達也《たつや》と真琴《まこと》への報告のために、他の業務をこなしつつ草原でのピクニックの一部始終を見ていたローリエが、誰でも分かるレベルでの駄目さ加減に思わず呟《つぶや》く。

何がひどいといって、デート中とは思えない会話がポンポン飛び出すのがひどい。

さらに、普通の男性なら血の涙を流してうらやむであろうシチュエーションで、普通にビビッて膝から転げ落ちるという結果しか生まれないのがまたひどい。

バイオリズムや精神的な負荷のメーターを見ても、膝枕中の宏はあそこまで怯《おび》えるほど追い詰められてはいなかった。なのにすぐに逃げを打つのは、もはや本人にもどうにもならない本能のレベルで癖として反応が染みついているとしか思えない。

「……やはり、これはタツヤ様とマコト様に最初からリアルタイムでご覧いただくべきだったかもしれませんね」

お通夜のような空気で弁当を食す宏達を見て、割と深刻そうな表情でそんな結論を出すローリエ。

言うまでもないことだが、ローリエ本人には、男女交際の経験などない。が、今の体を得てローリエとして新生する際、世界樹を通してそのあたりのデータは知識として得ている。それも、フェアクロ世界だけでなく、地球のものもだ。

そのデータと照らし合わせると、宏達のポンコツぶりは、その原因も含めてなかなか深刻な状況にあると断言できてしまう。

「マコト様はともかく、タツヤ様がお仕事なのは少々痛手でしたね、これは……」

最後までお通夜のような空気が払拭《ふっしょく》されないまま昼食を終える宏達を見て、なんとかして対策を取らねばと頭をフル回転させるローリエ。

結局、最終的に達也と真琴の端末にダイジェストとフルバージョンでの映像データを送り込み、合間を見て確認してもらうことで可能な限り迅速に対処してもらう、という手段を取りながら監視と日常業務を続けるローリエであった。

☆

「……海！」

目の前に広がる水平線に、澪が珍しく妙に気合いの入った声を上げる。

昼食を終えた宏達は、デートの仕切り直しに神の城の外側にある海岸へと遊びに来ていた。

「あっちのほう、設定した覚えのない島とかできとんなあ」

「というか、城の敷地内とダンジョン以外、ほとんど手をつけてなかったよね、確か」

「せやなあ」

意外と複雑な海岸線を見渡し、人間の視力では捉えられない水平線の向こうの地形なども確認した宏と春菜が、順調に育っている神の城の外側の世界を確認して頷きあう。

完全な球体になるまではまだまだ年月がかかりそうだが、広がった先にじわじわと大陸ができつつはある。

このまま順調に百年ほど経《た》てば、一つ二つは大陸が完成するであろう。

さすがに完全な球体になり、宇宙が成立するまでとなると千年ぐらい必要そうだが、それでも地球ができてから陸上生物が発生するまでのタイムスケールと比較すると、あっという間だと言える時間である。

余談ながら、亜空間に引っ込んでどこの世界にも顕現していない状態で神の城から見える空に関しては、太陽や月は本物だが星空は現時点では全部、ただの幻像である。

それらの一部が実体となった時点で、神の城の外部空間は新たな世界として完全に成立するのだが、神の城という基点がなければ千年でそこまでは到達しない。

「それで、どないする？」

「師匠、春姉。せっかくだから、足だけでも海に入りたい」

「波打ち際でちょっと水遊びするぐらいはしてもいいかも」

宏に話を振られ、真っ先に澪が要望を口にする。なんだかんだいって、海水浴はまだ一度しかしていないのだから、たとえ足首だけであっても、海に入れる機会があるなら入りたいのだ。

そんな澪の要望に春菜が、それも楽しそうだ、という感じで頷く。エアリスとアルチェムも特に異存はないようで、すでに水遊びのために靴を脱ぎ始めている。

「ほな、ベースとして海の家でも用意したほうがええか」

「師匠、師匠。今から建設するの？」

「倉庫から出せば材木とかは十分あるから、そのつもりやけど」

「ヒロシ様。今日はできるだけそういう規模が大きめのものは……」

「せやなあ。ほな、コアの機能で海の家設置、でええか」

エアリスに窘《たしな》められ、あっさり方針を変更する宏。

その様子にほっとしつつ、思わず罪悪感を抱くエアリス。

正直、こういう部分を縛るからデートが上手くいっていないのではないか、と思わなくはないのだが、そこを縛らねばいつもと同じになってしまう。

そんなジレンマに悩むエアリスの目の前で、海の家としては比較的立派なものが一瞬で設置される。

「今日は水着はなしやけど、このぐらいの設備がある海の家は建てといてもええやろ」

「そうだね。今年は無理でも、来年とか再来年とかにちゃんと海水浴しに来れるかもしれないし」

「来年は澪が受験やから、ちょっと厳しいんちゃうか？」

そんなことを言いながら、海の家の冷蔵庫に持ってきていたジュースやお茶を入れて冷やし始める宏と春菜。

草原はそれほどでもなかったのだが、海岸は結構暑い。なので、よく冷えた飲み物があるに越したことはないのだ。

「で、水遊びやねんけど、僕はちょっと嫌な予感するから、かき氷の準備でもしながらここで見とくわ」

「……嫌な予感？」

「何っちゅうかこう、な。至近距離やと、アルチェムが怖い」

宏の言葉に、当のアルチェムを含めた全員が納得する。

幸いにして、本日の服装は少々水に濡《ぬ》れたぐらいでエロいことになる素材でもデザインでもないが、それでもアルチェムの盛大なエロトラブル的自爆に巻き込まれるとどうなるか分からない。

その際、宏が近くにいると、遠くで様子を見ているケースよりはるかに悲惨な結果になることは間違いない。

宏が交ざっていなければ単にずぶ濡れになって若干ヤバい感じに服が乱れる程度で済むのが、宏が交ざると全員派手に濡《ぬ》れた状態で服が脱げ、下着など致命的なものが流されて回収不能、という結果になるぐらいにはひどくなる。

場合によってはもっとえらいことになる可能性もあり、そうなると春菜達のほうもどんな態度でいればいいのか分からなくなる。

すでに大方完治して、単なる女性に対してヘタレなだけの状態に近い現在の宏なら、これまでほど派手に怯えることはなかろう。

が、たとえヘタレでなくとも対応に困って取り乱しそうになるであろう状況ではある。

それで問題になるような間柄でもないが、いろんな意味でまだ早いのも間違いない。

「そういうわけやから、あんまり体冷やさん範囲で遊んでき」

「うん。ちょっと遊んできたら、かき氷食べて今度はボートか何かで沖のほうに出ない？」

「せやな。それやったらアルチェム的な意味で転覆が怖いし、動力付きのそこそこちゃんとしたやつのほうがええな。あっちに桟橋設置して、適当な船出しとくわ」

「了解」

宏の言葉に頷き、海の家の備品からサンダルを人数分借りて波打ち際に向かう春菜。途中で澪達にもサンダルを渡し、みんなで小走りに海へと突撃する。

その様子を見守りながら、かき氷の準備を進めていく宏。といっても、かき氷機にセットするための氷以外は、全てありものの流用ではあるが。

「定番は、イチゴにメロンにマンゴー、レモン、ブルーハワイ、みぞれ、餡子《あんこ》、抹茶、練乳っちゅうところか？」

倉庫の中を漁《あさ》り、かき氷のシロップやトッピングを用意していく宏。

基本的にこれらのシロップは、ほとんどが国民的かき氷系アイスバーを再現した際についでに作ったもので、香料と着色料以外は全て同じという、由緒正しい庶民的なかき氷シロップである。ちゃんと果汁その他を使って本物志向で作ったシロップもあるにはあるのだが、海の家で食べるならこれだろうということで、あえて安っぽいほうにしているのだ。

おかげで高級素材を使わざるをえなかった小豆や練乳との落差はすさまじいことになっているのだが、ここまで極端ではないだけで、現実のかき氷でも往々にして起こっていることなので気にしてはいけない。

特に餡子に関しては、小規模な和菓子屋のかき氷だと市販のシロップに自家製の餡子で金時系を作っていることも多いため、レベルの差がすごいことになっているケースはいくらでもある。

「……なんぞ起こるとしたら、そろそろか？」

楽しそうに波打ち際できゃあきゃあとはしゃいでいる春菜達を見るとはなしに眺めながら、試運転で作ったブルーハワイのかき氷をつつきつつそんなことを呟く宏。楽しそうな春菜達に文字どおり水を差すことになりそうだが、最初からそのリスクを踏まえて遊んでいるので、盛り下がることだけはないだろう。

などと余計なことを考えたのが悪かったか、目の前で澪とエアリスが急に大きく引いた波で砂に足を取られてバランスを崩し、春菜とアルチェムに勢いよくぶつかる。

どうにか踏みとどまった二人に追い打ちをかけるように、今まで静かだった海が突如大波を春菜達に叩《たた》きつける。

威力的には体を持っていかれるほどではないが、澪やエアリスを受け止めた結果、バランスを取り直すために頭が下がった体勢になっていた春菜とアルチェムは、もろに頭上から波を食らってしまう。

さすがにその体勢で頭から大波を食らえば立っていることなどできず、四人揃《そろ》ってずぶ濡れになりながら砂浜につんのめる。

波が引いた後には、なかなか見事な格好になった春菜達が残されていた。

「……一緒になって遊んでなくて、よかったで……」

距離があるため詳細が分からないながらも、巻き込まれなかったことを人知を超えた何かに感謝しつつ、バスタオルや服の洗濯その他が終わるまでの着替えを準備する宏。

その間にも見事にやっちゃった状況に楽しそうに笑いつつ、春菜達はせっせと最低限の身づくろいをする。

因《ちな》みに、一番派手に服が乱れたアルチェムと澪は、少なくともゴールデンタイムにモザイクなしで放送するのは不可能と断言できるぐらいには、しっかりとポロリしていた。

一番被害が少なかったエアリスはブラの肩ひもが見えた程度、春菜はそれにプラスして胸の谷間と右胸のカップの上の縁から二センチ程度が露出する、といった乱れ方をしている。

使われている生地が透けるものではなく、また煽情《せんじょう》的ではなく芸術方面に振られているとはいえ、デザイン的に最初から結構きっちり綺麗に体のラインが出る服だったため、幸いにしてずぶ濡れになったからといって大した影響はない。きちっと服を整え直せば、派手に濡れたなと笑い話で済ませられる程度である。

が、それでもさすがに潮水なのでちゃんと洗って手入れして乾燥させなければ、あとからいろいろ問題が出てくる。

それは春菜達の体についても同じなので、身づくろいが終わると水遊びを切り上げ、四人揃って海の家まで駆け戻ってきた。

「派手にやったなあ」

「うん。油断はしてなかったんだけどね」

「シャワーの準備はできとるから、体洗ってき。服はローリエに任せとけば、十分もあればなんとかしてくれるから」

「うん」

宏に促され、シャワーブースへと消える春菜。

その後を追って、他の三人も移動する。

『そういうわけやから、春菜さんらの服、なんとかしたって』

『お任せください。十分といわず、五分以内に新品同然に復元してみせます』

宏に頼まれ、胸を張ってそう断言するローリエ。

管理者として宏の権能の一部を使える彼女にとって、神様的な意味で特殊な素材を使っていない服を新品同然にするぐらい造作もない。

そもそもの話、デザインはともかく使っている素材や技術だけを言うなら、本日春菜達が着ている服は日本製ゆえにドールサーバントでも作れるものだ。

というのも、魔力その他が絡まない、純粋な縫製や紡織《ぼうしょく》の技術自体は平均的に見れば日本のほうがはるかに優れているとはいえ、道具とスキルがなければ針すら通らない布、などというものはさすがに日本には、というか地球にはない。特殊な針でなければ縫えない布はあっても、その針さえあれば縫うだけなら素人でもできるのだ。

　そして、魔力が絡まない作業なら、神の城のドールサーバントはどれだけ複雑で難しい作業でも再現可能である。

　もっとも、このあたりのことは、宏が職人から創造神へと神化した影響が強く出ている部分なので、同じように創造神が作ったドールサーバントでも研究者畑だったり魔法使い出身だったりする場合は、こうはいかない。

　その代わり、宏がいまいち得意ではない分野はそういうタイプの人間の独壇場なので、どんな前歴の創造神が優れているかは一概に言えないのだが。

　なお、五分というのは過去の実績から割り出した、春菜がシャワーを浴びて体をきっちり拭《ぬぐ》い、髪を乾かし終えるまでの最短時間である。

　無論、権能を使えば一瞬で終わるのだが、十分ほどでローリエがなんとかする、という話が出ているのにそんな無駄なことはしない。

　無駄なことはしないが、今回のようにシャワーで潮を落とすだけというような場合は、春菜の入浴時間はびっくりするほど短くなる傾向がある。

　こればかりは身についた習慣のようなものらしく、ゆっくりしてもいいと言われても無意識に手早く終わらせてしまうらしい。

　だったら宏がその場で服を元に戻せばいいのでは、と言われそうだが、洗濯機に放り込む以外のことで身近な女性が直前まで着ていた服に手を出せるようなら、先ほどのキャッキャウフフを遠巻きに眺める、なんて寂しいことはしていない。

　では春菜はというと、まだまだこのあたりのコントロールは微妙に怪しく、今回のケースで下手に手を出すと服になる前まで巻き戻しかねないので、最初から自力でなんとかする発想はない。

　その気になればほぼ何でもできるというのに、この程度のことができないところがこの二人らしいと言えばいえるだろう。

「ちょっとあったかいもんを何か……。せやなあ、ミルクセーキでも用意して、かき氷は小さいカップでええか」

　そう言いながら、海の家のガスコンロに鍋をセットして湯を沸かし、ミルクセーキを湯《ゆ》煎《せん》で温め始める宏。

　ミルクセーキが熱すぎない程度にいい感じに温まったところで、ローリエからの連絡と共に服が戻ってくる。

　さらに数分後、予想どおり年頃の女性としてはかなり早く着替えを終えた春菜が、シャワーブースから出てきた。

「いくらお湯のシャワー浴びたっちゅうても、何やかんやで体冷えとるやろうから、ミルクセーキあったためといたで」

「あ、うん。ありがとう」

「かき氷は、それ飲んでちょっと落ち着いてからやな」

「そうだね」

　宏の言葉に頷きながら、温かいミルクセーキに口をつける春菜。優しい甘さとちょうどよい温かさがじんわりと広がり、なんとなく気持ちがほっとする。

先ほどまで高かったテンションは完全に落ち着いてしまったが、春菜的には盛り下がったというよりあるべき姿にたどり着いたという印象だ。

「で、春菜さんはかき氷は何味がええ？」

「イチゴミルクかな」

「了解や」

ミルクセーキを飲み終わるのを待って春菜のリクエストを聞き、かき氷機を動かしてガリガリと氷を削っていく宏。ほどなくして、小さめの皿にこんもりとかき氷の山が出来上がる。

そこにチープな赤色のシロップを適量かけ、練乳を垂らしてスプーンを添え、春菜に手渡す。

「ほい」

「ありがとう」

宏からかき氷を受け取り、早速スプーンを氷の山に突っ込もうとしたところで、澪とエアリスがほぼ同時に出てきた。

「あっ、かき氷」

「あったかいミルクセーキあるから、先それ飲んでからにしよか」

「ん」

早速かき氷に食いつく澪に対し、ミルクセーキの存在で牽制《けんせい》する宏。

宏の言葉に頷き、今飲むのに適温のミルクセーキを受け取ってちびちびと飲み始める澪。

澪にならって同じようにミルクセーキを飲んでいたエアリスが、ほっと一つため息をつく。

「女の子の風呂とかシャワーは時間かかるもんやけど、それ踏まえてもなんかアルチェム遅いなあ」

「アルチェムさんは、髪の毛にいろんなものが派手に絡んでしまっていまして、今、一生懸命洗い流しておられます」

「なるほど。まあ、ちゃんとは見てへんかったけど、アルチェムは派手に食らってた感じやからなあ」

「ボク、巻き添え食らって、アルチェムとお揃いって感じで前がフルオープンになった。よくボタン飛ばなかったと思う」

「そういう情報はええから」

「ブラまで外れたのは、フロントホックが敗因だと思う」

「そういう情報は要らん、っちゅうてるやろ？」

しつこくポロリ情報をぶつけてくる澪にジト目で突っ込みながら、再びかき氷機の前でスタンバイする宏。

「で、自分らは何にする？」

「ボクはマンゴーミルク」

「そうですね……。みぞれをいただいてもよろしいでしょうか？」

「了解や。にしても、エルはまた渋いとこ突くなあ」

「少量なので、シンプルなものがいいかな、と思いまして」

珍しいところを突いてくる、などと妙なことに感心している宏に、小さく微笑《ほほえ》みながらそんな答えを返すエアリス。かき氷に限らず、エアリスは妙に渋い好みを見せることが多々ある。

「ほい、おまたせ」

「ありがとうございます」

「ん、マンゴーミルク美味しそう」

「つちゅうたかて、練乳はともかくシロップはぶっちゃけ、色と匂いがちゃうだけの砂糖水みたいなもんやからなあ。見た目とちごてものすごいチープな味わいになっとるはずやで」

「海の家のかき氷は、それが風情」

宏の余計な一言に、最初からそういうものだと分かっている澪が妙に力強くそう反論し、表情を動かさず実に美味しそうにマンゴーミルクのかき氷を味わう。

その隣では、エアリスがどことなく幸せそうに目を細めながら、頭が痛くならないように量を加減しつつみぞれを食べている。

「しかしこう、毎度のことながら無色透明に近いみぞれシロップは、かかってんのかどうか見てもよう分からへんなあ」

「かけた直後は表面が解けるからまだ分かるんだけど、時間経つと自然に解けたのかシロップがかかって解けたのか分からなくなるよね」

量が減ってきて単に氷水にしか見えなくなってきたエアリスのかき氷を見ながら、そんなどうでもいいことを口にする宏と春菜。

そのあまりのどうでもよさに苦笑しつつ、ほぼ単なる砂糖水になってきた残りのかき氷を飲み干すエアリス。

エアリスが器を置いたところで、ようやくアルチェムがシャワーを終えて出てくる。

「お待たせしました」

「おつかれさん。ミルクセーキ飲んで一息入れ」

「はい、ありがとうございます」

春菜達同様に適温に温められたミルクセーキを飲んで一息つき、少しまったりするアルチェム。

「で、今のうちにかき氷用意しとくけど、アルチェムは何がええ？」

「えっと、確か宇治金時でしたっけ？　緑茶と小豆が乗ったものを食べてみたいです」

「ほいほい。せっかくやからミルク宇治金時にするか？」

「そうですね、お願いしてよろしいですか？」

「おう」

アルチェムの注文に応え、氷をがりがり削って抹茶シロップをかけ、手早く餡子と練乳をトッピングする宏。その手際は、かき氷屋をやれる領域に達している。

もっとも、今時の日本では、夏場でもこんなチープなかき氷一本で勝負するのは不可能だろうが。

「ところで、宏君のかき氷は？」

「自分らが水遊びしとる間に、機械の試運転で作ったやつ食べたで」

「何味？」

「誰も選ばん予感があったブルーハワイやな」

「ああ、確かに、誰も選ばなそうだよね」

春菜に問われ、自分の選択を告げる宏。宏の答えに、思わず納得する春菜。

正直な話、青という微妙な色に加えて名前からもどんな味かよく分からないブルーハワイは、子供の頃はまだしもそれなりにいい年になった今では、どうにも選択肢に上らない感じである。

これが、同じ青でもソーダ味といわれると全く気にせず選択肢に入れるのだから、人間というのは身勝手なものだ。

「結果的に、定番のはずのメロンとレモンがあぶれたわけやけど」

「人数的に、かぶりがなくても誰も選ばないものは出てくるから、しょうがないよ」

「まあ僕がひねくれたっちゅうんもあるけど、エルがまさかのみぞれやったからなあ。普通にあぶれそうなやつが両方選ばれるっちゅう珍事が発生したわけや」

「因みにボク、メロンミルクとマンゴーミルクでちょっと迷った」

「私はハルナ様が食べていた分量を見た時点で、みぞれ以外の選択肢はありませんでした」

「量が多かったら、別のん選んどったん？」

「多分、メロンかレモン、もしくはミルク金時を考えていたかな、と」

エアリスが挙げた選択肢に、やはり王道はそうだよなあ、みたいな感じで頷く一同。

余談ながら、この会話に口をはさんでいないアルチェムは、食べる量の加減を間違えて頭痛に襲われ、目をぎゅっと閉じて痛みをやり過ごしていたりする。

「それで、このあとどないする？」

「ボートとかクルーザーで沖に出るのも楽しそうだけど、そういうのは宏君が水着ＯＫになってからにしよっか」

「ん。シュノーケリングとかもしたいから、今回は見送りでいいと思う」

「ほな、船以外で何したいとかあるか？」

「そういえば先ほど、いろんな種類の貝を結構見ました」

「だったら、潮干狩りとかで貝を集めて、潮汁《うしおじる》作る？」

「それは素敵ですね」

ボートを避ける、となったときにエアリスが浜辺の生き物に言及し、春菜が海での醍醐味《だいごみ》の一つを提案する。

その提案に目を輝かせて即座にエアリスが食いつき、他のメンバーも首を縦に振ってＯＫを出す。

こうして、浜辺でとれる海産物を集めて料理し、ちょっと早い夕食をみんなで食べて終わりにする、ということで話がついたのだが……。

「これが砂上の楼閣っちゅうやつやな」

「師匠、焚《た》きつけておいてなんだけど、ちょっとやりすぎだと思う」

「というか、ヒロシさん。波が直撃してもびくともしない砂の城って、砂上の楼閣という表現には合わないんじゃないでしょうか……」

「そもそも、よく砂の量が足りたよね、これ」

「そうですね。それに、このお城は素敵なのですが、砂という素材だと中に入るのも躊躇《ためら》われますね」

途中で澪に焚きつけられて砂の城を作った宏が、その鉄筋コンクリートでも埋め込んでるんじゃないかというレベルの頑丈さと普通に生活できそうな規模のものを完成させてドヤ顔をし、全員から総突っ込みを受けるのであった。

☆

そしてその日の夜。

「全員、正座」

ローリエからこの日のデート映像を見せられた達也と真琴が、愛の説教部屋ということで宏達を呼び出してダメ出しを行っていた。

「なんで正座なのかは、分かってるよな？」

「うん……。さすがに、これをデートと言い張れるほど、私達の心は強くないから……」

今日一日を振り返り、思わずがくりとしていたところに達也と真琴から呼び出しを受け、正直に自分でも駄目だと思っていることを告げる春菜。

そんな春菜の自己申告に頷き、ダメ出しポイントを逐一潰《つぶ》していく達也と真琴。

「まず草原ピクニックだが、膝枕が不発なのはしょうがないにしても、その前のノープランぶりはいただけない。ネタを振ったのは澪なんだから、せめてそのあたりはもうちょっとなにかしらの計画を立てておくべきだったな」

「ん、反省してる」

「海に関しては、割とがんばっていたとは思うわ。ただ、せっかく波打ち際でキャッキャウフフしてるっていうのに、宏が逃げちゃったのもそれを許しちゃったのもマイナスね」

「楽しくはあったのですが、後から考えれば今回の趣旨的にそれはどうなのか、というのは反省しております」

「何よりアウトなのが、途中でサンドアートを焚きつけた澪と無駄に城作ったヒロだ」

「潮汁に全力出すならまだしも、一人遊び的な砂の城で本気出してどうすんのよ」

「「ごめんなさい……」」

自分でも駄目だったんじゃないか、と思ったところをきっちり叩かれ、がくりとする宏達。

「とまあ、一般的な価値観からダメ出しはしたが、そもそも根本的な部分で間違ってたんじゃねえか、と思わなくもないんだよなあ、実際」

「そうねえ。そもそも、デートって言ったところで、基本的には楽しく遊ぶだけなんだから、無理に型にはめたり普段やってることを排除したりっていうこと自体が駄目だったんじゃないかって思うのよね」

「もっと言えば、一対四のハーレム状態でデートなんて、俺らだってどうやればいいかアドバイスのしようがねえ部分だしなあ」

「なのよねえ」

一応一通りのツッコミとダメ出しを終えたところで、前言をあっさり翻してそんなことを言い出す達也と真琴。

今回に関しては、ダメ出しすべきは実は、最初の草原の時に採取に走らなかったことなのでは、などと思わなくもないのだ。

もっと言うならば、デートということで身構えすぎたことと、揃いも揃って野外での一般的な遊びをよく知らない、というのが最大の問題だったのではないか、というところである。

そもそも体を使う系のものは、どう考えても大惨事につながる未来しか見えない。

さすがにこうなってくると、交際人数は片手の指が余る程度とはいえデート経験自体は豊富な達也でも、アドバイスをするのは難しい。

「ただまあ、デートのイロハ、みたいなのは知っておいても損はないでしょうし、いきなりぶっつけ本番でデートしようとしたことも駄目だったところかもしれないから、達也と詩織《しおり》さんが今度手本見せてあげる、ってのはどう？」

「お前さんがレクチャーするんじゃ、駄目なのか？」

「今現在相手がいないのに、どんな説明しても説得力なんてないわよ。それに、いくら男が欲しいと思ってなくてもさすがにそれは空《むな》しすぎてねえ……」

真琴の意見に、ふむ、という感じで頷く達也。とはいえ、宏が日本の繁華街レベルの混雑はまだ厳しいことを考えると、デートといっても限度はある。

そのあたりをどうするかとか、近いところでいつ自分達の時間が空いているかとか、そういったことを考えているうちに、ふとエアリスとアルチェムがいつまで地球に滞在するのかという疑問にぶつかる達也。

早めに潰しておくべき問題でもあるため、素直にそのあたりを確認する。

「ところで、エル達は帰る目途が立ったのか？」

「一応手段のほうは構築したで。ちょっと準備はいるけど、明日でもやろうと思えばどうにかはなるわ」

「そうか。だったら、見本見せるってのは向こうでのエル達の仕事その他が落ち着いてから、ウルスで一組ずつ合同デート、みたいな形でやるか？」

「そうですね。私はともかく、エル様のことを考えるとそれがよさそうです」

「アルチェムさんも、他人事《ひとごと》というわけではありませんよ？」

「あ～、そうですね……」

帰還の話が出たところで、エアリスとアルチェムがどことなくブルーな表情を見せる。

どうやら、もはや帰りたくないレベルで向こうでの仕事が積み上がっているようだ。

「もうじき夏休みも終わるからヒロ達も時間取れなくなるだろうし、全員が落ち着いてからになるだろうな」

「そうね。それに、送り返すのはできても、行き来できるようになるわけじゃないんでしょ？」

「せやな。さすがに、そっちは研究してへん」

「だったら、どっちにしても先の話になるから、空間の状態が落ち着いて全員の体が空くまで、今回分かった問題点をどうカバーするかじっくり考えればいいと思うわ」

真琴の言葉に、神妙な顔で頷く一同。

結局、翌日にはあれだけ荒れていた空間がピタッと凪《な》ぎ、普通の方法で帰還することになるエアリスとアルチェムであった。

# 第52話　悪ふざけで食べ物をダメにするのは、ボクの目が黒いうちは絶対許さない

「ねえ、澪《みお》ちゃん。澪ちゃんって、料理得意なんだよね？」

　エアリス達が多忙で、合同デートの日程の目途も立たぬまま迎えた新学期。宿題の提出ラッシュが多少落ち着いたある日のこと。

　いつもの時間に登校してきた澪に対し、挨拶もそこそこに凛《りん》がそんなことを言ってきた。

「……深雪姉《みゆきねえ》よりは上手《うま》いけど、得意というほどじゃない」

「深雪《みゆき》先輩って、結構料理上手だって聞いたけど……」

「得意というなら、唐突に渡された正体不明の食材と冷蔵庫の中のあり合わせだけで、手早く一食分のおかずを用意できないとだめ」

「……それ、中学生に適用するような基準じゃないと思う……」

　澪の恐ろしい基準に慄《おのの》き、思わずそう突っ込みを入れる凛。

　澪が出してきた基準を満たすには、技量だけでなく知識と経験もプロ級のものが必要となる。特に正体不明の食材を扱うとなると、どれだけ幅広い食材に触れてきたかの勝負になってくるだろう。よほど特殊な事情でもない限り、中学生にはどう逆立ちしても不可能だと断言していい。

　もっとも、そんなことを考えつつも、澪ならできても驚きには値しない、などと思っている凛。

　ぶっちゃけた話、凛の中で澪は、人間ではなく水橋《みずはし》澪という生き物なので、同じ中学生というカテゴリーには入っていなかったりする。

「で、朝からいきなり、何？」

「えっとね、もうじき調理実習なんだけど、澪ちゃんに協力してもらいたいかな、って」

「心配しなくても、ボクと凛は基本同じ班になると思う」

「うん、まあ、そうなんだけど」

協力も何もと言わんばかりの澪の言葉に、ちょっと回りくどかったかと反省する凛。

恐らく凛の言いたいことなど分かっていての反応だろう、という予測はできているが、澪は時折、こういうやり取りで妙に慎重になることがある。

「林間学校のこともあるから、あたしに料理教えてほしいの」

「ん、了解」

凛のお願いに、あっさり頷《うなず》く澪。

それを聞いて、思わずほっとする凛。

「よかった。うち、お母さんもあんまり料理が得意じゃないから、教えてもらおうにもちょっとね～」

「去年の調理実習はどうしてた？」

「去年は自分達で一から作ったのは卵焼きや野菜サラダみたいな簡単なものと味《み》噌《そ》汁《しる》ぐらいで、あとは学校が用意したハンバーグを焼いただけだったからどうとでもなったって感じなんだ」

「なるほど」

凛の説明に、納得したように頷く澪。

余談ながら、去年は澪は調理実習に参加していない。経過観察のための精密検査が調理実習のある日にばかり重なり、結局一度も参加できなかったのだ。

なお、今年は家庭科室が老朽化による設備更新のため、一学期の大部分が使用不可能だった。そのため、各学年の調理実習は二学期と三学期に一気に行う形でカリキュラムが調整されている。

「別に料理教えるのは問題ないけど、林間のことがあるって、何？」

「林間では二日間の夕食が全部自炊なんだって。だから、料理練習しとかないとひどい目にあいそうで……」

「入院生活が長いから林間とかキャンプとか行ったことないけど、そういうので作る料理なんてカレーとかその程度だから、そこまで気合い入れて練習しなくても作れるはず」

「だといいんだけど、去年の調理実習を見たうえで、自分のこれまでの失敗の実績とか踏まえるとものすごく不安」

「……いったい、去年何が……」

凛の言葉に、無表情のままジト汗を浮かべながら慄《おのの》く澪。

言っては何だが、サラダと卵焼きと味噌汁は料理の基本であり、カレーはそれらを若干発展させた程度のものだ。それで不安を覚えるなど、不自然な気がする。

「……凛、とりあえず確認」

「どうぞ」

「レタスとトマトだけのサラダは、大丈夫？」

「さすがにそれは、と言いたいところだけど、たまにトマトが上手く切れないんだ」

「それは包丁に問題ある可能性もあるから、ちょっと横に」

「そうなんだ」

「ん。包丁の刃が鈍《なま》ってると、トマトみたいな柔らかいものはちゃんと切れない」

「へ〜」

　澪の解説に、感心したように頷く凛。他にも去年同じクラスだった生徒が、同じように澪の説明を聞いて感心している。

「次。キャベツの千切りは大丈夫？」

「すごく苦手」

「ん。人参《にんじん》とかジャガイモの皮むきはピーラーでなんとかするとして、そのあたりを切るのは？」

「カッコ悪くなっても気にしないなら、なんとか」

「ん」

　それだけの質問で、時々料理をすることがなくもない、というレベルだと大体のあたりをつける澪。

　聞く限りでは、少なくとも包丁関連で大惨事を起こしたことがあるわけではないらしい。

　もっとも、包丁関連で大惨事を起こしたのであれば高確率でどこかにその痕跡が残るだろうから、凛の体に傷跡その他がなく病院に担ぎ込まれたという話もなかった以上、極めて低い可能性ではあるのだが。

「じゃあ、次。炊飯器でご飯炊いたことは？」

「一応あるよ。心配しなくても、さすがにお米を洗剤で洗うとかはしないから」

「卵焼き、作れる？」

「十回やって一回は焦がしたり巻くの失敗したりするけど、全然できないわけじゃ」

「味噌汁作るときに、味噌入れてから沸騰させたりとかはしてない？」

「えっ？　それ駄目なの？」

「ん。食べられなくなる種類のものじゃないけど、推奨はしない」

　質問を聞いて驚く凛に対して、家庭科の授業でやってたはずなのに、などとある種の不安を覚える澪。

　その不安を確認すべく、最後に一番重要な質問をする。

「凛、料理するとき、ちゃんとレシピどおりにやってる？」

「やってるよ～。調味料の分量とかはちょっといい加減だけど、でも計量スプーンでちゃんと量ってはいるし」

「……だったら、なんで大惨事？」

「調理実習とかだとね、調味料をよく取り違えたりするんだ……」

　凛の言葉に、味覚的な意味での大惨事だと理解する澪。もっとも、そもそもの話、正体が分からない調味料を味見もせずに使えば、当然の結末だと言えなくもない。

「他にも、男子が卵焼きに使うとは思えないほどの量の油を投入した挙句に、ふざけて中華の鉄人の真似して油に引火させて、パニック起こした如月《きさらぎ》さんが危うくフライパンに水を投入しそうになったりとか、もうね……」

「包丁とか火を扱う場で、そんな悪ふざけをすること自体論外」

「だよね……」

澪の言葉に、気まずそうに目を逸《そ》らすクラスメイト数名。男子だけでなく女子も交ざっているあたり、いろいろと難儀な話である。

割とそういう常識的な言葉からかけ離れた言動も多い澪から正論をぶつけられるのは、はっきり言って痛いどころの話ではない。

因《ちな》みに、去年のクラスでクラス委員だった如月千歳《ちとせ》は、今年は違うクラスである。他にも幾人か比較的仲の良かった人間が違うクラスに移っている。

「凛」

「何？」

「さすがにボク、クラスメイト全員の面倒見る気はない」

「ああ、うん。そうだよね」

クラスメイトの様子や態度を見て、先手を打って釘《くぎ》を刺す澪。そんな澪に同意し、周囲をジト目で見る凛。

「それにしても、林間学校って普通なんとなく夏休み前のような気がするけど、どうして十月？」

「毎年使わせてもらってる施設の改修工事が、予定よりだいぶ長引いちゃったんだって。他の学校はさっさと見切りつけて別の施設を利用したらしいんだけど、うちの学校は競争に負けていい時期の予約を取れなかったみたいで」

「なるほど」

凛の説明に、納得したように頷く澪。

実のところ、この件についてはちゃんと全校集会で連絡があったのだが、澪は月のもので体調を崩して休んでいたため、事情を知らなかったのだ。

なお、特に触れなかったが、深雪の修学旅行は五月の連休明けに終わっている。どこの観光地でも売っている類《たぐい》の、パッケージが違うだけで生産元と中身は同じ、というお菓子類をわざとお土産に買ってくるというネタに走ったこともあり、特に話題にもならなかったのである。

「いつ教える？　あと、どこで教える？」

「いつ、っていうのは澪ちゃんの都合でいいよ。どこ、はあたしか澪ちゃんの家？」

「ん、了解」

凛の言葉に頷き、どうするかを考える澪。

正直なところ、澪は宏《ひろし》達と違い、基本的に平日の放課後は割と暇だ。未来《みらい》から撮影の仕事が来ることもあるが、それも言われた日でなければだめ、ということはまずない。

なので、今日の放課後いきなりでも全く問題はないのだが、材料の準備や保護者の許可の問題もあるため、そのあたりも踏まえて日程を決める必要がある。

「……一応、別に今日学校終わってからでもいいけど、後々のことも考えて凛の家でやりたいから、まずは明日か明後日で」

「分かったよ。ちょっと、それでお母さんに話しておくね」

「ん。一回目のメニューは、割と初心者向けかつ応用がききやすいハンバーグで。材料は学校帰りに調達」

「ＯＫ」

澪の提案に頷いて、端末を操作して母親に連絡を入れる凛。

余談ながら、潮見《しおみ》第二中学では、帰り道に商店街やスーパー安食屋《あじきや》で買い物をするぐらいのことは許可されている。共働きが多くて学校帰りに買い物をしたい生徒が多いため、できればこれぐらいは目をつぶってほしいという意見が多かったのだ。

商店街で店をやっている家の子供も多く、また、半数以上の生徒が帰宅方向的に多少の回り道で商店街もしくは安食屋に寄れることも、ついでなのでわざわざ禁止しなくてもいいだろうという判断に傾いた理由となっている。

何よりこのエリアはやたら地域の大人の目が光っており、生徒が悪さをすればすぐ学校や警察、保護者に連絡が入るのだ。生徒のほうもそれが分かっているので、相当やんちゃな悪ガキでも、下校中にわざわざこのエリアで悪いことはしない。

結局のところ、その程度にはしつけが行き届いており、地域の治安や人間関係も安定している、ということである。

なお、帰宅方向が反対向きの生徒はどうしているかというと、校区割りの都合上、そういう生徒は他のスーパーやコンビニにたどり着く前に自宅へ帰りつくので、普通に着替えて自転車で買い物や遊びに出ている。

このあたりの校則や事情に関しては、潮見第一中学や第三中学も大体同じである。

「一回目ってことは、また教えてくれるの？」

「ん。凛の時間と予算の都合次第だけど、野菜炒めや唐揚《からあ》げ、シチュー、肉じゃが、生姜焼《しょうがや》き、菜っ葉の煮物なんかの定番は全部仕込む」

「いいの？」

「ん」

凛の問いかけに頷く澪。料理を教えるというのだから、そこまでやらなければ意味がない。

「それにしても、ずっと入院してたのに、澪ちゃんはいつどこで料理覚えたの？」

「基本はＶＲのネトゲで。そのあとリハビリの一環として、お母さんとか春姉《はるねえ》に教えてもらいながら、実際に料理を練習した」

「なるほど」

澪の説明で疑問が解消したようで、凛が感心しながら頷く。

ＶＲ技術全盛とも言われている昨今、その手の練習をネットゲームでやって上達したという話は珍しくもないが、凛がその実例と身近に接したのはこれが初めてだったりする。

「なんだったら、凛もゲームで練習するっていう手もある」

「魅力的だけど、勉強そっちのけで遊んじゃいそうだから、親の許可が下りないかも」

「接続時間の上限は四時間だから、普通は大丈夫」

「接続時間はそうでも、ゲームできない時間に情報サイトとか見て時間潰《つぶ》しちゃいそうなのがね〜」

「……確かに」

自虐の入った凛の言葉に、それはあるかもと頷く澪。遊びたい盛りの中学生が、ゲームを前に我慢できないのはある程度仕方がないことであろう。

「やるやらないはどっちでもいいけど、やるにしてもリアルで実物触って練習しないと分からないことも多いから、ゲームだけでは限界がある」

「やっぱりそういうもの？」

「ん、そういうもの」

などと話しているうちに、担任の池上《いけがみ》先生が入ってくる。それを見て、すぐに着席するクラスメイト達。

そのまま出欠確認のみで特に連絡事項のないホームルームから一時限目へと進み、退屈ではないが面白いとも言いがたい授業が始まる。

そんなこんなで中学生のルーチンワークに埋没し、休み時間に凛の母から今日すぐに教えてほしいと言われるまで、料理を教えることはいったん頭の片隅に追いやる澪であった。

☆

「それで、今日話をして今日教える流れになったんだ」

「ん。相手のお母さんがやけに乗り気で、材料用意しとくから今日お願い、って」

その日の夜。『フェアクロ』のゲーム内。

澪がいつもより遅くにログインしてきたことをきっかけに、春菜《はるな》達は澪の学校でのあれこれについて駄弁《だべ》っていた。

因みに、現在はグランドクエストの終章手前まで進んでおり、ストーリーの内容的にそろそろボスラッシュということで、今日は神器装備の育成もかねて煉獄《れんごく》で素材集めをしている。

なお、ゲーム内なので全員アバターで、会話もロールプレイしている。

「それで、ミオンちゃんのお友達って、どんな感じだった？」

アークデーモンを雑に切り捨てながら春菜が話を振り、澪が達也《たつや》の隣に湧いたケルベロスを瞬殺しながら答える。

「ん、普通に下手、ってぐらい。レシピの見方とかもあんまりよく分かってない感じだったから、要練習」

「なるほど」

「中学生の平均を知らないからなんとも言えないけど、食べられないようなものは作らないから、あんなものだとは思う」

「私の高校の時の調理実習を思い出す限り、それなら料理できるほうかもしれないね」

「そうなの？」

「うん。卵焼きも焼けないような子も何人かいたし、手順をつきっきりで説明してもらってもハンバーグにならなかった班もあったから」

予想以上に高校生の調理能力が低いことを知り、それで大丈夫なのかという表情を浮かべる澪。凛と仲良くなったからか、それとも深雪の指導の賜物《たまもの》か、最近の澪は結構表情豊かである。

それを聞いていた真琴《まこと》（現在は大男ガストのアバター）が、自分に飛び火しないように明後日《あさって》の方向に視線を向ける。

今でこそ〝あまり得意ではない〞程度には料理ができる真琴だが、中高生の頃は碌《ろく》に料理もしていなかった、どころか積極的に逃げ回っていたため、少し前まではかろうじて卵焼きと野菜サラダが作れるにとどまっていた。

現在は、今後独立したときのことを考えて春菜に料理を教わっているが、あのまま引きこもりを続けていれば、まず間違いなく一生料理とは無縁で過ごしていただろう。

「まあ、最近は別に料理できんでも食うには困らへんし、自炊しとったら安全で健康的なもんばっかり食えるとも限らへんから、しゃあないで」

「そうじゃのう。うちも妊婦がおるから注意はしておるがのう、残念ながら調味料なんかはなかなか自力でどうにかはできんから、時々怪しいものが混ざり込んでくるのが難儀なところでのう」

「保存料が安全なんかとか、疑いだしたらキリあらへんからなあ」

「今時、そこまで危険な保存料とか着色料もほとんどないけど、輸入品とかはたまにものすごいのがあるから厄介なんだよね。野菜とかにしても、日本だともう半世紀以上前に使用禁止になって製造すらしてないような危ない農薬を、これでもかってぐらい使ってることもあるし」

大量に湧いたアークデーモンとグレーターデーモンをかき集め、まとめて吹っ飛ばしながら話を脱線させる宏と詩織《しおり》。

宏と詩織（現在オジジのロールプレイ中）の会話に、春菜が困ったものだという感じで口を挟む。その手元では醤油《しょうゆ》ベースの怪しげなタレで味付けされたウロボロスの逆鱗《げきりん》あたりの肉の串焼きが取り出されており、高位食材のはずなのに妙にジャンクフードな匂いが漂っている。

それに使われているタレの成分や原材料を知っている詩織達からすれば、春菜の台詞《せりふ》はどの口で言うかという感想しか浮かばない。

無論、宏と澪は作った側なので、春菜の台詞にも何ら違和感や疑問は持っていない。

なお、春菜がわざわざウロボロスの串焼きを取り出したのは、単純にそろそろ空腹度が危険領域だったので、手早く食べられて回復量が多いものを適当にインベントリから引っ張り出しただけである。

「そういうのは、検疫で弾《はじ》いておるのではないのかね？」

ちょうどいいからと雑魚を豪快に焼き払い、休憩用の結界を張りながら達也が素朴な疑問を口にする。

その達也の疑問に、天音《あまね》達から聞いた話や実際に遭遇した事例をもとに春菜が答える。

「弾いてはいるけど完璧ってわけにはなかなかいかないし、検疫じゃ調べづらい部分にたっぷり残留農薬が、って事例も結構あるんだ。かといって、農薬一切使わない野菜が安全か、っていうとそうとも限らないし」

「そのあたりは、堂々巡りじゃろうなあ……」

「そうなんだよね。一切農薬使わないってやり方で野菜の中のアルカロイドが強くなるぐらいならまだしも、うちの畑みたいに積極的に病害虫を駆除したり天敵をフェロモンで呼び寄せたり、みたいな野菜が蔓延《まんえん》するとさすがにちょっと嫌だし」

「……お主の畑は、そんなことになっておるのか？」

「うん。人目のないところでは結構すごいみたい」

達也扮《ふん》するオババの疑問に答えつつ春菜が投下した情報に、思わず遠い目をする一同。

フェアクロ世界で慣れているうえに、お裾分けした相手も含めて食べても誰も体調を崩していないどころかむしろ健康になっているのだから、今更その話を聞いたところで拒否感は抱かないものの、たまにはまともな着地点に落ち着いてほしいと思わざるを得ない。

とはいえ、春菜のような特殊事例はまずないにせよ、元の話に関しては完全無農薬の有機農法で作った野菜で体調を崩す事例もないわけではないので、限界まで使用量を絞って最も有効なタイミングでのみ農薬を使うのとどちらがいいかは、なんとも言いがたいところではある。

結局のところ、このあたりはどこで折り合いをつけるかでしかないだろう。

そもそも、春菜の畑は完全無農薬の有機農法ではない、どころか必要最低限ではあれど普通に農薬も化学肥料も使っているという点については、ここではあえて追及しないことにする。

「まあ、そのあたりはそれこそ気にしてたらキリがねえから置いとくとしてだ。料理の話に戻すが、そろそろ俺も一度、普通の家庭の普通の台所で料理の練習したほうがいいんじゃないか、って思ってるんだよなあ」

休憩だからとシートを広げ、あれこれ並べながらぼやく真琴。

すでにモンスターが湧き始めているが、神器を使って展開したセイフティゾーンを宏の各種アイテムが補強しているため、持続時間が切れるか自分から外に出ない限りは絶対に安全である。

「確かに、ガスト兄さんが下宿しとるところの厨房《ちゅうぼう》やと設備整いすぎとって、料理覚えるんはともかく自炊の練習にはあんま向かんかもなあ」

「そうなんだよな。俺だっていつまでも下宿させてもらうわけにはいかないし、かといって独立したところでそこまで料理が好きなわけでもねえから、あんな立派な厨房は絶対用意しないだろうしなあ……」

「あんないかつい厨房、個人宅でっちゅうとものすごい金かかるうえに効率悪いし、ガスト兄さんの下宿先みたいにそこそこの頻度で大人数もてなさなあかん機会がある家でもないと、ほとんど意味あらへんからなあ」

「だよなあ」

宏の言葉に頷く真琴。現在練習で使わせてもらっているのは藤堂《とうどう》家の厨房なので、下手をすればホテルのメインダイニングぐらいの設備が整っているのだ。

そもそも普通の個人宅に、何百点単位で食器や調理器具を洗浄できる食洗機などあるはずもなければ設置する意味もなく、片付けの仕方も割とアバウトになりがちな現在の感覚では、引っ越しした際にえらい目にあうのは目に見えている。

ゆえに、現状で手際が良くなっても、あまり効果がないのではないかと不安でしょうがないのだ。

一応個人宅レベルの台所も藤堂家には存在するが、そっちは春菜の根城となっているため、メインの厨房とは別の意味でとても料理の練習には使えない。

そんなこんなで、そろそろ真剣に普通の台所で料理する練習をしたい真琴であった。

「ガスト兄の料理は横に置いとくとして、独立って言葉で思い出したことが一つ」

「何や？」

「師匠とファル姉って、家から独立して会社立ち上げることになってたよね？　結局あれ、どうなったの？」

「ああ、あれか。結局僕とファルナさんで二百五十万ずつ、ガスト兄さんに二百万出してもろて、残り三百万を後見の人らにお願いすることで話まとまってな。近いうちにファルナさんのお母さんから事業譲渡してもらうとか、そのあたりの手続き済ませて登記する予定や」

「師匠、二百五十万なんて大金、持ってたの？」

「賠償金とかからいざというときに僕名義で貯《た》め込んであった金が結構あってな。二百五十万やったらそこから十分出せるから、ファルナさんと出資比率が均等になるように調整してん」

宏の説明に、なるほどと納得する澪。賠償金の使い方としては、ある意味妥当であろう。

「結局、オジジとオババは出資しなかった？」

「さすがに何十万という金を、ポンと出すのはきついからのう」

「今後、出産育児が控えておるとなると、ちっと踏み切れなんでなあ」

澪の質問に、達也と詩織が正直な事情を答える。

いくらエリートで共働きとはいえ、普通のサラリーマンにすぎない達也には、何十万単位の金を出すのは少々つらいところである。

一応五万ぐらいの小口でもいいとは持ちかけられたのだが、今度は逆にそんな小口で経営に口挟むのかみたいな意識が出てしまって、結局踏み切れなかったのである。

因みに、今回に関しては諸般の事情で、あえて一千万の資本金を用意する昔のやり方でやっている。宏達のケースだと、資本金をちゃんと用意しておかないと面倒なトラブルが多かったりするからだ。

そのため、綾《あや》羽《は》乃《の》宮《みや》がバックアップしていることも、全面的に傘下に入っているわけではないこともはっきりさせるために、分かりやすい金額として一千万の資本金を用意する方向で進めているのだ。

「それで、お主らの会社名は、結局『アズマ工房』なのかの？」

「うん。私とヒロ君の会社っていうと、それが一番すわりがいいしね」

「どうせふかし芋カッターみたいなんとかも作ることになるやろうから、っちゅうことで、工房でええやんって話になったんよ」

「まあ、お主らが会社経営なんぞして、農業と特許の管理だけで済むはずもなかろうしのう」

結局アズマ工房に決まった宏と春菜の会社に対し、みんな思っていたことを言う達也。

そもそもの話、特許の管理の時点で、工房要素がガンガン入ってくるのは目に見えている。農作物にしたところで、素直に食べるものだけに使うとは限らない、というより、蔓《つる》や根っこなどの出荷しない部分を化粧品や石鹸《せっけん》に加工するようになるのも時間の問題だろう。

もっと言うならば、ウルスのアズマ工房も最初のほうは食べ物系が少なくない割合を占めていた。生産量的にはいまだに各種調味料がかなりの量であることを踏まえると、工房と名乗りながら農業や食べ物がしばらくメインにきても、大した問題ではないだろう。

「何にしても、ヒロとファルナの就職関連はこれで完全に解決だな」

「そうじゃのう。ファルナがヒロの実家に就職しようとがんばり始めたときには、ひそかに大丈夫なのか不安になったものじゃが」

「まあ、落ち着くところに落ち着いた感じだよな」

「うむうむ。たとえヒロの実家といえど、ごく普通の鉄工所じゃからの。普通の会社に就職するのは、二人して勤め続けられるかどうかのほうで厳しかろうから、いろんな意味で一安心じゃ」

「まあ、そのあたりはオジジとオババ以外は、みんな似たようなもんだけどな」

達也の言葉に、真琴が苦笑しながら突っ込む。

良し悪しは横に置くにしても、基本的に揃《そろ》いも揃《そろ》って一般的なレールからは見事に外れた人間が揃っている。

協調性にこそ問題はないが、神化してる云々《うんぬん》を無視してもなお、それぞれに普通の人間社会に溶け込んで暮らすには結構致命的な問題を抱えているのが難儀なところであろう。

「師匠、ファル姉。ボクが就職するぐらいまで、会社存続させてくれると嬉《うれ》しい」

「特許関連の管理が主体になるから、二十年ぐらいは大丈夫だとは思うけど……」

「っちゅうか、特許に関しては出願してから取れるまで結構時間かかるから、言うほど利益出えへんのちゃうか、っちゅう感じやねんけど」

「例のメロンの種や苗の管理・供給も独占するんだから、その程度のタイムラグは普通に吸収できるんじゃねえか？」

「そっちは私達が育てたメロンを直接卸すものが一番高値になりそうだ、って話だから、種とか苗の収益はそんなでもないかも」

「作る農家にも利益ないとあかんねんから、種とか苗はそんなすさまじい値段では卸せんで」

春菜と宏の言葉に、それもそうかと頷く真琴。

潮見メロンに関しては、徹底したご当地食材化と高級ブランド化路線を取る予定なので、基本的に苗はそんな大量には出回らせない予定だ。

また、高級ブランド化といってもやはり限界はあるので、苗一つで何千円も、というわけにもいかない。

一応二級品は地元スーパー限定で出荷する予定があるのだが、潮見市の人口を考えると、下手をすると食べたことがない人のほうが多くなりかねないぐらいの生産量になりそうな雰囲気である。

「あと、通販とかでメロン買うて、その種自力で育てて地元で再現、っちゅう可能性も普通にあるから、結局そこまで高くはならんかもしれんねんな」

「あ～、それは否定できねえな。実際、日本の農家はすげえ優秀だからなあ」

「ねえ、ガスト兄。日本の農家が優秀なのは否定しないけど、師匠とファル姉が関わったメロンが、そんな素直によその土地で育つか疑問」

「そっちはそっちで否定できねえよなあ……」

宏と澪、両方の指摘に、思わず頭をかきながら同意する真琴。

宏達の日本では、過去の政権交代の際に無茶をやった素人政権が変えてはいけない部分を多く変えてしまっており、特に農業の新品種絡みはその変更を元に戻すのに手間取って権利者保護がおざなりになっているのだ。

結果として、守られているのは政権交代前に登録された新品種のみ、みたいな状態が続いているが、一度変えたものを元に戻すのは十年二十年ではなかなかという感じで、今の今まで尾を引いているのだ。

「どっちにしても、種とか苗とかに関しては、よっぽど大規模に流通させないと、多分そんなすごい収益にはならないんじゃないかな」

「そうよのう。高級品と言うたところで、野菜や果物では限度があるからのう。それにそもそも、高級食材なんぞもとよりさほど買う人間は多くはないしのう。少なくともワシらの家では、お主らからもらえなければせいぜい国産にこだわる程度で、普通にスーパーで買えるものしか手を出さんしの」

「そうだよね。で、苗一つでどれぐらい収穫するかにもよるけど、肥料とかも必要になるんだから、普通の人に売ることが前提だとそんなに高い苗をたくさん使ったりはできないよね、実際」

詩織の主婦目線での言葉に同意し、他のコスト要因も上げながら種苗事業がそこまで収益を上げられなさそうな理由を口にする春菜。

この手の事業は、販売ルートや低コストで収益を上げるノウハウ、事業環境や収益構造などの問題で、どうしても古くから続いている大手に対抗するのは難しい。

あくまでおまけ程度であろう。

「それにしても、どうでもええ話やねんけど、オジジの外見とか声で主婦くさいこと言われると、ものすごい違和感やな」

「師匠、それ今更」

真面目な話題に疲れたか、唐突に余計なことを言い出す宏に対し、思わず突っ込みを入れる澪。

この後、お互いのロールプレイやら何やらに対する益体《やくたい》もない話題で盛り上がってしまい、結局この日は煉獄を軽く一周するだけで終わるのであった。

☆

「そういえば、澪ちゃんの誕生日ってそろそろだったよね。いつだっけ？」

「九月八日、もう過ぎてる」

「ええ!?」

調理実習当日。エプロンに三角巾、手洗い消毒を済ませながら、凛と澪がそんな話をしていた。

「言ってくれたらよかったのに」

「雑談で話が出たとかならともかく、こういうの自分から言い出すのって、催促してる感じで嫌」

「分からなくはないんだけどさ……」

「それに、次の休みに春姉達がお祝いしてくれるから、そっちを楽しみにしてる」

「いいなあ……」

いつになく楽しそうに言う澪に、心底うらやましそうにする凛。家族に誕生日を祝ってほしがる年頃は脱しつつある凛だが、楽しそうなパーティというのはやはり心惹《ひ》かれるものがあるのだ。

なお、澪と誕生日の時期が近いライムに関しては、本人がパーティをしなくていいと言い切ったため、料理の特訓もかねてファム達がご馳走《ちそう》を作る程度で済ませている。帰還が遅れて忙しくしているエアリスとアルチェムを気遣ってのことだったようだが、実にライムらしい考え方である。

因みに、凛の目には楽しそうに見える澪だが、他の人間は総一郎《そういちろう》以外、普段との違いはほぼ分からないレベルでの表情の差しかない。

「凛と総一郎も来る？　どうせ人数的にうちだと手狭だから、春姉のところでやる予定だったし」

「いいの？」

「ん。凛にも総一郎にもいつも助けてもらってるし、それに人数多い分にはむしろ春姉が張り切るからプラスになるし」

「だったら、招待してもらっていい？」

「分かった。総一郎はどうする？」

「そうだなあ。俺もいろいろ気になってたし、澪がそんな楽しみにしてるってことは、すごい美味《うま》い料理が出てくるんだろ？」

「ん、当然」

「なら、悪いけど俺も交ぜて」

総一郎の返事に満足そうに頷くと、春菜に二人追加というメッセージを送っておく澪。そこから気を引き締めるように表情を真剣なものに（といっても、やはり凛と総一郎ぐらいにしか分からないのだが）変えて、調理実習の注意事項を口にする。

「今日のメニューは肉団子の甘酢あんかけと青椒肉絲《チンジャオロース》に中華風サラダ、味噌汁。言うまでもないけど、包丁持ってるときと青椒肉絲炒めてるときは悪ふざけ厳禁」

表情こそほぼ変化がないものの、全身からすさまじいまでのプレッシャーを発しながら、クラスメイト全員を威圧するように言い切る澪。

「「「「「イエス・マム!!」」」」」

そのあまりの迫力に、クラスの反応が一つになる。

「肉団子にかける甘酢あんは基本的に市販品だから、書いてあるとおりにやれば誰でもできる。肉団子は成形と焼くか揚げるかの違いだけで、作業はハンバーグと同じ。そこまでの作業は、まずやってみせるからレシピ確認しながら見てて」

「中華風サラダは、基本切ってこの用意されてるドレッシングで和《あ》えるだけでいいの？」

「ん。そっちの材料は、全部切る前のところまで完成してるから、完成写真参考に切っていけば特に難しくないはず」

「てか、去年より手をかけるところは増えてるけど、やっぱり一から十まで全部はやらないんだ」

「中華風サラダの場合、蒸し鶏とか面倒な作業があるから、料理したことがほとんどない中学生が他のメニューと一緒にやるのは荷が勝ちすぎる」

「あ〜、なるほど」

「そもそも一般家庭の主婦だと、あまり自分で作らない類の料理。どこのスーパーでもできあいの総菜として売ってるから、普通はそれ買って食べる」

そう言いながらも、見本とばかりに手際よく肉団子や青椒肉絲の材料を洗っては切っていく澪。その手際の良さ、それも主に玉ねぎのみじん切りの速度と仕上がりの綺麗《きれい》さにクラス中からどよめきが起こる。

「水橋さんは、普段から料理してる？」

「割と。夕飯は二日に一回ぐらい、お弁当は毎日自作」

あまりに堂に入った説明と作業の手際の良さ、それに何より食べ物と刃物、火を扱う場でふざけるなという言葉を一発で叩《たた》き込んだ本気度合いに気圧《けお》され、思わず自分の仕事を譲っていた家庭科の先生が口を挟む。

「水橋さんって、去年までずっと入院してたのよね？　料理の練習なんていつどこでやってたの？」

「基本的な部分はＶＲのネットゲームで。現実での実地は、退院してから各種リハビリも兼ねて」

「最近のネットゲームは、現実でできる作業は割とリアルな手順を要求するものも結構あるものねえ」

先生の言葉に頷きながら一通りの材料を切り終える澪。この程度の雑談で手元を狂わせたりはしないことぐらいは見ていて分かるので、声をかける側も割と気楽なものである。

「材料のカットはこんな感じ。各班、やってみる」

「「「「「了解です！」」」」」

澪の指示に、まるで軍隊のようなノリで作業を始めるクラスメイト達。その間に、凛と総一郎がサクッと中華サラダを完成させる。

「このクラスの調理実習は楽でいいわね。他のクラスだと、一人二人ふざけて危ないことする子がいるから、注意するのも大変で……」

「刃物とか火とか使うのに、ふざけられるっていうのが信じられない」

「怪我してからじゃ遅いのにねえ……」

「ん。わざわざ自分から病院送りになったり他人を病院送りにしたりとか、人生舐《な》めてるとしか思えない」

危険物がたっぷりの調理実習でふざけるという行動に、心底イラッときた様子で澪が言う。

その瞬間、微妙に漏れ出した冷気に、クラスメイト達が一瞬ビクッとする。

「そもそも、食材だってちゃんと調理しないと食中毒起こしたり寄生虫が生き残ったりで危ないものは多い。手順一個間違えただけで食べられなくなるものだってある」

「そうなのよねえ。最近はほぼ火を通すだけみたいなものも多いから、意外とそのあたりピンときてない子も親も多いのよねえ」

「知らなかったり初めてだったりで、一生懸命やったのに食材ダメにしちゃうのはまだいい。けど、料理してるときに悪ふざけで食べ物をダメにするのは、ボクの目が黒いうちは絶対許さない」

澪の本気を感じ取り、震えあがりながら大真面目に慎重に調理作業を進めていくクラスメイト達。

そのあたりの姿勢を最初から知っていた凛と総一郎は、やれやれという態度で料理を進めていく。

因みに、総一郎は味付けが大雑把《おおざっぱ》だったり火加減が適当だったりはするが、普通に料理ができる。

両親が共働きで帰ってくるのが遅く、下に弟と妹がいて割といつも腹を空《す》かせているため、料理を覚えないと総一郎を含めて全員が飢えることになるのだ。

　環境が能力を育てた例と言えよう。

「ねえ、澪ちゃん。みじん切りこんなもんでいい？」

「ん」

「チンジャオの前に、肉団子の種作ったほうがいいよな？」

「先に作っておかないと、青椒肉絲が冷めて美味《おい》しくなくなる」

「だよな」

　澪の本気の脅しもどこ吹く風、とばかりに手順を確認しながら、肉団子の種を作りながら澪に声をかける凛と総一郎に、クラス中から尊敬の入り混じった視線が向けられる。

「あ、あの、これで大丈夫でしょうか!?」

「ん、問題ない」

「ひい！　ピーマンの切り方がいびつに！」

「それぐらいなら使えるから安心する」

「玉ねぎが！　玉ねぎが目に！」

「……この包丁じゃなくて、こっちの包丁使えば少しはましになるはず」

その後も料理に不慣れな生徒達の悪戦苦闘は続き、その都度澪がフォローや手順の説明に回る。

その結果、

「やった！　今までで一番綺麗な料理ができた！」

「肉団子うめえ！」

「市販の青椒肉絲のタレのはずなのに、ものすごく美味しい気がするね」

「うんうん！」

この日の調理実習は大成功を収め、中学生が調理実習で作るレベルを超えた料理にありつけたクラスメイト達は、指揮官の澪に今までにないぐらいの感謝を捧《ささ》げるのであった。

☆

そして、週末、藤堂家のパーティホール。

総一郎と凛は、早速招待客からの注目を集めていた。

「……あの、澪ちゃん」

「なあ、澪……」

「ん？」

「なんだか、すごくいろんなところからロックオンされてる感じなんだけど……」

「つうか、ものすごい場違いな人達に顔覚えられてるような気が……」

「深雪姉に目をつけられた時点で手遅れ」

「だよね……」

「だよなあ……」

いると思っていなかった雪菜《ゆきな》＆スバル夫妻に加え、地元の人間なら絶対顔を知っていると言われている綾羽乃宮商事の社長・美優《みゆ》をはじめとした潮見に縁が深い大物が来ており、それらの人物にばっちり顔を覚えられてしまう。

そのうえ、

「山手《やまて》君と大友《おおとも》さんだよね。いつも水橋さんをフォローしてくれてありがとう」

「いえ、俺達も友達として楽しく遊んでもらってますから。っつうか、基本的にフォローは全部凛に任せてて、俺は大したこと何もしてないし……」

「いやいやいや。総《そう》君が陰でいろいろやっててくれるから、澪ちゃんが変な男子とかに絡まれたりしないんだし」

「二人がいろいろがんばってくれてることは、深雪ちゃんからもいろいろ聞いてるんだ。主治医って言っても、さすがに勤務してるわけじゃない学校内のことまでは手が出せないし、深雪ちゃんも学年もクラスも違う相手となると、どうしても行き届かない部分が出てくるし」

天音に直接お礼を言われ、泡を食う羽目になる。

「凛、総一郎。せっかく師匠と春姉ががんばっていろいろ作ってくれたんだから、そろそろ美味しいものいっぱい食べる」

「あ、うん、そうだね」

「てか、見たことない料理も結構あるなあ……」

　そんな凛と総一郎を見て、なんだかんだで評価されているのを嬉しそうにかつ誇らしげにしていた澪が、二人を救出するように声をかけつつ、多分食べたことがないであろうものを中心にいろいろ取り分けてやる。

　ついでに、想い人である宏をそれとなくそうと分かるように紹介したり、詩織のお腹の子供の話をしたり、美優に捕まって澪でもなければ中学生には難しい政治経済や世界情勢の話を聞かされたりと、今までどこか一線を引いていた感じから一気に身内サイドに引きずり込んでいく。

「なんかこう、澪ちゃんがなんとなく浮世離れしてるの、入院が長くて世間知らずなところがあるからだけじゃないっていうのを思い知ったよ……」

「つうか、今の澪はなるようにしてなった感じだよな……」

「さすがにボクだって、あの人達が気にかけてくれるのを当たり前だともいつまでもお願いを聞いてもらえるとも思ってない」

「「いやまあ、それはそうなんだろうけど……」」

　この日のパーティで、知っているようで今までピンときていなかった澪の事情あれこれを初めてちゃんと実感しつつ、これまで以上に澪と仲良くなる凛と総一郎であった。

# 関係図

春菜に関わる人々の関係性を、日本側の重要人物に絞って紹介。
作中では見えにくかった綾羽乃宮家や小川家との関係性は必見。

# 【巻末付録】春菜を取り巻く人物

MFブックス

# 春菜ちゃん、がんばる？ フェアリーテイル・クロニクル 6

2021年11月25日 初版第一刷発行

著者　埴輪星人
発行者　青柳昌行
発行　株式会社KADOKAWA
〒102-8177 東京都千代田区富士見2-13-3
0570-002-301（ナビダイヤル）
印刷・製本　株式会社広済堂ネクスト
ISBN 978-4-04-680909-4 C0093

企画　株式会社フロンティアワークス
担当編集　下澤鮎美／佐藤 裕（株式会社フロンティアワークス）
ブックデザイン　ragtime
イラスト　ricci

本シリーズは「小説家になろう」（https://syosetu.com/）初出の作品を加筆の上書籍化したものです。


ファンレター、作品のご感想をお待ちしています

宛先
〒102-0071 東京都千代田区富士見2-13-12
株式会社KADOKAWA　MFブックス編集部気付
「埴輪星人先生」係「ricci先生」係

二次元コードまたはURLをご利用の上
右記のパスワードを入力してアンケートにご協力ください。

https://kdq.jp/mfb
パスワード
uztu5

● PC・スマートフォンにも対応しております（一部対応していない機種もございます）。
●お答えいただいた方全員に、作者が書き下ろした「こぼれ話」をプレゼント！
●サイトにアクセスする際や、登録・メール送信時にかかる通信費はご負担ください。

特報
人間不信の冒険者たちが
アニメになるようです!!!
鋭意制作進行中！
続報を待て!!
＼原作シリーズ好評発売中！／
人間不信の冒険者たちが世界を救うようです
著:富士伸太
イラスト:黒井ススム